À sœur
perdue

À sœur perdue

MARION
JOLLÈS-GROSJEAN

City
Roman

ISBN : 978-2-8246-1834-0
Code Hachette : 39 4545 8
Collection dirigée par Christian English & Frédéric Thibaud
Catalogues et manuscrits : city-editions.com

Dépôt légal : Mars 2021

À mon anagramme et nos enfants,
Que leur complicité reste
notre plus grande réussite.

Théodore, mon cœur,
Je t'écris à l'aube de ta vie pour que tu saches tout de ta naissance, même si je promets de te la raconter de vive voix également, à chaque fois que tu m'en feras la demande. Tu sais, ce qu'il faudra en retenir n'est pas de savoir si j'ai accouché en trois heures ou en quatre, s'il s'agissait d'une césarienne ou si les murs qui t'ont vu naître étaient verts ou bleus. L'important, Théo, est de comprendre que tu as été aimé dès les premières fractions de seconde de ton existence, par ton père et par moi, et même bien plus en amont encore, lorsque je te portais dans mon ventre.
On revient de tellement loin tous les deux. Cette histoire-là aussi, il me faudra te l'expliquer, bien sûr. Mais plus tard. Rien ne presse, mon tout-petit. Prends le temps de grandir et de t'épanouir. Prends le temps de t'ouvrir au monde et d'être heureux, c'est le plus important.
Théodore, mon fils. Tu es la preuve que rien n'est plus fort que la vie, quels que soient les orages et les drames que nous traversons. Tu es mon don du ciel, mon bébé cadeau, mon bébé guérison. Toi, qui n'étais pas vraiment prévu, et pourtant tellement attendu !

Te voilà à mes côtés, dans ce berceau d'hôpital qui abrite ta première nuit sur terre, et je ne peux m'empêcher de te dévorer des yeux. Tu suscites en moi les meilleures intentions, les plus beaux sentiments, les plus doux espoirs. Pourtant, j'ignore encore tout de toi ! On a raison de dire que la naissance est la plus mystique de toutes les aventures. Quelle petite personne vas-tu devenir ? Quel caractère vas-tu nourrir ? À peine es-tu né que me voilà déjà à tes genoux. J'ai tellement hâte de te ramener à la maison, pour que tu y rejoignes tes sœurs et qu'elles puissent te serrer dans leurs bras, elles aussi... Elles t'attendent depuis longtemps, tu sais, et t'aiment déjà de tout leur cœur d'enfants, sans même te connaître.

Il faut dire que Maya et Louise m'ont aidée à te porter, ces derniers mois ; et à me ramener à la vie, bien avant cela. Elles m'ont sauvée de tout, et méritaient, quelque part, la plus exceptionnelle des offrandes. Toi, mon trésor, même si là n'est pas la raison principale de ta venue au monde. Tu es le frère qu'elles espéraient, qu'elles réclamaient, dont elles se languissaient.

Il n'y a rien de plus beau sur terre que l'amour fraternel.

Aimez-vous, mes chéris. Aussi fort que possible. Riez, pleurez, grandissez ensemble. Faites-nous rager, votre père et moi ; faites-nous trembler, inventez mille et une bêtises. Mais soyez unis dans l'adversité comme dans le bonheur. Vibrez aussi durablement que vous le pourrez. Profitez de tout, et de tous. Protégez-vous les uns les autres, confiez-

vous, partagez ce que vous avez dans le ventre jusqu'à votre dernier souffle. Soyez unis, mes trois petits mousquetaires. Ensemble, vous serez invincibles. Papa et moi serons à vos côtés à chacun de vos pas bien sûr, aussi longtemps que nous le pourrons. Puis, un jour viendra où ce sera à votre tour de guider ceux que vous avez désirés aussi fort que nous vous avons désirés. Alors, Théo, tu comprendras vraiment ces lignes.

Pour ma part, j'ignorais jusque-là que la réalité pouvait être aussi magnifique. Je veux dire... à ton image ; aussi parfaite que tu l'es. Il y a tant de misère sur terre... Tant de chagrin, tant de souffrance ; de maladie ; de pauvreté. Le monde peut être d'une laideur terrifiante. Moi-même, j'ai reçu mon lot de peines plus que de raison. Alors, dis-moi, mon âme, toi que j'observe en ce moment même et qui sembles si sérieux dans ton petit berceau ; toi qui as l'air si sage... Explique-moi ; comment est-il possible que ce matin, au lever du jour, tout ne soit plus qu'extase et émerveillement ? Comme si cette nuit, la terre s'était métamorphosée en un Éden fabuleux.

Ô mon amour... Puisses-tu voir le monde toute ta vie exactement comme je le vois à cet instant. Féerique et miraculeux. Même si c'est parfois, voire souvent, un gigantesque mensonge !

Tout cela est grâce à toi, chéri. Uniquement grâce à toi.

Que tes grands yeux innocents, que tu ouvres pour la première fois, ne s'attardent que sur la beauté des choses. Que tu puises ta force dans la tendresse des tiens, et avant tout, dans celle, indéfectible, de tes

sœurs. Je te le rappellerai autant qu'il le faudra, au cours de toutes vos disputes à venir, pour des Lego, des bonbons ou des parties de Monopoly.
Mon fils. Mon fils. Mon fils.

Le crayon en main, Marianne se répéta les derniers mots à plusieurs reprises pour se convaincre qu'ils étaient vrais.

L'aube s'amorçait ; la jeune mère la voyait poindre par la petite fenêtre de sa chambre et pouvait presque la respirer. Chaque minute d'une journée avait sa propre odeur, elle en était convaincue. Chaque moment d'une vie, des plus doux aux plus dramatiques. Certains étaient reconnaissables parmi tous, tant ils étaient familiers et récurrents ; d'autres, uniques, marquaient à jamais une existence. Comme celui-ci.

D'ordinaire, le matin, Marianne savourait en premier celle des draps chauds, avant même d'ouvrir les yeux. Puis celle du pain grillé et du beurre frais dans la cuisine. Pendant longtemps, elle n'y avait plus prêté la moindre attention, noyée dans son désœuvrement et sa lassitude du monde. Mais pas ce matin.

Ce matin, tous ses sens étaient bien en éveil, en dépit de sa fatigue. Ces sens, dont elle avait usé et abusé quotidiennement sans leur accorder le moindre mérite plusieurs années durant. L'odorat susmentionné, mais aussi le goût : celui du café tout juste filtré. La vue : le ravissement de ses filles en chemise de nuit, les cheveux en bataille, biberon à la main. Le toucher : la caresse d'un mari solide depuis quinze ans. Et puis l'ouïe : l'oreille attentive au ronflement du moteur de la voiture, quelques minutes avant le départ pour l'école. Autant d'informations sensorielles dérisoires, presque universelles, mais dont il fallait jouir, Marianne le savait mieux que quiconque.

D'ordinaire, chacune des minutes de son existence n'appelait pas à une réflexion aussi profonde sur l'activation mécanique de ses sens. Mais cette minute-là, à l'orée du jour, Marianne comprenait, en regardant simplement par la petite fenêtre, qu'elle resterait gravée dans sa mémoire. Elle saisit sa chance pour la savourer. L'odeur de cette aube-là, elle ne la respirerait plus jamais. Elle venait de mettre au monde un fils. Il n'y aurait pas meilleur parfum.

Peut-être avait-elle tort d'affirmer à Théodore que les détails n'avaient pas d'importance ? Les détails ne permettent-ils pas d'immortaliser la magnificence de l'instant ?

C'était tout elle : hésiter, revenir en arrière, changer d'avis, puis recommencer.

Qu'il était difficile d'écrire ! Tout de même, elle avait dû l'admettre dans sa lettre : le monde ne serait pas toujours aussi resplendissant, il y aurait de mauvaises nouvelles aussi, des peines, des gâchis, et pire encore. D'ailleurs, Marianne savait bien que l'on peut mourir de chagrin. Il allait donc falloir que son bébé l'apprenne et s'endurcisse pour vivre ; pour ne pas se contenter de survivre.

Dans le doute, elle tourna la tête pour inspecter sa chambre d'hôpital, et en appela de nouveau à ses cinq sens. Elle voulait qu'ils l'aident à figer le moment présent, pour en profiter au mieux. Ce serait son refuge dans les coups durs que l'existence lui infligerait.

Évidemment, il fallait se résigner : c'était impossible. Très vite, les souvenirs allaient s'écorner, puis être ensevelis par d'autres. Il fallait donc qu'elle note quelque part qu'il y avait une fissure sur le mur, à côté du téléviseur ; que le bouton pour redresser la tête de son lit mécanique fonctionnait mal ; que le lavabo faisait un drôle de bruit lorsque l'eau s'évacuait. Elle voulait ne rien oublier. Jamais. Elle aurait dû coucher sur le papier tout ce qu'elle avait vécu avec Amélie auparavant ; ses trente dernières années. Elle avait toujours laissé sa sœur s'en charger, car sa cadette avait pour habitude de tenir un journal intime. Mais Marianne l'avait lu et ne l'avait pas trouvé suffisamment explicite. Il faudrait donc qu'elle s'y attelle aussi, pour tout consigner, pour être sûre que ce soit bien fait. Elle avait peur que ses souvenirs ne se perdent dans les dédales de sa mélancolie, alors qu'elle avait encore tant besoin d'eux, et qu'elle aurait encore tant à se rappeler. Le premier sourire à venir de Théo, sa première grimace lorsqu'elle lui présenterait sa première cuillère de compote, sa première dent de lait, ses premiers pas, son premier bobo, sa première poussée de fièvre…

La mélancolie n'était pas son ennemie ; elle avait appris à marcher main dans la main avec cette compagne de route. Il fallait simplement savoir l'écouter sans la laisser l'écraser.

Marianne porta son attention sur le berceau dans lequel Théodore dormait à poings fermés. Son regard s'accrocha à lui passionnément, tendrement, avidement. La jeune mère tenta de se reconcentrer sur sa lettre, mais ses yeux énamourés et éreintés ne lui obéissaient plus ; ils refusaient de quitter ce petit être si parfait, cette merveille qu'elle avait elle-même créée. Ils savaient qu'ils pouvaient le contempler de tout leur soûl, jamais ils ne s'en lasseraient. Elle changea alors d'avis une nouvelle fois.

Oui, en définitive, elle avait eu raison d'écrire ce qu'elle avait écrit à son fils, elle ne devait pas s'en inquiéter. Comment pourrait-elle oublier ce qu'elle venait de vivre ? Elle venait de mettre au monde son troisième enfant. Un ange. Un fils. Ne se souvenait-elle pas encore très précisément de la naissance de Maya et de Louise ? De son adoration pour elles ? Et du chamboulement dans sa vie ? Ses yeux qui s'enivraient de la présence de ce petit homme, là ; ils avaient tout recueilli, tout observé. Il lui suffirait de les fermer, à chaque fois qu'elle flancherait dans les années à venir, pour tout vivre à nouveau, autant qu'elle le voudrait. Elle y puiserait un réconfort intarissable, et peu importaient les détails ou les couleurs. Peu importait qu'elle soit finalement trahie par ses sens. Resterait l'essentiel. L'émotion serait intacte ; éternelle.

En regardant son fils dormir, Marianne réfléchit à ce mot étrange, « sens », qui était loin d'être le plus joli de la langue française. Elle se dit alors que Théodore lui donnait sens, puisqu'il donnait un sens à sa vie. Qu'elle savait désormais quel sens emprunter. Et puis… L'expression « avoir le sens de l'humour » était devenue banale, mais à eux deux, là, dans cette chambre d'hôpital, ne venaient-ils pas d'inventer le sens de l'amour ? Aucun autre sens ne compterait plus.

Son père le lui avait dit, à la naissance de Louise, deux ans après celle de Maya : « L'amour ne se divise pas ; il se multiplie. »

Il en avait fait l'expérience pour elle et Amélie, à son époque. Elle se confirmait aujourd'hui.

Oui, Marianne se souviendrait donc de tout, toujours. Exactement comme pour ses filles.

La veille au soir, elle avait regardé une partie du biopic sur Dalida à la télévision, la tête posée sur le torse de

Bertrand, dans leur lit, comme à l'accoutumée. Après en avoir visionné la moitié, il commençait à somnoler. Elle le lui avait fait remarquer :

— Quand même... Quelle vie elle a eue, cette pauvre femme...

— Mmm..., avait-il marmonné dans un demi-sommeil.

C'était à ce moment-là qu'elle avait senti un mouvement du bébé dans son ventre. Un mouvement qui l'avait surprise, elle qui avait pourtant accouché à deux reprises déjà. Puis elle avait entendu un *plop*, comme un bouchon de champagne qui sautait. Son mari avait tressailli à son tour ; elle n'avait donc pas rêvé, lui aussi l'avait bien perçu. Alors, les eaux avaient coulé dans les draps, sur le matelas. Marianne et Bertrand avaient sauté du lit chacun de son côté, se retrouvant instantanément face à face.

— Vérifie que tout est prêt dans la valise, j'enfile un pull et je pars faire démarrer la voiture, avait dit Bertrand méthodiquement.

— Ok. Laisse aussi un mot à ta mère dans la cuisine pour la prévenir qu'on est à l'hôpital, elle annoncera la nouvelle aux filles au petit déjeuner.

— Tu sais, il y a des chances pour que je sois de retour à la maison avant que ça ne soit l'heure du réveil...

Marianne avait aussitôt regardé l'horloge sur la table de chevet : il était 23 heures.

— Sérieusement ? Tu crois que je vais accoucher en deux heures et que tu vas pouvoir revenir ici boire ton café, puis emmener les filles à l'école ? Tu rêves !

Bertrand avait souri à sa femme. Pour Maya comme pour Louise, les accouchements n'avaient même pas duré deux heures ; Marianne avait défié toutes les statistiques.

— On parie ? lui avait-il lancé, amusé, en guise de défi.

Bertrand avait raison : Théodore était né à 0 h 40. Le mari ému était alors resté auprès de sa femme jusqu'à ce qu'elle soit reconduite dans sa chambre, vers 4 heures du matin. Puis il avait rejoint le domicile conjugal dans lequel leurs deux filles dormaient paisiblement, veillées par leur grand-mère paternelle, ignorant encore qu'elles avaient désormais un petit frère sur terre.

Théo avait beau être le troisième enfant, l'émotion était aussi forte que pour Maya et Louise. Il était né vite, sans douleur. *Peut-être qu'après tout ce que j'ai vécu ces dernières années, je suis devenue insensible à la souffrance*, avait pensé Marianne. Insensible à la souffrance, mais une éponge à chaque bouffée de bonheur. Lorsque la sage-femme avait posé le bébé sur elle, elle avait pleuré comme elle n'avait plus pleuré depuis longtemps. À chaudes larmes, abondamment. Elle était pourtant persuadée qu'elle n'en avait plus aucune à verser, que son corps s'était tari à force d'être submergé par trop de chagrin. À ses côtés, Bertrand tremblait de joie et d'amour, comme pour les deux précédentes naissances, caressant délicatement la tête de son nouveau-né par-dessus son bonnet.

— Tu as vu ? La taille 0 est trop petite… Il lui faut déjà du 1 mois. Ça sera un grand gaillard, mon fils !

— Il a de qui tenir…

Bertrand avait coupé le cordon ombilical, comme pour Maya et Louise. Pourtant, cet accouchement l'avait bouleversé bien plus encore, lui aussi. Pas parce qu'il avait enfin un fils. Objectivement, le sexe de son enfant n'avait aucune importance, tant qu'il était en bonne santé. Non, c'était pour bien d'autres raisons.

Théo ouvrit un œil. Les deux parents frissonnèrent ensemble.

— Tu appelles Hélène et Philippe ? demanda doucement Bertrand.

— Oui, je vais le faire, mais à une heure plus décente, pour qu'ils n'aient pas une crise cardiaque. Et puis je veux que Théodore profite de m'avoir un peu pour lui seul. Une fois à la maison, il est hors de question que Maya et Louise se sentent dépossédées de leur mère. Il va falloir que ce petit bonhomme apprenne à me partager ! Alors tant que je suis ici, avec lui, je veux m'assurer qu'il comprenne à quel point il est déjà aimé.

Bertrand s'était donc allongé à côté de son épouse dans le lit de la salle d'accouchement, et ils étaient restés un long moment ensemble, à respirer l'odeur de leur fils, s'extasiant devant la moindre de ses mimiques, essayant de reconnaître dans chacun de ses traits ceux de ses aînées. Puis, enfin, Marianne avait appelé ses parents. Elle avait eu peur de leur réaction, peur de leur annoncer la nouvelle, même si elle savait combien ils l'attendaient. C'était plus fort qu'elle. Un réflexe de son cerveau malmené par la fatigue, un automatisme qu'elle condamnait, mais dont elle réussirait un jour à se débarrasser, elle en était convaincue. Maintenant qu'elle ne craignait plus ses propres émotions, elle saurait bientôt appréhender celles de ses parents avec plus de sérénité.

Sa mère décrocha dès la seconde sonnerie.

— Allô, mamoune ?

— Oh, Nanou, tu as accouché !

Marianne s'effondra en larmes. Manifestement, elle devait encore travailler pour apprivoiser certaines réactions ! Sa mère, en revanche, n'avait rien perdu de sa capacité à interpréter le son de sa voix.

— Oui mamoune... Il s'appelle Théodore. Tu peux venir voir ton petit-fils quand tu veux avec papou. Il est tellement beau, si tu savais ! 3,55 kilos, et 50 centimètres.

— Mon Dieu, Nanou... C'est parfait. C'est parfait. Oh Philippe...

Hélène criait dans le combiné pour appeler son mari, et Marianne imaginait très bien la scène, à plusieurs dizaines de kilomètres de l'hôpital, dans la maison familiale. Sa mère devait être en robe de chambre à cette heure-ci, celle avec les fleurs bleues, qu'elle portait toujours au petit déjeuner, et elle avait dû se précipiter pour décrocher le téléphone posé sur le bureau de l'entrée. Le matin, Philippe avait quelques difficultés à se déplacer ; ses muscles n'étaient pas encore chauds, et l'ancien pompier qui avait, jadis, si fière allure, marchait désormais en traînant la jambe. Marianne attendit alors quelques secondes avant d'entendre la voix de son père qui finissait d'approcher.

— Quoi Hélène ?

— C'est Nanou ! Elle a accouché ! Nanou a accouché !

— Oh c'est pas vrai !

— Mamoune, il faut que je te laisse, il y a la sage-femme qui revient. Je te rappelle après.

— Oui, ma fille, bien sûr. On pourra passer te voir dès aujourd'hui ?

— Évidemment. Vous savez que vous pouvez venir quand vous voulez.

Hélène prit une grande respiration, et dit à sa fille :

— Je t'aime, ma chérie.

— Je t'aime aussi maman.

Marianne posa le téléphone et pleura plus fort encore. La sage-femme s'approcha et lui dit gentiment :

— Eh bien madame, c'est beaucoup d'émotions, la naissance d'un bébé…

— Plus que vous ne le pensez… Si vous saviez…

Bertrand venait de rentrer à la maison, pour retrouver Maya et Louise. Marianne aurait adoré qu'il reste à ses côtés, bien sûr, mais elle préférait largement le savoir avec leurs filles, pour les rassurer, leur dire que maman allait bien et qu'elle serait très vite de retour elle aussi. D'ailleurs, il les emmènerait l'après-midi même à l'hôpital pour qu'elles rencontrent leur petit frère. Elles devaient tant trépigner !

L'aube s'amorçait, oui. Marianne la voyait poindre et pouvait la respirer. Elle se levait sur un nouveau jour, un nouveau monde, une nouvelle ère. Plus rien ne serait comme avant, et c'était pour le mieux. Enfin. La jeune mère pensa à Amélie, à tout ce qui s'était passé, et à tout ce qui allait arriver dans les prochains mois. Il faudrait qu'elle lui écrive tout ça, à elle aussi, après avoir fini sa lettre pour Théo ; elle adorait lui raconter les moindres détails de ses aventures.

Tant de changements… Tant à faire et à organiser… Tant d'excitation… Elle n'en revenait pas. Jamais elle n'aurait cru que sa vie la mènerait jusque-là.

Quel stress, mais quelle joie également…

Marianne ferma les yeux et une multitude d'images se bouscula dans sa tête. Elle n'avait pas dormi de la nuit et était exténuée. Le visage de sa sœur fut le dernier à l'accompagner, lorsqu'elle finit par sombrer dans un sommeil salutaire.

PREMIÈRE PARTIE

I

La première phrase est déterminante. Qu'il s'agisse d'un article de presse ou du dernier roman à la mode, la première phrase en dit long sur l'âme d'un texte. Suscite-t-elle en vous le désir d'en savoir plus ? Pique-t-elle la curiosité du lecteur exigeant et insatiable que vous êtes, au point de succomber à la promesse de ses charmes ? Ne vous avertit-elle pas, en messagère bienveillante, de la plongée sulfureuse qui vous menace, dans les abîmes d'une pensée que vous vous approprierez, sans même vous en rendre compte, au fil des mots et de leur rythme effréné ?

La première phrase est déterminante, car elle peut changer votre vie.

Mince, c'est nul. Je reprends.

— Allô, maman ? Comment est-ce que tu enlèverais une tache de café sur un bar en similicuir ? Je suis chez Édouard ; il va me tuer s'il la voit en rentrant tout à l'heure !

— Demande à ta sœur de te prêter du liniment oléo-calcaire. Elle doit encore en avoir pour les fesses de Louise. C'est un peu gras alors n'en mets pas trop, mais ça nettoie bien, sans agresser.

— Merde… Je n'aurais jamais le temps de faire l'aller-retour jusque chez elle. Je vais aller en acheter. Ça se trouve où ?

— En pharmacie, ou en grande surface, chérie. Au rayon puériculture !

— Ok. Du liniment, tu dis ? Je vais quand même appeler Marianne, au cas où elle arriverait à m'en apporter. On pourrait faire d'une pierre, deux coups : elle en profiterait pour rencontrer enfin Édouard. Tu sais, mamoune, cette fois, ça y est, je suis sûre de moi. Il est l'homme que j'attendais. Tu ne peux pas imaginer à quel point je l'aime !

Voilà les grandes lignes de la conversation que je viens d'entretenir avec ma mère. C'est mieux, comme début. Plus direct et plus proche de ce que je tiens dans ma plume, c'est évident. Un journal intime, ça sert à ça, après tout. Après exactement tout ! Un journal intime, c'est un défouloir quand il n'y a plus personne pour nous écouter, quand on n'ose pas livrer aux autres nos pensées les plus affreuses, nos réflexions les plus honteuses sur nous-mêmes ou sur l'humanité.

Édouard. J'ai tellement hâte de le présenter à ma sœur ! Ils s'entendront à merveille, j'en suis certaine. Nanou éprouvera peut-être même une pointe de jalousie : il est tellement irrésistible… J'en jubile d'avance, et ce n'est pas très gentil. Nous n'avons jamais été rivales toutes les deux, nos parents ont toujours fait le maximum pour ne pas nous comparer. De toute façon, elle s'en rendra compte rapidement : Édouard et moi, c'est tout récent, mais c'est si… « normal ». Tous ceux qui me connaissent le disent.

— Il était temps ! m'a même glissé maman.

À vingt-cinq ans, enfin, sa cadette est casée !

Édouard a un an de plus que moi, et je l'ai rencontré au cours d'une soirée organisée par un ami commun. Je m'y étais rendue en entraînant ma meilleure copine, pour la distraire de sa morosité post-rupture (et il était surtout hors de question de m'y pointer seule !). Le hic : Émilie ne m'avait pas prévenue qu'elle s'astreignait à un régime drastique. La pauvre... Elle subit des variations de poids selon ses relations sentimentales. Bref… N'ayant rien avalé de la journée, elle a fait un malaise à la première coupe de champagne. Je me suis mise à hurler de panique quand elle s'est effondrée à mes pieds.

— Une ambulance, vite !

Là, un type a dit très calmement :

— Ma voiture est garée juste devant l'entrée. Je peux vous emmener à l'hosto si vous voulez…

Le type, c'était Édouard. Je ne le connaissais pas, mais j'ai répondu oui. Il m'a aidée à soulever Émilie, et nous sommes montés tous les trois dans sa voiture, elle à l'arrière, et moi sur le siège avant passager. À peine installé, il s'est tourné de mon côté, tout en démarrant le moteur, et m'a adressé un petit sourire en coin.

— Vous savez que je pourrais être un serial killer ? Vous montez comme ça, avec le premier venu… C'est dingue quand même.

Ça m'a fait rire, mais il avait raison. Je ne le connaissais pas. J'ai su plus tard, dans la salle d'attente des urgences, qu'il était écrivain. Enfin, qu'il venait de sortir un premier roman policier, et qu'il avait connu un petit succès. Il semblait ravi de notre étrange situation ; elle l'inspirerait pour un prochain livre, assurait-il.

Un écrivain. En voilà, un métier original ! Vous ne trouvez pas ? Je m'imaginais déjà en grande héroïne de ses best-sellers. Ça m'a plu tout de suite. Il faut dire que rêver, c'est ma spécialité. Mais cette fois, j'ai essayé de bien garder les pieds sur terre ; il était trop beau pour que je passe à côté !

Aux urgences, nous avons attendu trois heures sur des chaises en plastique dures, pendant que Milie était en observation (pour un nez cassé, aïe). Trois heures de discussion avec un inconnu, ça le rend nettement plus connu à l'aube ! Vous avez remarqué cette promiscuité naturelle qui s'installe entre les égarés de la nuit ? Ceux qui partagent un instant volé, presque interdit ? Comme si les conversations d'après minuit relevaient forcément de l'intime… Ce n'est pas le fruit de l'obscurité, j'en suis convaincue ; dans cette salle d'attente glauque et sale, des néons jaunes ultra-forts étaient braqués sur nous. Mais la nuit, même lorsque l'on voit comme en plein jour, pour une raison qui m'échappe, on est plus authentiques, plus sincères.

J'en veux pour preuve que je n'ai pas pensé une seule seconde à aller me remaquiller ni me recoiffer. Moi ! Je n'ai pas cherché à être une autre que celle que je suis, ni à minauder, devant cet homme dont je ne connaissais rien, mais qui me semblait déjà familier. Et tellement craquant ! Grand, brun, athlétique… Un excellent casting pour une marque de déodorant, ou un film des studios Disney !

Petite parenthèse : notez que ce que je viens d'écrire est très révélateur, et très prometteur, je l'espère. Être celle que je suis… Ne pas minauder… Vous pourrez vous étonner de ces expressions *a posteriori*, car je ne les emploierai pas souvent, j'en ai bien peur !

En sortant de l'hôpital, au petit matin, j'ai tenu à raccompagner Milie et à rester dormir chez elle. Je ne voulais pas la laisser seule, et son studio n'était vraiment pas loin. Édouard a alors prétexté s'inquiéter de son nez cassé pour demander mon numéro de portable lorsque l'on s'est quittés, et j'ai fait mine de le lui donner en ce seul dessein. Il tenait à prendre de ses nouvelles, en parfait gentleman. Quelques heures plus tard, il m'envoyait un premier texto, et j'ai su tout de suite que c'était un plan drague. Un plan drague sérieux, avec lequel j'avais partagé trois heures aux urgences de Notre-Dame. Ce n'était pas rien.

Merci pour cette folle soirée. On peut se revoir ?

Il ne mentionnait pas Émilie.

J'étais célibataire, lui aussi. La suite paraissait évidente. On a fait semblant de découvrir les charmes de Paris ensemble, en se promenant dans chaque quartier main dans la main, même si lui comme moi habitions la capitale depuis plusieurs années déjà. Quelle jubilation, quand j'y repense !

La simplicité ne gâche en rien la magie des premiers instants, bien au contraire, et je vivais dans la félicité la plus totale. Enfin, aujourd'hui, même après trois mois de relation, le sourire niais des émois débutants se lit encore sur mon visage et trahit la profondeur de mes sentiments. En revanche, nous organisons notre improvisation bien plus méthodiquement. Je réside à quelques stations de métro de chez lui, et me déplace donc avec un sac à dos contenant mes affaires de rechange à chaque fois que j'envisage de passer la nuit dans sa garçonnière. Il suffit à Édouard de me le proposer, et je feins la surprise, tout en dégainant instantanément ma brosse à dents pour la poser à côté de la sienne dans la salle de bains. Je précise

« instantanément », juste au cas où il changerait d'avis ! Légère et désinvolte, c'est comme ça qu'il me perçoit, c'est comme ça que je veux qu'il me définisse, et c'est comme ça que je suis, je crois.

Quoique… Dans mon métier, je me décrirais plutôt à l'opposé : consciencieuse et appliquée. Je ne change pas le monde, mais j'espère l'améliorer. Esthéticienne dans un salon indépendant, j'ai mes clientes régulières, et m'efforce de les embellir. Si vous avez vu *Vénus beauté institut*, vous pouvez facilement vous représenter mon lieu de travail !

En un sens, ma sœur et moi aspirons à la même finalité, à défaut d'avoir la même profession. Elle aussi aime s'occuper des autres. Elle est infirmière libérale. Ou plutôt, elle l'était, jusqu'à la naissance de sa seconde fille. À cause de Maya et de Louise, Marianne est constamment fatiguée ; à tel point qu'elle a fini par vendre sa patientèle pour se consacrer à sa progéniture. Aujourd'hui, à vingt-huit ans, elle répète sans cesse qu'elle reprendra ses fonctions quand ses filles seront plus grandes, mais j'en doute. Une fois qu'on est descendu d'un manège, difficile d'y remonter s'il a continué de tourner sans nous, non ? Comble de l'ironie, Marianne est persuadée que c'est moi qui n'ai pas les pieds sur terre, à force de lire tous les magazines people de mon salon. Elle qui vit recluse avec, pour seules interlocutrices, des petites filles de quatre et deux ans !

Je ne me suis pas encore présentée : je m'appelle Amélie. C'est stupide de jeter ces mots sur le papier, alors que je tiens là mon quatrième journal intime, et qu'il ne prendra pas le chemin de la publication. Aucune importance ; j'aime écrire, c'est mon jardin secret, et je le cultive comme je le souhaite. À chaque nouveau cahier que je noircis, je me délecte du même rituel : dresser un tableau de famille, et de mes espoirs. Dans les dernières pages, je prends plaisir à les relire pour savoir si j'ai atteint les objectifs fixés en préambule. Ce n'est pas toujours le cas, parce que je manque de capacité intellectuelle, j'en suis parfaitement consciente.

Ah ! Le pavé est dans la mare ! Si elle butait sur ces mots, ma sœur prendrait instinctivement ma défense.

— Mais nooon, arrête de te dévaloriser ! s'écrierait-elle.

Pourtant, c'est ce que je ressens au fond de moi. J'ai toujours passé plus de temps à rêver qu'à travailler, et je le paie un peu aujourd'hui. Avoir conscience de mes limites, ce n'est déjà pas si mal, vous ne trouvez pas ? Et puis… Même si mes mémoires n'ont pas pour vocation d'être publiées, je tiens à ce qu'elles soient une porte ouverte sur le monde extérieur. C'est pour cela que je m'adresse à vous, je crois. Pour que ma démarche me semble moins vaine, moins inutile. Pour que d'autres se reconnaissent dans ces lignes. On ne sait jamais !

Rassurez-vous, ça ne me rend pas plus malheureuse que n'importe qui. On a tous nos problèmes ! Mais je ne peux pas m'empêcher d'extrapoler pour tout, tout le temps, et mes rêveries finissent par empiéter sur la réalité, c'est parfois gênant.

Là, par exemple, voilà ce que dicte spontanément ma pensée à ma main qui écrit : « Que se passerait-il si quelqu'un pénétrait chez moi par effraction et dérobait mes journaux ? » Pire : « S'il les publiait pour se moquer ? »

La probabilité est assez faible, je vous l'accorde mais… j'aurais tellement honte ! (Oui, en plus de ma dévalorisation permanente, je souffre aussi de paranoïa, j'en ai bien peur. Mais… Remarquez que j'ai au moins le mérite d'assumer l'importance que le regard des autres a sur moi. Dans ce cahier, bien sûr.)

Si vous n'êtes toujours pas convaincus, je peux, bien sûr, aller encore plus loin. Si tout le monde trouvait mes aventures brillantes ? Oui, tant qu'à faire… Vous imaginez ? Quelle belle revanche ce serait sur la vie ! Être célèbre, ça doit être fantastique. J'espère juste que ça n'arrivera pas après ma mort…

Voilà… Cette fois, vous devez définitivement me prendre pour une folle !

Dans le doute, je vais m'appliquer à rédiger de belles phrases. Coller les mots les uns aux autres pour leur offrir l'abri d'un texte poétique et maîtrisé. Je conçois chacun d'eux comme une arme parfaitement aiguisée de la langue française. Nous possédons tous les mêmes. À nous de les sélectionner et de les mettre dans le bon ordre pour en tirer un roman fabuleux. J'aurais adoré être écrivaine, et je ne manque pas d'imagination, mais plutôt d'abnégation et de persévérance. Je m'entraîne donc à écrire des paroles de chanson, c'est plus rapide, même si ça exige aussi beaucoup de discipline et de rigueur. Tenez :

Il y a ceux qui font rimer amour et toujours
Ceux qui se parlent en mots de velours
Ceux qui confondent la nuit et le jour

Moi je suis celle que l'on quitte au matin
Celle que l'on aime, il paraît, assez bien
Mais assez bien, c'est déjà mieux que rien

Il y a ceux qui se brisent dans des mélodrames
Ceux qui pleurent les poèmes de leur âme
Ceux qui chantent les larmes du port d'Amsterdam

Moi je suis celle que l'on quitte au matin
Celle que l'on aime, il paraît, assez bien
Mais assez bien, n'est-ce pas mieux que rien ?

Il y a ceux qui aiment peindre leur cœur
Ceux qui écoutent frémir le bonheur
Ceux qui savent choyer leurs ardeurs

Moi je suis celle que l'on quitte au matin
Celle que l'on aime, il paraît, assez bien
Mais assez bien, c'est sûrement mieux que rien

Et il y a toi qui rougis et t'enfuis
Toi, ma thérapie, ma mélodie
Toi qui me demandes comment cette chanson finit

À toi de me le dire
À toi de me l'écrire
À toi d'être celui qui est certain
Qu'essayer encore c'est beaucoup mieux que rien

Je voulais trouver une astuce pour faire rimer « échafaud » avec « mourir couvert par ton drapeau » mais je ne sais pas encore comment. Je suis plutôt fière des « larmes du port d'Amsterdam » (étaler sa culture, c'est pathétique, d'accord, mais efficace). En revanche, je suis moins convaincue par « ma thérapie, ma mélodie », formule qui semble directement empruntée à une piètre comédie musicale.

Enfin, le fond du problème est surtout que je suis nulle en musique. Écrire des paroles sans pouvoir les faire rythmer gracieusement avec des notes, c'est ridicule. Il faudrait au moins pouvoir les scander, mais là encore, je n'ai pas le talent de Grand Corps Malade.

Ne vous êtes-vous jamais senti en décalage par rapport au monde qui vous entoure ? Celui dans lequel vous évoluez ? De vous sentir stupide ou gêné ?

Moi, ça m'arrive tout le temps. Ce sentiment de ne pas être à ma place, ni au bon endroit, ni au bon moment. D'être hors sujet. J'ai peur de vouloir des choses pour moi que je ne suis pas en mesure de pouvoir obtenir, parce que je suis trop incompétente ou trop médiocre. D'ailleurs, j'ai longtemps cru que la médiocrité, c'était être nul. Mais non ! J'ai compris sur le tard que la médiocrité, c'était être moi. Sans vouloir que ce journal prenne une tournure dramatique, bien sûr ! Je veux dire : moi, une femme de classe moyenne. Et j'entends par « classe » non pas une catégorie sociale, mais une élégance.

Pour être tout à fait honnête, il m'arrive de me mépriser, mais pas plus que tout le monde, je crois. Vivre avec soi-même quotidiennement, ce n'est pas toujours facile ! Alors, j'apprends à me voiler la face, à faire illusion. J'essaie d'épater la galerie pour dissimuler mon insuffisance, la « médiocrité » de mon âme, pour reprendre encore ce terme si adéquat. Un exemple ? Bien sûr ! Je répète à tout-va que je déteste les fautes d'orthographe, car toutes les personnes bien éduquées pensent que c'est un gage de subtilité. C'est vrai, je peux me reconnaître ça : je n'en fais que peu. Beaucoup moins que la majorité des gens en tout cas. Ça me donne de l'importance dans une conversation mondaine, lorsque j'arrive à placer le sujet, mais en réalité, la plupart du temps, j'ai honte de ce que je suis ; moi qui aspire à tant de choses, moi qui nourris de si grandes ambitions.

Lesquelles ? me demanderez-vous. Quels sont mes projets ?

M'installer avec Édouard, l'épouser, et devenir la femme d'un écrivain célèbre ! Dans ses interviews, tous les journalistes l'interrogeront sur la fulgurance de son génie, et il répondra, comme le font souvent les artistes :

— Oh, vous savez bien que derrière chaque grand homme se cache une grande femme !

Ainsi, tout le monde me vénérera et m'enviera, moi, la muse de la plus belle plume du XXIe siècle.

Vous devez penser que ce n'est pas glorieux de vouloir exister à travers l'œuvre d'un autre, et vous avez peut-être raison ; mais au moins, je me dévoile sans faux-semblant. Et je sais que j'arriverai à tenir ma place, car je suis la championne des expressions toutes faites, inattaquables. J'ai déjà employé « épater la galerie » plus haut, mais je vous en fournirai une liste non exhaustive tout au long de ce journal, croyez-moi sur parole !

Plus blonde, plus douce, plus fine… Ma sœur a reçu plus de dons à sa naissance, c'est manifeste, même si elle les gâche. Je l'aime tellement… Vous ne pouvez pas imaginer à quel point. Le véritable amour, selon moi, c'est aimer quelqu'un que l'on sait foncièrement différent de soi, et l'accepter. Marianne a reproduit le schéma familial, le modèle de réussite par excellence. À vingt-huit ans, elle est déjà mère de deux enfants, comme notre tendre maman l'était au même âge. Mariée à Bertrand, trente-cinq ans, responsable d'une agence de voyages, avec lequel je ne m'entends pas toujours très bien, mais qui a le mérite de tenir bon depuis une dizaine d'années. Un couple parfait sous tous rapports. Marianne est-elle heureuse ? Difficile à dire, même pour moi qui la connais si bien. En fait, je ne suis pas sûre qu'elle se pose la question, tant elle a, comme elle le dit elle-même, la tête dans le guidon (et je précise que c'est bien elle qui l'utilise, celle-là !).

Moi, à l'inverse, je ne fais que ça, me poser la question. C'est d'ailleurs l'objet de ce journal. Définir ce que je suis, qui je suis. Moi, mon sujet de prédilection. À défaut de devenir une grande romancière, je suis au moins sûre de pouvoir écrire ce qui est juste, ce qui est l'exacte vérité de ma petite personne. Et puis… Perdre du temps (à écrire, rêver, ou que sais-je encore), c'est l'essence de ma vie ! Je passe d'un article de mode au dernier édito de *Libé*, d'une chanson de Lady Gaga aux derniers épisodes d'*Outlander*. J'utilise les expressions « faire le buzz » ou « devenir une influenceuse » pour prouver que je maîtrise la culture moderne, que je suis en parfaite harmonie avec mes contemporains et la société, alors que celle-ci m'échappe totalement. On pense tout savoir sur tout le monde, on partage et propage des avis relayés sur Internet, que l'on tient pour argent comptant, et qui couvrent notre bêtise et notre manque de confiance en nous. Prenons un exemple simple : à un dîner, il suffit d'évoquer le nom d'un chanteur ou d'un comédien. La personne, en face de vous, vous regarde et vous dit :

— De qui tu parles ? Attends, je ne vois pas…

Et hop, la voilà qui sort son téléphone portable, un geste plus banal que grossier désormais, et elle se coupe de votre compagnie pour « googliser » la star que vous avez mentionnée. Sa date de naissance, sa vie privée, sa taille. Tout lui est dévoilé, et votre interlocuteur est désormais satisfait, la curiosité rassasiée, persuadé qu'il vient de gagner en culture générale ce qu'il a perdu en minutes de recherches sur le Net. Franchement, c'est autant de temps non partagé avec vous, non ? C'est ça, la vérité du monde moderne.

« S'aimer, ce n'est pas se regarder l'un l'autre, c'est regarder ensemble dans la même direction », disait Saint-Exupéry. On voit bien qu'à l'époque, il n'avait pas de portable ! Ou il aurait écrit : « Aimer, c'est couper son téléphone pour regarder l'autre, et constater qu'il le coupe aussi. »

Il ne l'aurait d'ailleurs peut-être pas écrit. Il l'aurait envoyé par WhatsApp, et son talent se serait sûrement perdu entre les touches tactiles d'un stupide écran. « L'écriture intuitive », vous connaissez ? L'adjectif épithète se passe de commentaires, non ?

J'en reviens à ma sœur. Depuis qu'elle a ses filles, on s'est un peu éloignées malheureusement. Je me souviens de la naissance de Maya comme si c'était hier. La petite hurlait beaucoup, pleurait sans larmes, et Marianne se plaignait de ne pas réussir à décoder son langage de bébé. Un peu comme moi, qui ai toujours l'impression d'avoir le monde à portée de main sans en avoir le mode d'emploi ! Nanou a mis plusieurs mois à se remettre du bouleversement de la naissance de son aînée. Elle prenait sa douche à 11 heures le matin, déjeunait à 15 et tombait de sommeil à 20. Elle répétait ne pas avoir de temps et terminait toutes ses anecdotes par : « Tu comprendras quand tu auras un enfant. » Elle continue aujourd'hui, même si elle sait que ça m'agace. Il doit y avoir un cercle fermé et secret des mamans, mais je ne sais pas si j'ai envie d'y appartenir, vu l'état dans lequel je la trouve à chaque fois que je passe la voir. Tout tourne autour de ses filles, et son angoisse monte au fur et à mesure que les minutes de la journée défilent ; car dès que sonnent 19 heures, elle guette le retour de Bertrand avec autant d'espoir que d'inquiétude. Elle attend qu'il prenne son relais pour la soulager des exigences de leurs deux petites terreurs, mais peste contre son manque de compassion et ses initiatives. Elle lui reproche d'ailleurs sans cesse de tout faire de travers (« Laisse, c'est moi qui vais coucher Louise, tu ne la berces pas comme il faut ») ; comme si, en définitive, elle était toujours déçue de tout et de tous. Bref, elle est en décalage avec lui, avec moi, et avec tous les gens qui l'entourent d'une manière générale. Ça n'a pas l'air très confortable, la maternité.

Sauf pour ma mère, bien sûr. Ma sainte mère. Hélène Darbois a jonglé toute sa vie avec son travail et ses deux filles, tout en acceptant les contraintes de sa vie maritale avec un pompier : mon père. Je ne vous l'ai pas dit ? Mamoune était hôtesse de l'air ; elle a arrêté les vols depuis peu, mais travaille encore au sol à mi-temps.

Voilà un métier que j'aurais aussi aimé exercer ! Mais… J'ai peur en avion, c'est un peu gênant. Vous trouvez ça naturel, vous, une carlingue en acier qui se promène dans les airs ? Ça ne m'empêche pas de vivre et de voyager, car j'essaie de surmonter mes peurs, coûte que coûte, histoire de me valoriser un peu. Malheureusement, le courage face aux obstacles n'amoindrit en rien l'angoisse de les affronter, vous en conviendrez. Et puis… Je manquerais d'audace pour effectuer les démonstrations dans la cabine, indiquer les consignes de sécurité et parler devant les passagers, même s'il s'agit de débiter un texte appris par cœur. Le moindre exposé me tétanisait déjà à l'école. Surtout en anglais, car je suis nulle en langues. Si ça n'avait pas été le cas, j'aurais trouvé un autre métier bien plus gratifiant. J'aurais adoré être interprète, journaliste, directrice de communication d'une grande firme internationale, ou encore attachée de presse d'une star de ciné, mais ça ne se fera pas. On se demande souvent ce que l'avenir nous réserve mais moi, j'ai parfois l'impression de le savoir déjà, tant je suis incapable de me surprendre moi-même, empêtrée dans mes soucis quotidiens d'auto-appréciation. D'où mes rêves par procuration liés à la carrière d'Édouard ! Enfin… Une fois encore, je digresse beaucoup trop.

Pour en revenir à ma mère, donc, elle essaie bien sûr d'aider Marianne dès qu'elle le peut, mais les trajets dans les bouchons sont laborieux en région parisienne, et aucune de nous n'habite à une distance raisonnable de l'une ou l'autre. Nanou vit en Seine-et-Marne, parce que les maisons y sont moins chères (même si ça allonge considérablement le temps de transport de Bertrand, qui travaille dans Paris *intra-muros*. De quoi l'entendre nous répéter qu'il est très fa-ti-gué). Papa et maman, eux, résident près de Roissy (c'était pratique pour maman lorsqu'elle volait).

Avec ma mère et ma sœur, nous formons un trio très complémentaire. Nous avons créé les « Femmes Darbois », un groupe WhatsApp grâce auquel nous échangeons quotidiennement lorsque nous ne sommes pas ensemble. On y trouve des partages vraiment drôles sur nos hommes, des articles sérieux sur les conditions des femmes voilées, des conseils en matière de soins capillaires... On devrait peut-être envisager de tenir un blog toutes les trois, je suis sûre qu'on cartonnerait ! (C'est une idée à creuser, ça...) Mon père nous appelle ses « trois grâces » ; dès que nous sommes réunies, il préfère s'éclipser, mais il adore nous savoir aussi complices. Il en prend parfois pour son grade, le sait, et il n'est pas le seul ! Il y a Bertrand aussi. Bertrand exerce son métier comme si le sort du monde en dépendait. Le sort du monde dépend toujours du job de nos hommes de toute façon, non ? S'il rencontrait un neurochirurgien, je suis certaine qu'il le trouverait moins important et moins fatigué que lui. Enfin... Je plaisante, parce que je l'aime bien, Bertrand. Il est sympa et souvent très drôle, même à son insu. Sûrement parce que je ne vis pas avec lui ! Et, fait surprenant, il s'est bien accommodé de nos parents, eux qui nous ont toujours laissés croire qu'aucun garçon amené à la maison n'était à la hauteur de notre perfection !

À leur décharge, il faut reconnaître que leur propre couple est un modèle de réussite. Pas de dispute, pas d'incompatibilité d'humeur, pas de rancune. Même si... Je soupçonne papa d'avoir eu une liaison avec une autre, il y a longtemps. Je n'ai aucune preuve, ni aucun nom féminin qui me revienne, mais lorsque maman avait une quarantaine d'années, elle a brusquement voulu se faire refaire les seins. Bizarre, non ? Ça m'a marquée, parce qu'elle nous avait toujours élevées en nous demandant de nous accepter telles que nous étions, pour que nous devenions des « femmes fortes, libres, et indépendantes », selon sa propre expression.

Je me souviens de ses jours d'hospitalisation et des

douleurs atroces qui se sont ensuivies, subies volontairement, alors qu'elle avait déjà une poitrine généreuse (même si elle tombait un peu, comme celle de toutes les femmes de son âge, j'imagine). Vous expliquez ça comment, vous ? « La crise de la quarantaine », nous avait-elle annoncé fébrilement. Avec Nanou, on a eu beau hurler, lui dire que c'était l'initiative la plus stupide de toute son existence, il était impossible de la faire changer d'avis.

Alors dites-moi… Si ce n'était pas pour plaire à mon père, je ne vois pas pour quelle raison elle se serait fait charcuter à ce point !

L'absurdité de la séduction… Et des secrets de famille inavoués. Rien de si original, finalement.

Nous n'avons jamais manqué d'amour, Marianne et moi. Au contraire, il nous a parfois un peu étouffées. Lorsque j'ai quitté le cocon familial, ma mère a traversé une période sombre ; le syndrome du nid vide, paraît-il. Qu'est-ce que c'était pesant ! Quand je venais à l'improviste le temps d'un week-end, elle s'éclipsait pour pleurer en cachette dès que le dimanche après-midi s'amorçait, avant même que je ne rassemble mes affaires pour rentrer. Puis je la retrouvais de nouveau vers 16 heures, toute guillerette, vidant méticuleusement le contenu de son réfrigérateur dans mon sac de voyage ; mais ses traits tirés et le rouge autour de ses yeux ne leurraient personne.

Longtemps, elle a gardé nos chambres d'enfants telles quelles, juste au cas où… C'était plus pour elle que pour nous, car elle aimait y passer du temps. Ça lui rappelait son époque dorée avec ses deux petites princesses. Aujourd'hui, heureusement, elle a fait le deuil de notre enfance, mais que ce fut laborieux ! Les naissances de Maya et Louise l'ont beaucoup aidée ; elle se sent de nouveau utile auprès d'elles. Lorsqu'elle les garde, je me demande même qui, d'elle ou de Marianne, rend le plus service à l'autre…

Marianne ! Ça me fait penser qu'il faut que je l'appelle… Le liniment oléo-calcaire. La pharmacie. L'auréole de café sur le bar d'Édouard ! Je continuerai à écrire plus tard.

2

Il était 18 h 35 et, pour la troisième fois déjà, Marianne vociférait au pied de la baignoire pour que Maya et Louise la rejoignent et plongent dedans. L'eau allait refroidir ; il faudrait en vider une partie pour la remplir d'un nouveau courant chaud et retrouver la température idéale. Elle détestait ce moment de la journée, lorsqu'elle devait les supplier d'interrompre leurs jeux pour venir se laver. Elle détestait dépendre du bon vouloir de deux petites filles de quatre et deux ans. Quand celles-ci finissaient par obtempérer, après de longues négociations et menaces, elle les laissait patauger dans le bain pour préparer le repas. Maya et Louise dînaient à 19 heures précises ; il leur fallait au moins trente minutes pour avaler trois brocolis, deux saucisses et un yaourt, avant de monter se brosser les dents et écouter une histoire. À 20 heures, la lumière devait être éteinte, car si elles n'avaient pas leur compte de sommeil, Marianne savait combien le réveil du lendemain s'annonçait difficile.

Souvent, Bertrand rentrait à la maison vers 19 h 30, lorsque le second service, celui des adultes, était prêt et n'attendait plus que le coucher des petites pour être englouti rapidement. Le papa méritant arrivait en héros pour aider au brossage laborieux des dents de lait, et lire le conte, sans se douter combien il avait fallu user de malice pour en arriver là. Même s'il ne partageait que les meilleurs moments, cela ne l'empêchait pas de râler, lorsqu'il pénétrait dans la salle de bains bien plus tard, et qu'il retrouvait les peignoirs au sol et le carrelage inondé.

— Comment font *tes* filles pour transformer systématiquement la baignoire en piscine ? demandait-il d'un ton maussade.

Ce soir-là, il rentra un peu plus tôt que d'ordinaire, à 19 heures. Maya et Louise s'éclaboussaient encore à l'étage, et Marianne, dans la cuisine, le combiné téléphonique calé sur l'épaule droite, discutait en remuant une purée surgelée qu'elle réchauffait dans une casserole. Elle avait quelques minutes de retard sur le planning établi.

— J'ai hâte de le rencontrer, enfin ! J'ai cru que tu me cachais, que tu avais honte de moi ! C'est vrai que c'est dommage, c'est mal tombé aujourd'hui.

Amélie, forcément, pensa Bertrand en fronçant les sourcils. *C'est soit elle, soit sa mère, de toute façon.*

Il n'entendait qu'une moitié de la conversation, mais pouvait aisément deviner les reparties.

— Oui… C'est sûr que si mamoune l'aime bien, c'est qu'il est forcément formidable, renchérissait sa femme. Ça doit la soulager de savoir qu'il vient à la petite sauterie familiale pour ses cinquante ans. Elle va pouvoir fanfaronner dans tout le quartier, en racontant aux voisins que ses deux filles sont casées, et bien casées ! Ça me fait d'ailleurs penser qu'il va vraiment falloir que je lise son bouquin. Tu me rappelles le titre ? *Nuit blanche* ? Non… *Nuit d'ivoire* ?

Bertrand poussa un soupir volontairement prolongé en entrant dans la cuisine. Marianne, prise en flagrant délit de bavardage futile, reçut le message.

— Euh… Ma sœur, va falloir que je te laisse, dit-elle brusquement, faut que je sorte les filles du bain pour les faire dîner… Oui, moi aussi, je t'embrasse. On se rappelle très vite.

Elle raccrocha aussitôt, avant de lancer à son époux d'une voix enjouée :

— Bonsoir chéri, tu as passé une bonne journée ?

— Tu ne peux pas expliquer à ta sœur que ce n'est vraiment pas la bonne heure pour téléphoner ? la rabroua-t-il en l'embrassant brièvement sur la bouche.

— Il est 19 heures, ce n'est pas non plus ultra-tard. Et elle n'a pas d'enfant, tu sais bien qu'elle ne peut pas comprendre à quel point c'est le rush ici. Pour elle, c'est le bon moment pour laisser sécher son vernis à ongles avant le petit apéro qui va bien sur les quais de la Seine. Qu'elle en profite !

Bertrand déboucha une bouteille qu'il avait sortie de leur mini-cave à vin. Il répondit en bougonnant :

— C'est surtout de l'égoïsme, si elle ne fait toujours pas attention à ces détails. Elle n'est pas débordée par le boulot, elle peut t'appeler en journée entre deux épilations.

— Ne sois pas méprisant, chéri. Elle était super heureuse au téléphone… Son Édouard daigne venir avec elle aux cinquante ans de maman, on va enfin le rencontrer. Elle voulait juste partager sa joie et nous prévenir.

— C'est sûr que pour supporter ta sœur, ce mec doit être en or. Moi aussi, je suis curieux de le voir !

Marianne se crispa. Elle n'avait aucune envie de se bagarrer avec Bertrand, et elle savait qu'il avait un avis bien tranché sur Amélie. Tenter de le convaincre que sa sœur était une personne merveilleuse ne servirait à rien. Après toutes ces années de vie commune, elle avait compris qu'il y avait des combats perdus d'avance ; autant les éviter. Elle avait d'ailleurs pris l'habitude d'appeler sa sœur et sa mère en cachette, quand il n'était pas là, pour éviter les réflexions désobligeantes. « Un vieux couple n'est que l'union amoureuse de deux ennemis », avait-elle plusieurs fois enseigné à sa cadette.

— C'est rare que tu rentres à cette heure… Tu me sers un verre aussi ?

— Oui, c'était calme. J'ai eu envie de vous rejoindre. Sam m'a appelé cet après-midi, il propose un dîner vendredi avec Estelle. Ça peut être sympa, non ? Ça fait longtemps qu'on ne les a pas vus.

Marianne réfléchit un instant. Une soirée avec des adultes ? Des conversations qui tourneraient autour d'autres thèmes que les jouets de Noël ou le conte de la Belle au Bois dormant ? C'était tentant.

— Ça tombe juste avant la fête de maman, c'est peut-être un peu compliqué, hésita-t-elle. Tu sais qu'avec Estelle et Sam, on va finir à pas d'heure, et on le payera samedi matin quand Louise se réveillera à 6. Je ne sais même pas si je peux trouver une baby-sitter d'ici là.

— Mais si, tu peux en trouver une… Et en plus, comme on va chez tes parents dans la foulée, ta mère prendra le relais. On pourra se reposer.

— J'aimerais bien lui prouver qu'on assure, et qu'elle peut profiter de sa journée avec ses invités sans avoir à gérer les filles.

Bertrand prit son air le plus renfrogné ; celui qu'il employait à chaque fois qu'il évoquait un membre de la famille Darbois.

— Ça va… Tu sais que ça lui fait plaisir de s'occuper d'elles. Elle adore se rendre utile. Et ça nous fera du bien de voir des amis. Tu ne sors pas assez.

Marianne esquissa une moue à son tour. Elle ne savait pas comment elle devait prendre cette dernière réflexion.

« Tu ne sors pas assez. »

Était-ce une vulgaire litote qui signifiait : « Tu sens le renfermé, mon amour » ?

Cinq ans auparavant, pendant sa première grossesse, ils avaient fait le choix, ensemble, qu'elle arrête de travailler pour rester auprès des petites. À présent, avec l'entrée à l'école de Louise qui approchait, quand elle évoquait la possibilité de reprendre son emploi, il éludait la question, et elle sentait bien qu'il n'en avait nullement envie. Bertrand avait pris goût à ce que tout soit toujours prêt à la maison, à ce qu'elle gère toute l'intendance. Lorsqu'elle exerçait en tant qu'infirmière libérale, il détestait ses horaires impossibles, les réveils à 5 heures du matin pour aller faire les premières prises de sang ; les coups de téléphone à 21 heures parce que la poche d'urine de madame Untel s'était percée… Quand ce n'était pas la femme du boulanger qui débarquait à l'improviste pour une urgence, parce que son mari s'était bloqué le dos et qu'il risquait d'être dans l'incapacité de pétrir le pain du lendemain.

À bien y réfléchir, Marianne ne pouvait pas en vouloir à Bertrand. Elle-même repoussait l'échéance, car elle n'était pas sûre d'avoir l'énergie pour reprendre une activité à temps plein. En revanche, elle était convaincue qu'elle ne pourrait pas non plus demeurer femme au foyer ; aux crochets de son mari. Elle voulait qu'il lui arrive des aventures encore, des péripéties professionnelles, des déconvenues aussi, peut-être. Elle se sentirait au moins vivante, femme. Comme sa sœur.

D'accord, acceptait-elle. Bertrand avait raison : il fallait qu'elle sorte, qu'elle voie d'autres personnes que ses petites. Mais il avait le chic pour exprimer sa pensée sans y mettre les formes, et c'était vexant. « *On ne sort pas assez », voilà ce qu'il aurait dû dire*, songea-t-elle. Qu'il s'inclue dans ce mode de vie qu'ils avaient choisi à deux, au lieu de lui en faire le reproche. D'autant qu'il n'avait pas à se plaindre : elle faisait toujours l'effort d'être agréable lorsqu'il rentrait ; elle lui dissimulait ses moindres états d'âme et l'essentiel des crises de nerfs avec les filles.

Comme toujours, Marianne s'abstint de formuler le fond de sa pensée, et se mura dans un silence dont Bertrand avait l'habitude, mais qu'il interprétait systématiquement mal. Un silence qui le crispait et le frustrait plus que n'importe quelle dispute, car il lui était alors impossible de lire le cœur de son épouse. Il n'en tirait qu'une conclusion : Marianne n'était jamais contente. Rien n'allait jamais assez bien ; rien ne suffisait éternellement. À ses yeux, le bonheur n'était qu'une notion fugace et fragile. Pourtant, en région parisienne, la dictature de la satisfaction aurait dû imposer à un couple aussi équilibré d'être comblé par une vie dans une aussi belle maison, avec d'aussi beaux enfants. Mais Bertrand se sentait agressé dès lors qu'il posait le pied sur le pas de la porte de sa propriété ; harcelé, selon l'humeur, par le flot ininterrompu des petits soucis quotidiens de sa progéniture, ou par le mutisme caractérisé de sa femme, qu'il assimilait à une bouderie puérile.

— Je vais sortir les filles du bain. À entendre les hurlements, ça doit être la cata là-haut.

Laissant le débat en suspens, Marianne quitta la cuisine sans attendre que son mari ne riposte. Elle monta à l'étage, prépara les pyjamas et les chaussons, avant de rejoindre Maya et Louise. Les deux petites sœurs alignaient leurs animaux en plastique au bord de la baignoire, versant de l'eau sur le carrelage à chaque fois qu'elles les saisissaient pour ajuster leur position. Marianne pensa à sa cadette, qui devait s'apprêter à sortir dans quelque soirée parisienne pendant qu'elle essuyait à genoux les dégâts de ses enfants. Elle ne put s'empêcher de l'envier un peu. Quelle liberté ! Maya, fine mouche, réclama alors un câlin. Ses cheveux bruns mouillés collaient sur son front ; Marianne lui frotta gentiment la tête avec une serviette-éponge, et la petite fille se blottit contre sa mère.

— Tu vas me tremper, chérie, objecta-t-elle tendrement.

— Pardon, maman.

Marianne sourit. Maya et Louise se ressemblaient, et ressemblaient à leur père : un grand brun, élancé, aux yeux marron. Oui, il lui était impossible de voir en ses fillettes maigrelettes des petites reproductions d'elle-même, tant elle portait encore les dernières rondeurs de ses grossesses, et la blondeur héritée des Darbois. À chaque fois qu'elle observait ses bébés, elle retrouvait davantage en eux les traits dont elle s'était éprise dix ans auparavant, à la terrasse d'un café. Bertrand et Marianne avaient sympathisé par hasard, alors qu'elle attendait une amie et qu'il partageait une bière avec Sam à la table d'à côté. Souvent, elle se forçait à se rappeler leurs premiers émois, leurs premiers sourires, leurs premières confidences, pour se rassurer et se dire que son choix était le bon, qu'elle était toujours amoureuse de l'homme qu'il était devenu à ses côtés ; de l'époux, et du père de ses enfants. Amélie avait-elle vraiment plus de chance qu'elle ?

3

Quelle soirée de merde ! J'envie parfois Marianne d'avoir une existence bien rangée avec son mari et ses filles. Je suis tellement déçue… Édouard m'a traînée à une de ces sorties branchées parisiennes, organisée sur le roof-top d'un appartement moderne du VIe arrondissement. Tout le monde sapé avec les dernières fringues à la mode, des petits fours vegans ridiculement minuscules, servis par de jeunes types engoncés dans des costumes trop serrés, et des fontaines de champagne. Ajoutez un peu de coke qui traîne sur les tables en verre, cela va sans dire. Sur la terrasse et dans le salon, un ballet de gens superficiels allant et venant, parlant du dernier artiste trop *in* (selon leur propre expression) alors qu'ils ne savent même pas reconnaître un Monnet d'un Manet, j'en suis sûre.

Enfin… Je juge, mais vous devez vous dire que je ne dois pas être une habituée de ces soirées tendance, moi, la petite esthéticienne. Je n'y ai tellement pas ma place… Eh bien… Vous seriez surpris ! Celle-ci était loin d'être ma première, depuis que je sors avec Édouard. Lui, évidemment, il s'y sentait comme un poisson dans l'eau. Tout le monde l'encense depuis la sortie de *Nuit d'ivoire*, son roman policier. Il passait d'un petit groupe à un autre, emmené par son agent, Greg, un type d'une cinquantaine d'années, qui gravite dans ce milieu pourri et qui aime se gargariser en introduisant partout son nouveau poulain.

— Dès que j'ai lu son bouquin, j'ai tout de suite senti le best-seller ! Croyez-moi, j'ai un flair infaillible.

Il répétait cela en touchant du doigt son gros nez infesté de points noirs. Beurk.

Pour aller se faire mousser auprès des Linda, Sandra ou Natalia, pas de doute, c'est le meilleur. En revanche pour retenir mon prénom, il n'y a plus personne.

Quand Édouard boit un verre de trop, je le trouve nettement moins irrésistible. Heureusement que ce n'est pas si souvent ! Il fait le malin en plaçant des jeux de mots très limite dans les discussions, ou des blagues racistes, même si je sais qu'il ne l'est pas, et ça me met hors de moi.

Hier soir, il y avait un serveur aux traits asiatiques qui apportait des amuse-gueules, et en se servant sur son plateau, Édouard lui a dit « merci » en tentant grossièrement d'imiter un accent chinois. L'homme lui a répondu : « Je vous en prie, monsieur » dans un français impeccable. Ça l'a bien mouché ! Je lui ai soufflé que je détestais quand il faisait ça, et que le serveur était probablement plus Parisien que lui.

— Tu sais très bien que je ne suis pas raciste, m'a-t-il rétorqué sèchement, comme si j'étais une vraie rabat-joie. Et non, ajouta-t-il, il ne peut pas être plus Parisien que moi, vu son physique.

— Et ça, ce n'est pas raciste comme réflexion, bien sûr…

Édouard n'a rien objecté, car Greg nous a interrompus pour faire une annonce des plus importantes.

— Édouard, canaille, viens tout de suite. Il faut a-bso-lu-ment que je te présente à un vieux pote qui vient d'arriver. Léo Bergam, tu connais ? Putain de nom dans le milieu du cinéma. Il peut t'ouvrir les portes d'une adaptation grand écran. Tu imagines ? Ça aurait de la gueule, non ? Faudrait qu'on négocie un droit de regard sur le casting, hein ?

Il fit cette dernière remarque en adressant un clin d'œil lubrique à Édouard ; signe ostensible de fantasme lié à la plastique des actrices susceptibles d'incarner ses personnages. Puis il ajouta, à mon attention, mais sans me regarder :

— Aurélie, désolé mais faut que je te vole ton chevalier servant. C'est la rançon de la gloire, ma belle.

Re-beurk. Comme s'il me trouvait vraiment belle. Je n'ai même pas eu le temps de lui répondre que moi, c'est Amélie, et pas Aurélie. Il avait déjà tourné le dos, embarquant Édouard et sa mine de benêt par les épaules.

Me faudra-t-il donc en passer par là pour devenir la muse d'un grand écrivain ?

L'accompagner dans toutes ces soirées débiles ? Ricaner faussement à des blagues vaseuses d'agents véreux ? Le laisser y aller seul, c'est courir le risque de me le faire voler par une écervelée aux longues jambes et ça, il n'en est pas question. Édouard a ses défauts, mais dans le fond, je sais que nous sommes faits l'un pour l'autre. Et on se rendra meilleurs l'un l'autre, au fur et à mesure.

Enfin… En attendant qu'il en soit aussi convaincu que moi, je me méfie des robes Versace et Roberto Cavalli qui l'approchent. Surtout quand je porte la plus jolie de mon dressing bon marché. Je n'ai pas honte, mais il faut se rendre à l'évidence : je ne peux rivaliser ni physiquement, ni financièrement. J'ai réussi à séduire Édouard par effet de surprise. Je n'aurais jamais eu ma chance autrement.

Ça me rappelle qu'avec ma sœur, quand nous étions plus jeunes, nous avions inventé le concept de la « femme mystère » et celui de la « femme misère ». Ça vous parle ?

Lorsque l'on rencontre un homme qui nous plaît, il faut toujours savoir nous montrer intrigantes et sensuelles pour qu'il ait envie de succomber à nos charmes. Normal, non ? Malheureusement, quand on est maladroite (comme moi), la femme mystère se transforme vite en… femme misère. Celle qui va demander, avec sa voix la plus caressante : « Parlez-moi de vous », adoptant une posture élégante, appuyant langoureusement son coude sur la table, mais… finissant par riper sur le rebord, déséquilibrer le plateau, et renverser les verres de vin.

Hop, en une fraction de seconde, tous les efforts sont obsolètes, l'envoûtement est rompu, et l'homme, hilare. Certes, faire rire est une méthode de séduction qui peut aussi s'avérer efficace, mais ce n'est pas vraiment le sentiment que l'on veut susciter lors d'un premier rendez-vous !

Avec Édouard, j'essaie de me tenir à carreau (notez encore l'expression toute faite) et je laisse la femme misère au placard, avec mes talons plats et mes leggings difformes. Il faut que je sois mieux que moi-même pour continuer à lui plaire et pour qu'il ne regarde pas ailleurs.

Ne vous méprenez pas : je ne suis pas jalouse. Je suis *possessive*. C'est très différent ! Je me réjouis qu'il passe du bon temps sans moi. Une femme jalouse en crèverait, non ? En revanche, je n'aime pas qu'il le partage avec une autre, parce que je n'ai pas confiance. Pas confiance en moi, vous l'aurez compris. Rien à voir avec lui. Cela m'obsède. S'il rencontrait une fille mieux que moi ? Une plus belle, plus jeune, plus drôle ? Je n'ai pas le sens de la repartie, c'est fâcheux, et terriblement complexant pour la petite amie d'un intellectuel. Je sais toujours ce qu'il faut répondre, mais beaucoup plus tard, quand c'est… trop tard. Ma mère appelle ça l'esprit d'escalier, et je trouve l'expression très juste. À Greg par exemple, j'aurais dû rétorquer : « Aucun problème, je te le laisse, Norbert. » Juste pour l'emmerder. Qu'il comprenne que moi non plus, je n'ai pas retenu son prénom de ridicule petit crétin insignifiant. C'est ce que je ferai la prochaine fois. Si j'ose.

Vivement que le temps passe, qu'Édouard et moi nous installions ensemble, qu'on soit considérés comme un couple établi, pour gagner en crédibilité. C'est important, la crédibilité. Comme celle de Nanou et Bertrand, que je ne peux imaginer séparément. Ils ne s'engueulent plus comme au début de leur relation. Enfin, plus aussi souvent. Nanou dit qu'elle a lâché l'affaire, que les femmes finissent toujours par démissionner, et que les combats cessent faute de combattantes (merci Corneille). Elle l'admet comme si c'était une vérité, un fait universel ; parce qu'elle pense que les hommes sont butés, qu'ils ne changent jamais d'avis, et qu'il est inutile de s'épuiser à les convaincre. Je ne suis pas d'accord. Certes, elle arrive à garder son calme en toutes circonstances, et s'octroie ainsi un repos mental à défaut d'un repos physique (impossible avec ses filles). Moi, je veux bien, mais…

À quel prix ? Elle s'oublie, cède à tout, et n'est plus capable de savoir ce qu'elle veut vraiment. Elle se contente de ce qu'elle a, en attendant des jours meilleurs. Mais y en aura-t-il ? Comment peut-elle en être sûre ? N'y a-t-il pas un risque qu'elle se réveille un matin en se rendant compte que les jours meilleurs sont passés ? Alors, elle m'expliquera que sa vie ne correspond pas à celle dont elle rêvait, enfant. Je vous l'ai dit, je la connais par cœur. Ses rêves étaient les miens aussi, et je sais que nous sommes bien plus proches que ce que nos deux existences opposées laissent à penser. Elle est aussi paumée que moi !

Ce dont on rêvait ? D'un conte de fées, évidemment, comme toutes les petites filles. J'ai longtemps pensé qu'être heureux, c'était devenir un jour comme mon père, ou plutôt comme ma mère. Heureux comme lorsque nous nous promenions tous les quatre en vacances, main dans la main, lorsque le soleil estival commençait à décliner. Ah… l'odeur des soirs d'été ! Je la respirais fort pour m'en imprégner, et me répétais que plus grande, je saurais la reconnaître et savourer la réussite de mon existence. Qui n'a pas senti cette odeur, enfant, ne peut pas comprendre le concept même de nostalgie. À l'époque, j'enviais mes parents de ne plus aller à l'école, de ne plus avoir de devoirs à faire à la maison, d'exercices de maths ou de leçons à apprendre. Ils profitaient de leur temps de repos avec leurs enfants, ceux qu'ils avaient tant désirés et choyés. Quelle chance était la leur !

C'est une fois parvenue à l'âge adulte que j'ai réalisé mon erreur. Les plus heureux de ce temps chéri, ce n'étaient pas les parents, mais nous, la progéniture. Le bonheur réside dans l'insouciance, dans la contemplation, dans l'extase passive, lorsque ceux qui nous aiment nous disent quoi faire et quoi penser ; qu'ils subviennent à nos moindres besoins ; qu'ils ne nous demandent rien d'autre en retour que de les écouter, leur obéir, et leur rendre leur amour.

Mince, je n'avais pas vu l'heure. On sort (encore) ce soir. Faut que je me dépêche, Édouard déteste attendre (même s'il est toujours en retard).

4

8 heures du matin avaient à peine sonné en ce jeudi pluvieux.

— Mmm… Allô ?

— C'est quoi cette voix cassée ? T'as la gueule de bois ?

— On est sortis tard avec Édouard hier, et j'ai eu du mal à m'endormir.

Marianne sourit en imaginant sa sœur bien au chaud dans son lit. Elle rêvait d'en faire autant. Maya avait encore pleuré dans son sommeil cette nuit, puis Louise s'était levée aux aurores pour réclamer son petit déjeuner. La journée s'annonçait interminable, en esclave soumise de ses deux princesses, et la jeune mère avait appuyé sur la touche d'appel automatique de sa sœur sans même regarder l'heure, dès que Bertrand avait claqué la porte pour se rendre au travail. Il avait fini par accepter le dîner avec Sam et Estelle, même si elle avait tenté de lui expliquer qu'elle ne se sentait pas suffisamment en forme pour l'accompagner. Bien sûr, il l'avait mal pris. Pas en forme ? Alors qu'elle passait ses journées à la maison ? « Très bien, j'irai seul, avait-il répondu sèchement. Tu garderas les filles, comme d'habitude. »

— Désolée de te prendre la tête au réveil avec mes histoires, dit Marianne à sa cadette en reniflant. J'espère que le bureau des pleurs est ouvert ? Après la nuit que j'ai passée… Maya et ses cauchemars, ou terreurs nocturnes, appelle ça comme tu veux… C'est dur. Plus je suis épuisée et plus je me sens déprimée. Un vrai cercle vicieux. Évidemment, il est hors de question d'appeler maman pour me plaindre. Je ne vais pas l'inquiéter pour des conneries. Ça passera… Mais ça fait du bien d'entendre ta voix, petite sœur.

Amélie se redressa dans son lit. Une chance qu'elle soit rentrée chez elle, et pas chez Édouard, comme c'était préalablement convenu. Il aurait hurlé d'être réveillé par la sonnerie de son portable. Elle avait abandonné la soirée vers 2 heures du matin, seule, après un verre de trop, laissant son pygmalion ravi d'avoir son consentement pour continuer à faire le paon et sa roue auprès de personnalités du showbiz, dans un bar branché du XVIIe arrondissement.

— T'inquiète. Tu ne me déranges pas, fallait que je me lève de toute façon, dit-elle en se frottant les yeux. Donc… Bertrand veut sortir ? Tant mieux pour lui. Je ne vois pas où est le problème. Ce n'est pas comme si tu le lui interdisais. Simplement, tu ne veux pas l'accompagner ; c'est pas un crime. Qu'il y aille… Et quand il rentrera, de bonne humeur d'avoir vu ses potes et passé une soirée cool, tout sera oublié. Vous n'êtes pas obligés de tout faire ensemble tout le temps.

— C'est bien ça qui me chagrine, gémit Marianne en constatant que sa tasse de café était vide. Il peut râler, m'humilier, me balancer que je suis une feignasse parce que je reste à la maison, alors que je lui laisse sa liberté…

Puis quand il est de retour, il faut que je passe l'éponge et que j'agisse comme si rien ne s'était passé. C'est toujours pareil. Je sais qu'il va rentrer tout émoustillé après sa petite sauterie. Je sais qu'il aura envie de s'envoyer en l'air dans la foulée, quand il s'allongera dans le lit, à pas d'heure. Et je sais aussi qu'il me reprochera d'avoir une libido proche du néant.

— Ouah… Tu en sais des choses, dis donc, répondit Amélie en bâillant.

— Évidemment ! Je serai réveillée, irritée et fatiguée !

Marianne venait de crier dans le combiné du téléphone, arrachant définitivement sa sœur des bras de Morphée.

— Au mieux, j'obtiendrai un vague « Ça va, je m'excuse » qui sonnera faux, mais qu'il glissera vite fait dans le creux de l'oreille, en même temps qu'il continuera à faire glisser le drap, pour mieux parvenir à ses fins. Et… ça, je sais qu'il faudra m'en contenter.

— Top. « Ça », comme tu dis, c'est donc le verre à moitié plein, j'imagine. Et au pire, alors ? « Ça » donne quoi ?

D'une voix encore ensommeillée, Amélie préférait tourner en dérision le pessimisme de sa sœur pour mieux désamorcer le conflit. Mais ce matin, celui-ci se montrait coriace, et, en se servant une nouvelle tasse de café, l'aînée répondit d'un ton désabusé, comme si le scénario de sa vie entière était déjà écrit.

— Au pire ? Au pire, il renoncera à sa partie de jambes en l'air en poussant un soupir de mâle vexé devant mon manque d'enthousiasme, et me tournera le dos dans le lit, pour bien me faire sentir que tout est de ma faute, que je suis trop rancunière et que je n'avais qu'à l'accompagner au dîner si je voulais vraiment éviter un contentieux.

— Eh bien voilà, madame je-sais-tout…

Amélie conclut en se raclant la gorge.

— Au moins, tu sais ce qu'il te reste à faire la prochaine fois.

— Qu'est-ce que tu veux dire ? L'accompagner pour m'éviter une fin de nuit pourrie ?

Marianne interrompit sa cadette en esquissant de grands gestes dans les airs, l'imaginant face à elle. Elle en profita pour balayer la dernière larme qui avait roulé sur sa joue. Elle n'était plus triste ni fatiguée, elle était énervée, et sa diatribe reprit, plus virulente encore.

— Et c'est encore lui qui aura gagné ! Donc même si je n'ai pas envie de sortir, il faudra que je fasse l'effort, pour qu'on ne se prenne pas la tête après…

— Ouh là là… Ce que tu peux être négative ! Il n'y a pas de gagnant ou de perdant dans un couple… Il y a juste deux personnes qui essaient de vivre ensemble.

Amélie venait de souffler volontairement dans le combiné. Elle n'entretenait pas de lien affectif privilégié avec son beau-frère, mais elle connaissait trop sa sœur pour ignorer le caractère sévère et obstiné de celle-ci. Elle savait que ce matin, Marianne voyait en elle l'avocate de la partie adverse. Sa plaidoirie était prête.

— Nanou, arrête de concevoir votre mariage comme un combat de coqs. Vous êtes des partenaires de vie ; jouez en équipe ! Tu devrais te réjouir qu'il réclame de passer du bon temps avec toi, au lieu de le voir comme un ennemi qui ne cherche qu'à te pourrir la vie. En plus, relativise : ce n'est pas comme si ça arrivait tous les jours non plus… Vous ne sortez jamais. Et vous ne vous engueulez quasiment jamais. Franchement… Sa proposition était plutôt sympa, tu ne crois pas ?

— On ne s'engueule jamais ? Forcément ! J'abdique constamment ! Il ne se rend pas compte que je vais finir par craquer et tout plaquer. Il n'a aucune considération pour ce que je peux éprouver, parce que c'est *lui* qui travaille, *lui* qui fait vivre la famille. Du coup, toute la maison doit supporter les humeurs de monsieur et vivre à *son* rythme sans broncher. Il y a peut-être des milliers de femmes qui rêveraient d'être à ma place, mais je t'assure que ce n'est pas une sinécure. Au fond de lui, je suis sûre qu'il est persuadé que sa vie est plus importante que la mienne ; qu'il vaut mieux que moi. Ça me rend dingue.

— Ce sont des procès d'intentions, toutes ces remontrances, Nanou… Tu crois sincèrement que tu sais mieux que lui ce qu'il pense ? Bertrand t'adore. Il ne veut pas t'humilier, il sait combien tu lui es précieuse… Et c'est le message qu'il essaie d'envoyer, à mon sens, même si c'est maladroit. Après… Bien sûr, c'est légitime que tu sois fatiguée, mais il y a plein de mères qui bossent à temps plein et qui sont épuisées aussi, tu sais.

— Sympa. Donc tu es d'accord avec lui : je suis une feignasse. Ou alors je manque d'organisation, puisque d'autres arrivent à concilier vie pro et vie perso…

— Ce n'est pas du tout de ce que je voulais dire…

Amélie commençait à s'agacer devant l'envie latente de sa sœur de caricaturer sa situation familiale. Lorsqu'elle broyait du noir, il lui était impossible de relativiser.

— Bon… Je sens que je marche sur des œufs ce matin ! Soit. Je te l'accorde, sa fatigue professionnelle n'est pas la même que la tienne, et c'est peut-être parfois plus reposant d'aller travailler que de rester au foyer à tout gérer.

— Parfois ? Je me sens tellement seule, Mélie... Tu n'imagines pas à quel point... Lui au moins rencontre du monde, parle à des gens, à des adultes !

— Mais laisse-moi finir bon sang ! Si tu estimes que vous n'êtes plus sur un pied d'égalité, si tu trouves que votre couple est en déséquilibre... Reprends un job, avec lequel tu finances une femme de ménage et une nounou, puis décharge-toi de tout le boulot merdique à faire dans la maison. Il ne te le reprochera plus, et vous serez quittes. Fin de l'histoire.

— Tu ne comprends pas...

Marianne secoua la tête et poursuivit, d'une voix plus timorée.

— Il n'a aucune envie que je reprenne mon travail.

— Et alors ? vociféra Amélie. On n'est plus au Moyen Âge ! Il ne t'a pas épousée pour que tu assouvisses ses moindres désirs ! Tant mieux s'ils rejoignent les tiens, mais si ce n'est pas le cas, il s'en accommodera aussi. Tu crois qu'il va demander le divorce parce que tu décides de reprendre ton indépendance financière ? Ce n'est pas comme si tu exigeais que vous échangiez vos vies, ou qu'il démissionne pour s'occuper des petites pendant que toi, tu pars bosser.

— Oh ça, non... Aucun risque... Autant lui couper une couille !

Devant la spontanéité de cette dernière réflexion, les deux sœurs éclatèrent de rire à l'unisson, balayant enfin les tensions du débat. Il était compliqué de se parler d'égale à égale tant leurs vies étaient différentes, mais elles s'efforçaient toujours de se respecter, par amour l'une pour l'autre. Elles se connaissaient trop bien pour se fâcher ou se mentir, et savaient trouver les mots justes qui feraient mouche pour remonter un moral en berne. Petites, elles avaient appris à se serrer les coudes, et à se faire confiance en l'absence de leur mère, lorsque celle-ci était appelée à voyager pour son travail. À l'âge adulte, elles continuaient de la préserver de leurs petits bobos quotidiens, qui prenaient des envergures dramatiques à chaque fois que la figure maternelle s'en mêlait.

Toutefois, si Amélie avait désamorcé la peine de Marianne, elle n'était pas dupe : sa réussite était provisoire. Mais elle lui reconnaissait le mérite d'offrir une trêve salutaire aux tourmentes émotionnelles de sa sœur. Quand elle serait prête, cette dernière reprendrait son destin en main et affronterait son mari. Elle se rendrait compte qu'elle se faisait une montagne de très peu de choses.

— C'est drôle quand même, que tu prennes la défense de Bertrand, remarqua finalement Marianne.

— Que veux-tu… J'admets qu'il a du courage, pour te supporter depuis toutes ces années…

— Fais la maligne… Mais on en reparlera quand tu auras des gosses. Je te souhaite qu'ils soient aussi chiants que toi !

— Chiante, moi ? Ce n'est pas l'avis de tout le monde…

Amélie avait fini par contredire sa sœur en empruntant un ton faussement énigmatique. Celle-ci perçut aussitôt le sourire masqué dans la voix qui la narguait. Ça y est, pensa-t-elle. *Je sens le couplet sur l'amour fou avec l'écrivain...*

Elle adorait que sa cadette lui raconte ses aventures exaltantes, surtout depuis la rencontre avec son bel intellectuel ; il la rendait euphorique, et c'était communicatif.

— Je cite ce qu'il m'a dit hier : « Tu es un ange »… C'est clair, non ? J'ai tellement hâte que tu le rencontres,

Nanou… Si tu savais comme il est craquant ! Je me sens bien avec lui. Moi qui suis la reine des phrases toutes faites, des maximes, des proverbes en tout genre, je peux t'assurer qu'il est… Parfait pour moi ! Il est… Toujours plus pertinent, plus fin, plus subtil que ce que je peux être. Il a le chic pour utiliser les bons mots à bon escient à chaque fois. C'est incroyable… Tiens, d'ailleurs, tu sais ce qu'il m'a appris, pas plus tard qu'avant-hier ?

— Non, mais je sens que tu vas me le dire…

— Qu'on ne dit pas « mariage pluvieux, mariage heureux », mais « mariage *plus vieux*, mariage heureux »…

Amélie pérorait en hachant distinctement ses mots, sans prêter attention au ton ironique de sa sœur.

— C'est drôle, non ? Peu de gens le savent ! Et moi qui suis hyper à cheval sur l'orthographe, ça m'a scotchée…

— Ah oui… Quand même ! Vous en êtes à évoquer le mariage… C'est vraiment sérieux, alors !

— Non, non, pas du tout… Je ne sais plus comment c'est venu sur le tapis, mais… C'était intéressant. Et je dois reconnaître que ça donne des idées !

— Je n'en doute pas…

La dernière réponse de Marianne, laconique et expéditive, indiqua à Amélie que la discussion allait tourner court. Depuis plusieurs secondes déjà, sa sœur n'écoutait plus que d'une oreille distraite ses confessions croustillantes, car dans son dos, Maya et Louise se chamaillaient pour une poupée, appelant à l'aide de toute urgence.

— Les filles, ça suffit ! Maman est au téléphone !

— Le devoir t'appelle, je crois.

— Je suis vraiment désolée…

Amélie ne lui en tint pas rigueur ; elle avait l'habitude que son aînée soit ainsi rappelée à l'ordre par ses obligations maternelles. Les conversations s'achevaient souvent sur les cris de ses deux nièces, qu'elle entendait distinctement dans le combiné.

Précipitamment, Marianne raccrocha pour arbitrer le duel. Combien de fois s'était-elle bagarrée avec Amélie, elle aussi, lorsqu'elles étaient enfants ? Et dire que maintenant, c'était elle qui grondait, pendant que sa cadette lui parlait mariage ! Le temps avait passé sans qu'elle s'en aperçoive.

À l'époque, Hélène Darbois trouvait toujours une solution pour apaiser les hurlements des petites furies, et en cela, Marianne se sentait bien inférieure à sa mère. La patience lui manquait parfois, et après de nombreux pleurs, Maya et Louise finissaient punies dans leurs chambres respectives, l'objet de la discorde confisqué jusqu'à nouvel ordre. Très vite après l'incident, elle culpabilisait et regrettait sa colère injustifiée contre ses filles, qui ne demandaient qu'à apprendre de leurs erreurs. Par leurs caprices, elles exprimaient leur frustration de ne pas savoir communiquer autrement, la jeune mère l'avait lu dans un livre sur la maternité. De jolis mots, sûrement vrais, mais en pratique, certains matins étaient beaucoup plus difficiles que d'autres.

Sur l'instant, entendre Amélie avait fait du bien à Marianne. Malheureusement, le bénéfice s'était envolé dès la fin de la communication. Sa petite sœur ne pouvait pas comprendre ce qu'elle traversait avec son mari ; encore moins avec Maya et Louise. Elle avait beau manifester énormément de compassion depuis qu'elle les avait gardées un dimanche complet, elle ne pouvait pas ressentir la charge que Marianne portait quotidiennement.

Car la fatigue n'était pas ce qui pesait le plus lourd sur ses épaules depuis qu'elle était devenue mère, et ça, sa cadette ne pouvait pas le percevoir. Le manque de sommeil n'était plus un sujet tabou dans les conversations des jeunes mamans. Tout le monde reconnaissait désormais le travail harassant de la parentalité ; on avait le droit de s'en plaindre bien plus que les générations précédentes. Même le prince William et son épouse Kate en faisaient mention ! Marianne, Amélie et leur mère se moquaient d'ailleurs gentiment, dans leur groupe WhatsApp, des témoignages d'un couple princier probablement armé d'une horde de nounous surqualifiées.

En réalité, ce que la plus jeune ignorait, seule l'expérience pourrait le lui apprendre. L'arrivée d'un enfant dans une famille annonçait la fin définitive de l'insouciance, et c'était le plus cruel, le plus vicieux de tous les changements qui s'opéraient, selon Marianne ; comme une tare inéluctable de la maternité. Un étrange écho, sans qu'elle le sache, à ce qu'Amélie elle-même regrettait dans son journal, avant de devenir mère à son tour, si toutefois l'idée lui venait à l'esprit. Car au lieu de lui laisser entrevoir l'épanouissement féminin à son apogée, l'avant-goût de ce qui pouvait l'attendre un jour n'apparaissait, téléphone en main, qu'amer et repoussant.

Selon Marianne, il y avait la naissance du chérubin, certes, mais il existait une naissance beaucoup plus douloureuse encore : celle de l'angoisse permanente qu'il arrive quelque chose de dramatique à ce petit être si fragile et si dépendant. D'abord, une maladie, une malformation. Puis un accident. Un chagrin d'amour à l'adolescence. Le chômage. C'est ce qu'elle avait le plus de difficulté à gérer. La jeune maman s'attendait à être terrassée par la fatigue, elle s'attendait aux nuits blanches, aux poussées dentaires, aux terreurs nocturnes, mais elle n'était pas préparée à avoir peur pour ses bébés. Tout le temps. Peur que les petites s'approchent trop près d'une piscine, peur qu'elles s'étouffent avec une pâte ou un morceau de pain, peur qu'elles montent dans la voiture de quelqu'un d'irresponsable. Elle n'avait pas conscience, avant leur conception, qu'elle n'allait plus exister que pour elles, sans le vouloir vraiment, de manière instinctive, animale. Comme sa propre mère avant elle. Il lui était donc difficile et meurtrissant de laisser ses filles sous la surveillance d'autrui. L'idée que Maya et Louise puissent ne pas être en sécurité la hantait constamment, et empiétait sur sa vie de couple avec Bertrand.

Il fallait qu'elle apprenne à gérer cette inquiétude pour ne pas la transmettre à ses petites. Peut-être qu'elle l'écrive quelque part, qu'elle la consigne, pour laisser un témoignage ? Un journal, qui servirait également d'exutoire ? Amélie lui avait déjà dit à maintes reprises combien noircir des pages était son remède miracle ; son ersatz de psy ! Et Marianne était prête à tout pour retrouver sa vie de femme. Il fallait qu'elle s'arme de courage. Il fallait qu'elle s'extirpe de sa morosité. Il fallait qu'elle se déleste d'une détresse qu'elle portait en elle depuis trop longtemps.

5

Nanou m'a appelée ce matin. C'est fou ce qu'elle peut se plaindre. Elle est toujours fatiguée de tout, et Bertrand n'est jamais à la hauteur. Elle attend des tas de choses de lui, mais elle refuse de les lui demander, car elle veut que ça lui vienne naturellement. Ah ah. Et c'est un « ah ah » cynique, croyez-moi. Je ne sais pas si c'est une histoire d'incompréhension ou d'incompatibilité entre les hommes et les femmes, mais Nanou est mal barrée si elle pense que son Bertrand va prendre des initiatives (qui lui conviendront, à elle…).

Maman nous a peut-être mal habituées, ou mal éduquées. Elle, à l'inverse, ne se lamentait jamais, et nous écoutait toujours avec empathie nous épancher sur le moindre de nos ridicules soucis. Est-ce que c'est générationnel ? Peu importe la réponse, le résultat est saisissant : aucune de ses filles n'est suffisamment tolérante pour accepter sa situation personnelle et s'en satisfaire. En tout cas, moi, par exemple, je n'arrive pas à faire le deuil de mon enfance, je crois.

Faire le deuil, c'est curieux comme expression. Comme si on le façonnait de nos propres mains. Dans beaucoup d'émissions de télévision, on voit de pauvres gens témoigner des abus dont ils ont été victimes dans leur jeune âge. Ils évoquent leur traumatisme, les violences dont ils ont souffert. Moi, mon drame est d'avoir eu une enfance particulièrement heureuse. Peut-on être trop heureux ? me demanderez-vous. A-t-on le droit de se plaindre d'avoir eu des parents aimants et attentionnés ? Il ne faudrait pas le crier sur tous les toits, car ce serait abuser, mais oui, c'est aussi un problème. Pour preuve, je suis dépendante de ma famille, à vingt-cinq ans passés (et il ne s'agit pas d'une dépendance financière mais affective, que ce soit bien clair).

J'appelle ma mère un jour sur deux en moyenne (si ce n'est tous les jours !) et je demande à mon père de voler à mon secours dès que j'ai le moindre pépin (une panne de voiture, un courrier des impôts que je ne comprends pas, un choix d'assurance, et j'en passe). Je pleure l'innocence qui caractérisait mon enfance.

L'insouciance, j'en reviens toujours à cet état béni.

De quoi me lamentais-je alors à l'époque ? Je me souviens que je rêvais d'avoir un autre chien, après la disparition du nôtre, lorsque j'avais huit ans. D'ailleurs, mes parents ne nous ont jamais dit que Mustang était mort, mais qu'il était parti se marier, pour mieux nous protéger ! Bref… Ils n'ont jamais cédé, car ils ne voulaient plus des contraintes associées à l'adoption d'un animal. De mémoire, c'est la seule frustration de ma jeunesse dorée…

Me voilà donc à l'âge adulte, inadaptée à la société, parce que je n'ai souffert de rien et que j'ai profité de tout ! Qu'appris-je, en sortant de ma bulle, à la majorité ? Qu'il existe des tragédies et de la misère sur terre ? Quelle catastrophe !

Quand vient la nuit, seule dans mon petit deux-pièces, je repense à mes années à l'école primaire, entre mes six et dix ans. Le meilleur de ma vie est-il déjà derrière moi ?

Je me souviens que lorsque maman rentrait de déplacement, elle venait toujours me chercher devant la grille de la cour de récréation avec un pain au chocolat, et je sautais dans ses bras, le cœur débordant d'amour. Quel cliché ! Papa, lui, était adoré par tout le monde dans notre petite ville, puisqu'il volait au secours de chacun dans son bel uniforme de pompier. C'était un héros ! Je quittais l'école à 16 h 30 tous les jours pour retrouver le cocon familial et jouer aux poupées avec Nanou ; ma sœur était ma meilleure amie, elle m'apprenait tout ce que je voulais savoir. J'étais une petite fille très sage, bien élevée, et je n'ai jamais fait de crise d'adolescence. Je n'en avais pas besoin ; le mode de communication de la famille Darbois reposait sur des principes de confiance. Les parents avaient confiance en nous, et nous en eux. Nous ne les avons jamais trahis, et ils n'ont jamais failli.

Les années ont passé et toutes mes copines de classe rêvaient de s'émanciper, de s'installer à Paris, loin de leurs « vieux », comme elles disaient. Pour être dans la norme, pour être des leurs, je feignais de vouloir la même chose. C'était faux, bien sûr. La vie chez mes parents était douce, et j'ai toujours considéré leur maison comme ma maison. C'est aussi en cela que l'on se comprend si bien, maman et moi. Je sais sa nostalgie, car je la partage. Moi aussi, j'étais heureuse, quand j'étais sa petite fille. Mais pour le bien-être de mes relations sociales et de mon avenir, j'ai fini par agir comme il le fallait : j'ai pris mon envol pour mener une vie parisienne, avec ce qu'elle implique de difficultés au quotidien (surtout pécuniaires !). Des apéros prolongés qui se terminent en dîners tardifs hors de prix, des réveils douloureux le lendemain pour aller travailler, dans les odeurs des métros bondés et souvent en retard. Le stress, la saleté, les klaxons des automobilistes énervés qui font sursauter les touristes sur les trottoirs… Et puis le ciel gris. Et puis la culture qui coûte cher et les collègues qui s'en plaignent, fatigués, les yeux cernés et les cheveux encore humides, au petit matin devant la machine à café… On a tous la même vie dans cette ville. Alors pourquoi les adolescents en rêvent-ils ? Ce n'est pas un rêve, c'est une chimère. Un rêve peut devenir réel. On peut rêver d'un événement, d'une bonne nouvelle, d'un métier qui ne nous déçoit pas, lorsque l'on termine nos études. Mais rêver de Paris ? Paris sans ses Parisiens agressifs, sans sa noirceur et sans ses bouchons, c'est utopique. On l'aime autant qu'on la déteste, et j'envisageais secrètement de revenir à la maison lorsque j'ai rencontré Édouard. Pourquoi pas ? Retrouver le nid chaud dans lequel j'avais grandi pour ne garder que le meilleur de ma vie professionnelle. À savoir : un maigre salaire dont je pourrais profiter plus pleinement sans loyer à payer !

Bien sûr, une fois en couple avec Édouard Peyrac, il ne m'était plus possible de considérer l'option « retour au bercail » vraiment sérieusement. D'ailleurs, je me suis bien gardée de lui faire part de ce désir honteux. Pour lui, les parents ne sont que des géniteurs, rien de plus.

— Hors de question d'être l'esclave de la dynastie familiale, m'a-t-il dit, la seule fois où j'ai osé l'interroger sur les siens.

Son père est très fortuné, je crois, mais je n'en sais pas davantage. Édouard se confie rarement, de toute façon. Il vibre uniquement lorsqu'il parle de son œuvre, s'intéresse beaucoup au sport, et un peu à la Bourse. Il est bien plus adulte que moi. Il est bien mieux que moi.

Pourquoi ai-je quitté la soirée aussi tôt ? Je me suis montrée stupide. Il a raison, je manque d'ouverture d'esprit. Ce n'est pas avec ce genre d'attitude que je vais m'élever. Il faut que j'apprenne à me montrer… qu'est-ce que j'avais écrit déjà, plus haut ? Ah oui ! « Légère et désinvolte ». J'aspire à une vie de famille avec lui. Des enfants peut-être. Des voyages sûrement. Des réveils enchantés et enchanteurs. Nanou verrait que ce n'est pas si difficile de tout gérer. Elle prendrait exemple sur ma réussite, comme j'ai pris exemple sur elle toutes ces dernières années. Et nous serions tous heureux…

Ouh là là… Je dégouline de mièvrerie ! Pitié, que jamais Édouard ne tombe sur ce journal… J'en mourrais, crucifiée par la honte. Il faut bien que le pire sorte de moi, d'une manière ou d'une autre, pour que je ne lui montre que le meilleur. Et le pire de moi, c'est ça. Ce rêve mou et gluant.

Il faut que je l'appelle, puisqu'il ne l'a toujours pas fait. Je n'ose jamais lui envoyer des textos, j'ai toujours peur qu'ils soient mal tournés, qu'ils me trahissent et qu'ils le déçoivent. Ça demande trop de travail, un texto qui se veut anodin. Il faut qu'on se parle, que j'entende le son de sa voix, pour être sûre qu'il m'accompagnera à l'anniversaire de maman. C'est tellement important… J'ai prévenu tout le monde qu'il viendrait avec moi. A-t-on besoin d'être fâchés, pour se rabibocher ? Il m'a dit que j'étais un ange, mais… le pensait-il vraiment ?

Non, c'est sûr, nous ne sommes pas fâchés. Édouard ne se fâche jamais. Mais il prend ses distances et peut se montrer si glacial parfois, quand je fais quelque chose de mal. C'est ça, le pire de lui.

6

Hélène Darbois atteignait l'âge raisonnable de cinquante ans. Organiser une grande fête n'était pas une option envisageable pour une femme aussi discrète, mais ses filles avaient insisté pour qu'elle célèbre ce tournant crucial d'une vie.

Un demi-siècle, la belle affaire ! Elle se sentait encore jeune. Il lui suffisait de fermer les yeux pour respirer de nouveau l'odeur de Marianne lorsqu'elle avait six mois et qu'elle se réveillait d'une longue nuit de sommeil, sa petite tête blonde encore toute chaude. En une fraction de seconde, elle retrouvait aussi Amélie, posant fièrement pour la traditionnelle photo de rentrée en CP, à la faveur de septembre, dans le jardin derrière la maison ; le cartable sur les épaules et les cheveux tressés dans une petite natte brune, bien maintenus par des barrettes dorées.

Ses mignonnes princesses s'étaient transformées en adolescentes en fleurs, avant de devenir ces grandes filles merveilleuses qu'elle s'étonnait encore de découvrir à chacune de leurs visites. Comment ces petits bouts de femmes, qui avaient mûri ensemble, régies par les mêmes lois et les mêmes codes, nourries par le même sein, pouvaient-elles être aussi différentes et complémentaires ? Quel enrichissement pour un parent ! Hélène Darbois était une mère accomplie, une grand-mère heureuse. Voilà ce qu'il fallait vanter aujourd'hui, et non pas ces deux chiffres qui ne lui correspondaient pas, juxtaposés sur un gâteau d'anniversaire un peu trop écœurant. Elle ne reconnaissait qu'une victoire au nombre de ces années qui avaient défilé : celle d'avoir dépassé, enfin, les angoisses de l'absence, le vide des mètres carrés désertés par ses petites adultes-en-devenir. C'était son plus douloureux combat, mais elle croyait l'avoir remporté. Son mari, Philippe, l'avait aidée, bien sûr, même si l'âpreté de son métier de pompier l'avait lui-même endurci à toutes formes de détresse ; celle de sa femme lui paraissant trop dérisoire pour y prêter sérieusement attention.

Hélène Darbois était habituée aux départs. Elle, l'hôtesse de l'air ! Elle n'aurait pas dû tant s'émouvoir de celui de ses enfants, de ce « syndrome du nid vide » mentionné par les magazines de psychologie qu'elle épluchait chaque semaine.

Elle était habituée aux départs, oui, lorsque c'était elle qui partait.

Qu'il était doux, après ses heures de vol, de retrouver la chaleur de son foyer… Ses petites filles en pyjama, toutes propres, à la sortie du bain ; les cheveux encore humides, parfaitement peignés ; blotties et cajolées par les bras puissants de leur père, un mari formidable qui avait sauvé le monde !

Hélène et Philippe étaient un couple harmonieux, une entité pleine et sereine, dont le succès mettait à genoux la petite société qui évoluait autour d'eux.

— Vas-tu nous dire quel est le secret ? lui demandaient parfois ses collègues, en plein désarroi affectif.

Le secret ? Hélène se félicitait souvent de l'avoir trouvé, bien qu'elle fût incapable de l'offrir en héritage à ses filles.

Le secret. Elle savait le reconnaître, sans pouvoir le formuler. Était-ce la liberté que Philippe et elle s'accordaient, sans jamais en dépasser les limites ? La compassion pour les tourments de l'autre, même les plus absurdes ? Le plaisir des moments furtifs partagés entre les voyages de l'un et les contraintes horaires de l'autre ? Comme si leur vie à deux n'était qu'une succession d'instants volés par ce couple pourtant légitime…

Bien sûr, les années avaient passé et quelque peu écorné leur osmose. Leurs corps aussi avaient fané, leur désir se faisait moins ardent. Il s'était frotté à l'écorce de leur vie quotidienne, et aux premiers soucis de santé. Et puis, une fois les enfants partis, que leur restait-il à se dire ? Les banalités de la vie courante : pense à acheter du pain quand tu quittes le tennis-club ; ton frère a appelé pour prendre des nouvelles…

« Ne rentre pas trop tard, surtout ne prends pas froid », disait le vieux Ferré.

L'absence de surprise et d'aventures ne les gênait plus depuis longtemps, car de plus sages projets distrayaient toujours leurs longues journées. Après le départ d'Amélie, Philippe avait rénové une partie de la maison : la salle à manger et le petit salon. Hélène, de son côté, s'était inscrite à des cours de yoga, en compagnie d'amies qui vivaient des vies paisibles, semblables à la sienne. Elle ne travaillait plus qu'à mi-temps désormais, en tant que membre du personnel au sol, et envisageait de s'inscrire à quelques leçons d'anglais, pour se remettre à niveau, avant un grand voyage aux États-Unis que Philippe et elle entreprendraient un jour ensemble, dans un avenir lointain. Une épopée fabuleuse, à l'ouest du pays, qu'elle n'avait jamais visité malgré ses nombreux déplacements. Elle avait toujours refusé de l'organiser tant que ses filles avaient besoin d'elle, car l'expédition nécessitait au moins un long mois d'éloignement. Il y avait tellement à voir et à faire là-bas… Par ailleurs, son anglais était limité au service en vol, et elle craignait de ne pas tout comprendre de l'accent américain. Enfin, qu'adviendrait-il si Marianne se trouvait en difficulté avec les petites ? Elles lui demandaient tant d'énergie… Surtout Maya, qui multipliait les cauchemars la nuit.

Hélène n'avait jamais eu le sentiment de s'être sacrifiée pour ses filles, mais ces dernières étaient convaincues du contraire. C'était la raison pour laquelle Marianne et Amélie avaient tant tenu à être auprès d'elle en ce dimanche midi ; pour rendre gloire à ses cinquante ans ! Il avait donc fallu trouver un compromis, et elles étaient tombées d'accord : pas de grande réception, mais un joli repas avec les plus proches de la famille.

— Il faut oser, maman, avait dit Amélie. Tu n'oses jamais rien, tu es tellement sage et sérieuse…

Si Amélie avait su quelle était la vie d'Hélène avant sa naissance ! La passion folle avec Philippe, qui avait tout balayé sur son passage : son éducation chrétienne, les grands principes de ses parents… Elle avait rencontré son futur mari dans un bar, de manière accidentelle, alors qu'elle avait rendez-vous avec son fiancé de l'époque, ce jour-là. Elle avait oublié son prénom, mais se souvenait très bien qu'il devait rentrer de son service militaire. Par coquetterie, la jeune Hélène avait voulu le rejoindre sans arborer ses grosses lunettes rondes qui corrigeaient sa myopie et cachaient ses jolis yeux bleus.

Aussitôt arrivée, dans un cadre qu'elle voyait flou, elle avait sauté au cou du premier grand brun accoudé au comptoir, persuadée qu'il s'agissait de l'élu de son cœur. C'était vrai, en partie. Méprise cocasse et coup du sort habile, le grand brun s'était trouvé être Philippe. Ils ne s'étaient plus jamais quittés.

La suite, Hélène l'avait quelque peu romancée pour plaire à ses filles : elle s'était émancipée pour s'installer avec lui, mais n'avait pas précisé que ses parents avaient renié cette vie de concubinage avec son bel inconnu du bar. De leur violent rejet était alors née sa volonté sans faille de construire un nouveau modèle de famille. *Sa* famille. Très vite, Marianne et Amélie naquirent et vinrent occuper naturellement chaque parcelle d'espace, de temps et de vie du jeune couple. Elles étaient des enfants désirées, aimées et choyées, même si Hélène ne pouvait s'empêcher de se demander parfois ce qu'aurait été son existence si elle n'avait pas agi par impulsion, ou pour faire rager ses parents.

Le déjeuner avait commencé. La nouvelle quinquagénaire s'était préparée consciencieusement depuis la veille pour faire honneur à ses invités. Elle s'était rendue chez le coiffeur déjà maquillée et parée de ses plus jolis bijoux. Cela pouvait paraître stupide, mais elle avait toujours pensé qu'un coiffeur s'appliquait davantage lorsqu'il travaillait sur une tête ostensiblement apprêtée. Il devait deviner qu'elle serait bien attentive à ce qu'il ne bâcle pas son œuvre ! Le brushing ainsi assuré, elle avait fait quelques courses avant de revêtir au dernier moment sa longue robe à fleurs rose poudré, pour ne pas la froisser. C'était sa préférée bien sûr. Elle s'accordait joliment avec ses cheveux châtain clair.

Pourtant, en ce dimanche midi, une fois la famille autour d'elle, Hélène se sentit ridicule ; sophistiquée à tort et oppressée par l'attention qu'elle suscitait. À peine saisissait-elle un plateau de petits fours que l'une de ses enfants le lui arrachait aussitôt, exigeant d'elle qu'elle profite de l'instant présent.

« Profiter ». « Oser ». Autant de verbes qui ne la caractérisaient pas ou plus, mais elle s'exécutait, toujours pour faire plaisir à son clan. Cette fête avait pour but de satisfaire la bonne conscience de Marianne et Amélie, Hélène en était convaincue, même si, dans la maison familiale, venaient se réunir exclusivement autour d'elle celles et ceux qu'elle aimait le plus au monde : son mari, leurs filles et leurs compagnons (dont le fameux Édouard, qui avait accepté de libérer son emploi du temps à titre exceptionnel). Le frère cadet d'Hélène, Sylvain, avait fait le déplacement de Tours, avec son épouse Catherine et leurs deux adolescents, Morgane et Loïc, âgés de seize et douze ans. Par politesse, les Darbois avaient enfin convié leurs voisins de longue date, Sébastien et Sandrine Pinson, qui étaient venus accompagnés par leur fils de six ans, Lucas. Un petit bonhomme adorable qui ne cessait de poser des questions.

— Est-ce qu'il y a un dieu qui existe dans le ciel, Hélène ? lui avait-il demandé lorsqu'il l'avait croisée à la boulangerie de l'angle de la rue, le matin même.

— Je ne sais pas, Lucas. Certaines personnes y croient, et d'autres non.

— Mais toi, tu y crois ?

— Moi ? Non, je n'y crois pas, trésor. Mais ça ne veut pas dire que j'ai raison.

— Ah bon ? Tu n'y crois pas ? avait répété le petit garçon, dubitatif. Mais alors, explique-moi, qui est-ce qui décide de la météo, s'il n'y a pas de dieu dans le ciel, hein ?

Hélène aimait beaucoup Lucas et ses parents. Ces derniers avaient traversé des épreuves difficiles pour réussir à concevoir leur enfant, et s'en trouvaient justement récompensés. Ils étaient si gentils ! Toujours prêts à rendre service…

En les regardant, parfois, la jeune grand-mère se demandait si sa vie aurait pu être différente avec un fils à la maison. Elle aurait aimé élever un petit homme, entre les jupes roses et les robes à fleurs de ses filles. Toutefois, dès que le sujet était évoqué, elle le tournait en dérision, remettant en cause ses désastreuses compétences de belle-mère. Elle ne savait pas comment appréhender les réactions de son gendre, Bertrand, qui manquait toujours de délicatesse avec sa fille, selon elle. Alors une bru ! Elle préférait ne pas l'imaginer, tant elle voyait en ses enfants la perfection incarnée.

Enfin, comment gérer les importantes différences d'éducation entre les deux sexes ? Hélène avait elle-même souffert du manque d'amour de ses parents, qui avaient ostensiblement préféré son frère Sylvain, le seul mâle de la descendance. Le clivage ne faisait que se renforcer avec l'évolution des mœurs, malgré les dires des médias, pensait-elle.

Pour l'occasion, la table était dressée à l'extérieur, et la météo, propice à la bonne humeur, participait au succès de la journée. Les conversations entre parents et grands-parents, enchevêtrées dans les rires et les cris des enfants, réjouissaient tous les convives, ou presque.

— Qu'ils sont soûlants avec leur môme, les Pinson, glissa discrètement Amélie à Édouard. Ce n'est pas possible de ne parler que de lui… Je ne me souvenais pas qu'ils étaient chiants à ce point-là !

— Ta sœur avec ses filles n'est pas beaucoup mieux, ajouta Édouard avec sarcasme.

Amélie se redressa, aussitôt sur la défensive.

— Elles sont plus petites, c'est normal. Elles exigent plus d'attention. Tu n'aimes pas ma sœur ?

— Si, ça va.

La réponse était cinglante et la jeune femme, contrariée, esquissa une moue. Elle voulait tant qu'il s'entende avec Marianne… Les deux personnes les plus importantes de sa vie enfin réunies ! Il fallait que ça colle. Depuis leur arrivée, elle scrutait sa sœur pour déceler le moindre signe d'approbation, ou de rejet, de son compagnon, mais elle ne percevait rien. Tout juste un clin d'œil complice lors des présentations, pour lui signifier qu'elle accordait d'emblée à Édouard un physique séduisant. Ce n'était pas surprenant, il était le charme personnifié. Grand, brun, ténébreux, habillé avec goût d'une simple chemise blanche sur un jean brut. Il portait sur lui l'élégance de son métier de romancier, sans trop en faire, sans fausse modestie.

De l'autre côté de la table, Marianne n'avait pas encore statué sur le cas Édouard Peyrac, et l'observait avec minutie. Ses gestes étaient tendres à l'égard d'Amélie, c'était un premier bon point. Mais elle voyait bien qu'il s'ennuyait parmi ces gens qui n'avaient aucun atome crochu avec lui. Il devait avoir l'habitude d'attirer toutes les attentions, et espérait certainement qu'on le supplie de signer quelques exemplaires de son best-seller.

Bien sûr, Marianne ne pouvait pas lui en vouloir d'avoir l'arrogance de la réussite sociale. Mais elle, qui s'enorgueillissait d'être d'ordinaire si fine dans la lecture des cœurs, se trouvait incapable de se prononcer : pouvait-il être l'élu ? Celui que sa romantique petite sœur espérait depuis toujours ? En avait-il les épaules, ou même l'envie ?

Hélène attendit que les assiettes du plat principal se désemplissent dans la cacophonie festive pour se lever timidement. Assis à sa gauche, Philippe approcha sa fourchette de son verre pour le faire tinter et appeler le silence.

— Attention à ne pas casser le beau cristal de maman, glissa Amélie malicieusement. Elle ne l'a jamais sorti pour nous, c'est dire si c'est un jour très spécial !

Tout le monde s'esclaffa par bienveillance, avant que le rire ne meure dans des sourires de connivence. Les plus jeunes avaient quitté la table pour aller jouer, et l'attention était captée. La maîtresse de maison pouvait parler.

— Je voulais simplement vous remercier d'être tous venus ici aujourd'hui, pour fêter ce demi-siècle, annonça solennellement Hélène. Je n'ai pas préparé de discours car nous sommes entre nous, en petit comité, alors merci d'avance pour votre indulgence… C'est vraiment juste pour marquer le coup.

Elle hésita.

— Tu vas nous indiquer les portes et issues de secours ? l'apostropha Sylvain en imitant les gestes d'une hôtesse de l'air.

Une nouvelle fois, toute l'audience rit de bon cœur. Hélène répondit :

— Non, mon très cher frère, aucune issue de secours cette fois, ni pour vous, ni pour moi. Je vais forcer ma nature et m'exposer devant vous, parce que je vous le dois, et vous allez donc être obligés de m'écouter, vous qui me comblez de bonheur tous les jours.

Elle marqua une première pause pour choisir ses mots, et capter au mieux l'attention de ses invités.

— Vous voir là, tous devant moi, pour m'apporter une fois de plus votre indéfectible affection, c'est…

Hélène s'arrêta brusquement. Par hasard, elle venait de rencontrer les yeux d'Amélie, sa cadette chérie, qui l'observait, en retour, silencieuse et concentrée. Elle retrouva alors en elle la petite fille qui avait voulu imiter sa signature un hiver, lorsqu'elle était en CE1, suite à un zéro en dictée. Ça paraissait subitement tellement ridicule ! Pourtant, à l'époque, la jeune mère qu'elle était s'était violemment emportée, dans un excès de colère mémorable !

Elle reprit ses esprits pour poursuivre.

— Comment vous dire…

Son regard s'arrêta cette fois malgré elle sur le visage impassible de sa fille aînée.

Marianne.

Sa si sérieuse, sa si douce Marianne…

Hypnotisée, elle revit en elle le bébé qui adorait se déguiser en « grande » les mercredis après l'école. Combien de fois Nanou avait-elle exigé sa participation ? Elle s'était mis en tête d'enseigner les bonnes manières à ses poupées Corolle, et les alignait avec autorité, les grondant ou les punissant selon les bêtises qu'elle inventait pour elles, au cours d'interminables parties de jeux. Quel âge avait-elle alors ? À peine quatre ans… ou cinq, peut-être ? Parfois, Hélène acceptait de jouer ; mais souvent, elle préférait épier sa fillette en cachette. C'était irrésistible ! Son petit air pincé… Son joli minois qui s'appliquait à reproduire les moindres mimiques des adultes… Elle sentait son cœur fondre à chaque fois.

— Les mots me manquent…

Elle soupira. Elle n'avait plus la force de lutter, ni même de continuer. Se trouver là lui semblait soudain absurde, et l'émotion la saisit sans crier gare. Ces regards braqués sur elle… Tous ceux qu'elle aimait le plus, réunis autour d'elle…

C'était plus difficile qu'elle ne l'aurait pensé, elle le réalisait à l'instant même.

— Si vous saviez…, balbutia-t-elle dans une ultime tentative.

Autour de la table, plus personne n'osa plaisanter. Oui, tous ces êtres chéris la dévisageaient désormais avec peine, assistant, impuissants, à sa lutte larvée entre sa raison et ses sentiments. Elle voulait toujours trop bien faire. Elle, toujours si digne, si droite, si pleine d'assurance… Elle manquait lamentablement à son devoir en ne contrôlant plus son discours, trahie par une voix qui s'étranglait et qu'elle ne reconnaissait plus ; prisonnière d'un corps qui ne pouvait pas être le sien, puisqu'elle n'imaginait pas avoir cinquante ans. Elle tremblait, elle avait honte, mais elle restait debout, retrouvant en chaque paire d'yeux des moments de complicité passés, des moments d'amour, mais des moments plus difficiles aussi, parfois. Tout ce qui avait constitué son existence tranquille, son équilibre, ses forces et ses faiblesses. Elle retrouvait soudainement tout, dans ces regards soucieux et empathiques.

En cinquante ans, Hélène n'avait jamais réalisé de grand exploit. Elle n'avait pas changé le monde. Elle n'avait peut-être même pas contribué à le rendre meilleur. Elle n'avait fait ni de hautes études, ni de politique. Tout juste quelques jours de bénévolat, de temps à autre, et un versement annuel à une ONG qu'elle choisissait consciencieusement avec Philippe. Pourtant, à son échelle, elle s'était toujours efforcée d'être une bonne personne, et c'était déjà quelque chose. Elle avait mené sa barque en retenue, le plus discrètement possible, afin que sa famille ne manque de rien et que ceux qu'elle aimait puissent vivre paisiblement. C'était là le but de son existence ; aider son prochain à s'épanouir, sans déranger qui que ce soit, sans le moindre éclat de voix. Ça ne suffisait pas toujours, mais elle s'était vraiment échinée à faire de son mieux.

Alors, dans ce moment de solitude parmi tous ces êtres chers, une voix s'éleva enfin, digne et tendre, pour voler à son secours.

Marianne s'était dressée devant elle.

— Maman, dit-elle. Mamoune… Tu es tellement modeste… Il vaut peut-être mieux que ce soit moi qui ouvre le bal des discours, pour rétablir la vérité, et rendre hommage à qui tu es réellement, tu ne crois pas ?

La diversion opéra et les regards changèrent instantanément de cible, se ruant sur l'aînée de la famille.

— Tu es une femme forte, Hélène Darbois. Plus forte que tu ne le penses. Tu es celle qui nous a montré l'exemple, à Mélie et à moi… Quelle chance est la nôtre, maman, de t'avoir eue pour modèle ! Tu nous as appris à être libres ; indépendantes. Tu nous as appris à être heureuses et à aimer. Tu nous as poussées, sans forcer, à être celles que nous sommes aujourd'hui. Tu représentes pour nous la justice, la fidélité, l'élégance. Tu es la meilleure des grands-mères possibles pour Maya et pour Louise. Et, à titre plus personnel, tu es ma bouée, mon refuge, l'éponge de mes angoisses de jeune mère et de femme. Tu es mon meilleur conseil et ma protectrice. Mon alliée aussi, dans l'adversité. Non, ne pleure pas, mamoune. C'est la vérité ; NOTRE vérité, tu sais, à papa,

Mélie et moi, depuis toujours. Tu es tout cela à la fois, et… En l'évoquant, je me rends compte à quel point c'est exceptionnel. Même si… Dans la société moderne, c'est le minimum que l'on demande aux femmes. Dieu, que c'est consternant ! Tu vois, maman… toi qui ne penses pas révolutionner le monde, voilà comment tu le fais avancer, à ta façon. En nous montrant la voie. En étant, telle que tu es, notre source d'inspiration éternelle. Et je crois que je parle au nom de tous autour de cette table quand je te dis à quel point on t'aime…

Les larmes coulaient sans discontinuer sur les joues d'Hélène. Dans le silence, les invités la laissaient assimiler les mots qui venaient si naturellement lui coller à la peau, et elle s'abandonna alors plusieurs secondes, en proie à un flot d'émotions toutes aussi indomptables que contraires. La gêne, la fierté, la joie, l'humilité, et tant d'autres qu'elle ne pouvait pas nommer.

Par crainte qu'une parole ou un geste maladroit ne soit pire encore, personne n'osa bouger lorsque Marianne se rassit. Hélène se retrouvait à nouveau seule debout, désarmée par la déclaration d'amour de sa fille. Elle inspira puis souffla à deux reprises, afin que l'oxygène l'aide à reprendre sa maîtrise. Son mari lui tapota gentiment la main pour l'y encourager. Enfin, elle releva la tête et courut embrasser son enfant.

— Marianne, ma douce… Je n'ai pas les mots pour t'exprimer ce que je ressens… Je suis bouleversée… Et je n'en méritais pas tant. C'est moi qui ai de la chance de t'avoir. Toi qui sauves toujours toutes les situations, même les plus désespérées… La preuve ! Toi qui fais attention à tout, tout le temps. Merci, ma chérie, merci. Je t'aime, ma fille.

Hélène se sentait soudain beaucoup mieux. Comment

ne l'avait-elle pas compris avant ? Elle avait eu si peur de tous ces regards braqués sur elle, alors qu'il lui suffisait de les accepter et de les soutenir pour y puiser tout le courage dont elle avait besoin. Ses enfants lui avaient toujours donné la force de tout, et la volonté de ne jamais reculer devant rien.

— J'ai aimé chaque instant de ma vie à vos côtés, dit-elle en s'adressant à tous. Chaque café avec mes voisins, à l'improviste, à refaire le monde. Chaque chamaillerie avec mon frère. Chaque réconciliation, épaule contre épaule, regard en coin… Chaque fou rire avec toi, Philippe ; la moindre de nos discussions à bâtons rompus, à pas d'heure, et nos querelles aussi… Chaque remise en question ; chaque mot doux, colère, peur, et réconfort qui s'ensuivait. Chaque compromis. Même s'il n'était pas toujours facile d'accorder nos violons, croyez-moi sur parole ! Chaque bouffée d'amour ; chaque petit déjeuner, assise au petit matin en face de la jolie frimousse de nos filles. Chaque tempête, imperfection, quiproquo et je ne sais quoi d'autre ; tourments, doutes, concessions… Appelez cela comme vous voudrez, je parle de tout ce qui a fait, sans bruit, notre vie de famille ces dernières décennies. Chaque minute de chaque jour et chaque nuit. Oui, chaque nuit.

Elle avait prononcé tout bas ces derniers mots, comme si elle ne s'entretenait plus qu'avec elle-même, avant de reprendre distinctement, la confiance retrouvée :

— Parlons-en, d'ailleurs, des nuits ! Combien en ai-je passé, blanches, à veiller sur vous, mes filles ? Je n'en regrette aucune. Celles-là aussi je les garde précieusement. Autant que vos cris d'enfants quand je vous poussais sur la balançoire, et Dieu sait si je vous ai poussées !

« Plus fort, maman ; plus fort ! »... Je vous entends encore, comme si c'était hier. J'entends vos cris de détresse, aussi, pour le moindre bobo... Toi, Nanou, qu'est-ce que tu as pu chouiner pour n'importe quelle petite égratignure ! Tes rires et tes pleurs résonnent à jamais dans mon cœur, ma chérie, comme ceux de Maya et Louise viennent s'inscrire dans le tien, j'en suis sûre. Combien a-t-il fallu de câlins et de bisous magiques pour panser vos blessures ? Pour les guérir ? Combien de temps, aussi, pour apprendre les tables de multiplication ? Hein, ma Mélie ? Tu mélangeais celles des 7 et des 8. Il a fallu s'acharner des heures et des heures, ça me rendait folle ! Tant de souvenirs partagés... Hélène secoua alors la tête, comme s'ils venaient tous se bousculer dans sa mémoire, avant de continuer, plus malicieuse :

— Tant de caprices aussi, vilaines filles ! Le drame quand Nanou est partie en voyage scolaire en Espagne, en classe de quatrième... Mélie, tu avais décidé de dormir dans sa chambre pour attendre son retour, il n'y avait rien à faire pour t'en déloger ! Il faut dire qu'on n'a pas beaucoup insisté, ton père et moi, parce qu'on ne faisait pas les malins non plus... On a dû prendre sur nous pour te laisser partir, Nanou, alors qu'on ne t'autorisait même pas à traverser la rue pour aller à l'école toute seule !

Les deux sœurs sourirent à l'évocation de leur enfance, et Hélène poursuivit enfin sans la moindre hésitation :

— Mais je suis heureuse d'avoir été là pour ça, mes amours ; de ne pas faire partie de celles qui regrettent d'être passées à côté de leurs enfants. Et puis je suis fière aussi. Fière de vous, bien sûr. Et fière d'avoir pu concilier ma vie de femme avec celle de mère ; d'avoir adoré mon métier, mes collègues, mes voyages. De ne pas avoir transigé avec mes propres désirs. D'avoir su m'écouter. Et de ne pas vous mentir aujourd'hui, quand je vous dis que je n'ai rien à jeter de toutes ces années, même si c'était parfois difficile, il faut bien le reconnaître ! Je garderais tout, malgré les sacrifices et les renoncements. Tout ce qui a fait mon quotidien et qui a jalonné ma vie, de menus plaisirs en grandes satisfactions, toujours à vos côtés. À cinquante ans, je comprends enfin que le bonheur, dont tout le monde parle ; que tout le monde cherche… ce n'est pas une destination, mes chéris ; c'est une route. La route sur laquelle nous avançons pas à pas, à chaque seconde. Et je vous souhaite tellement d'emprunter la même que la mienne… Pour arriver à ce carrefour de l'âge avec autant de joie que j'en ai eu, même si c'est un énorme cliché. Il me suffit de vous regarder, l'un après l'autre, autour de cette table, pour ressusciter avec chacun mes plus beaux souvenirs. J'ai tant reçu de vous que je n'ai pas vu le temps filer, ni mes rides se creuser. Pourtant, en vous voyant tous réunis, là… je me rends bien compte que j'ai vieilli ! Même si je suis encore en pleine forme, rassurez-vous… Suffisamment pour te botter les fesses, Sylvain !

Au clin d'œil de sa sœur, ce dernier s'amusa de la raillerie, sans trop en faire. Lui-même avait du mal à réaliser que son aînée célébrait ses cinquante ans. Il avait d'abord assisté, contrit et gêné, à la lutte acharnée entre sa pudeur et ses émotions. À présent, plus sereine, elle s'apprêtait heureusement à conclure.

— C'est comme si je naissais à nouveau dans cette seconde moitié de siècle… Avec la lucidité de la maturité en plus, car il faut bien quelques avantages quand même ! J'espère seulement pouvoir vous rendre au centuple ce que vous m'avez offert tout au long de mon existence. Il n'y a pas de plus grand cadeau que celui d'être aimé aussi fort. Alors... Pardonnez-moi pour les inepties, les inexactitudes et les défauts de ce discours décousu ; on dit qu'il faut toujours écouter son cœur, mais il est parfois tellement difficile à faire parler...

La maîtresse de cérémonie laissa en suspens ses derniers mots et sourit, avant de recueillir, soulagée, les applaudissements bienveillants de toute la table. Elle se tourna alors vers ses voisins pour s'adresser plus directement à eux.

— Sébastien et Sandrine, merci infiniment pour toutes ces années côte à côte...

— Et aussi pour la clôture réparée entre nos deux jardins, l'interrompit Philippe, pour enfin mettre un terme au monologue de son épouse.

— Et pour les gâteaux distribués en douce par-dessus ! renchérit Amélie, dans le même dessein.

Avec toute la jovialité qui la caractérisait, Sandrine Pinson fit mine de porter son index devant sa bouche, en signe de pacte scellé par les années avec les petites voisines qu'elle avait vues grandir.

— Sylvain, Catherine, reprit Hélène sérieusement, en regardant désormais le côté opposé de la table, merci d'avoir fait la route, un dimanche. Je sais qu'il y a beaucoup de bouchons...

— Quoi ?

Cette fois, le petit frère fit semblant de s'offusquer pour divertir à son tour les convives.

— C'est toute la reconnaissance que tu as pour moi après avoir grandi à mes côtés ? Je ne mérite rien de mieux qu'un bref merci pour avoir bravé le trafic autoroutier ?

— Oh… Ne fais pas celui qui ne comprend pas ! Tu sais très bien à quel point vous m'êtes précieux…

— Mais pas autant que nous quand même ! Hein, maman ?

En une fraction de seconde, Amélie venait de nouveau d'accaparer l'attention de sa mère. Sa joie de vivre, son bébé bonheur comme elle l'avait toujours appelée, la ramenait vers un attendrissement instinctif, primal.

— Ah, mes filles… Vous, c'est différent. Ce sera toujours différent.

Ses yeux s'embuèrent. Elle avait devant elle, côte à côte, ses toutes petites, son trésor chéri. Marianne et Amélie étaient ce qu'elle avait de plus précieux au monde. L'émotion qu'elle avait ressentie à leur naissance était intacte aujourd'hui, et l'avait accompagnée à chacun de leurs pas. De leurs tout premiers, maladroits et trébuchants, à ceux des jeunes femmes dynamiques et pleines d'assurance qui s'affirmaient aujourd'hui. Ses petits bébés potelés étaient devenus gracieux, élégants ; ils n'avaient plus besoin d'elle désormais pour mener leur propre existence et faire leurs choix, même ceux qui lui déplaisaient, à elle. Et, quels qu'ils fussent, quelle que soit leur destinée, Hélène le savait, le temps n'aurait jamais d'emprise sur la passion qu'elle éprouvait à l'égard de ses enfants. Peu importait le nombre de bougies sur ses gâteaux d'anniversaire.

— Je sais, dit sa cadette. On est tes bâtons de vieillesse !

— Ça… Combien de fois t'ai-je répété d'être gentille avec ta sœur, parce que tu seras bien contente qu'elle s'occupe de nous quand on sera vieux, ta mère et moi !?

À l'intervention du seul homme de la maison Darbois, toute la table rit de plus belle, spontanément.

D'ordinaire, Philippe parlait peu. Philippe n'était pas

souvent présent quand Marianne et Amélie vivaient sous le même toit. Mais Philippe était tendre et drôle. Il avait réussi à bâtir une relation privilégiée avec ses filles, empreinte de confiance et d'amour, tout en intelligence. Quand Hélène gérait l'intendance du quotidien, les devoirs et les leçons d'équitation, il prenait le rôle du maître expert en chatouilles, des parties de Cluedo et des câlins du matin. C'étaient tous ces souvenirs vibrants que l'épouse fidèle retrouvait dans ce dernier trait d'humour, avant qu'elle ne reprenne possession de son rôle de maîtresse femme.

— Merci de me faire toujours pleurer de rire, c'est sans doute mieux que de pleurer d'émotion. Et je ne voudrais pas te faire honte, Mélie, alors que tu es en si bonne compagnie !

Les yeux énamourés, sa plus jeune fille se tourna aussitôt vers Édouard, tandis qu'Hélène s'adressait enfin à son mari.

— Chéri, Philippe, je vais également t'éviter les déclarations d'amour : ce n'est plus de notre âge ! C'est très embarrassant et je commence à m'embrouiller… À cinquante ans, voilà la sénilité qui me guette ! Et puis je ne maîtrise pas le maniement des mots comme notre illustre auteur ici présent…

Édouard, cette fois, encouragea la nouvelle évocation de sa personne d'un léger signe de tête, mais Marianne interrompit de nouveau sa mère en se levant.

— Ça suffit les discours, maman ! Tu parlais de cadeau tout à l'heure ; d'aimer et d'être aimé… Je vais donc assurer la transition, même si tu ne vas pas t'en tirer comme ça ! Tu as trois paquets à ouvrir.

Hélène porta les mains sur son cœur.

— Vous êtes fous… Qu'est-ce que vous avez fait ?

Au signal de sa sœur, Amélie quitta la table pour s'emparer de son sac, laissé dans le salon. Elle en sortit un premier présent de la taille d'un livre, qu'Hélène ne tarda pas à ouvrir, pour abréger sa souffrance d'attirer toute l'attention.

— Un guide de voyage pour les États-Unis ? Voilà qui est tellement bien pensé ! Vous voulez m'éloigner, c'est ça ?

— On veut surtout que tu prennes soin de toi, s'esclaffa Marianne. Depuis le temps que tu rêves d'y aller… À vous de choisir la date, avec papa. Mais évitez quand même les vacances scolaires, hein ? J'aurai besoin de vous pour le baby-sitting !

D'une main gracieuse, Hélène esquissa un geste de baiser en direction de sa fille, pour lui confirmer que c'était déjà convenu, alors qu'Amélie extirpait un deuxième paquet de son sac à main.

— Ça, dit-elle, c'est pour ne pas avoir froid dans les grands espaces là-bas, tout en gardant la classe !

Hélène reconnut le prestigieux logo de la maison de luxe Hermès, et s'ensuivit immédiatement un reproche.

— Un carré ? Vous exagérez ! C'est vraiment trop… Je ne sais plus où me mettre.

— Attends la suite, ça va t'achever ! répondit Amélie avec espièglerie, en posant devant sa mère un colis plus large.

Le foulard déjà autour du cou, Hélène prit cette fois son temps pour retirer le papier d'emballage. Elle en sortit un album de photographies.

— Avec l'aide de papa, et les archives des grands-parents, commenta Amélie. Cinquante ans d'une vie réunis dans cet album, avec de la place pour compléter la suite, bien sûr…

Hélène demeura muette. Ses mains tremblaient légèrement en tournant les pages.

— C'est vrai qu'on ne prend plus la peine d'imprimer les photos de nos jours, murmura-t-elle. Quelle erreur…

Sa voix se perdit progressivement. Son existence défilait devant ses yeux et les souvenirs la prenaient à la gorge.

Elle se retrouvait, à cinq ans, en noir et blanc, posant avec sa mère lors d'un jour de marché, en jupe plissée et socquettes, de petites sandalettes noires bien vernies aux pieds. Quelques pages plus loin à peine, elle donnait naissance à Marianne… Tenant son bébé au chaud dans ses bras, elle souriait, sans ride et sans maquillage, les traits fatigués par l'épreuve. Puis elle retrouvait Philippe, jeune, en pyjama, les cheveux en bataille, préparant le chocolat chaud des filles au petit matin. Amélie sur un poney, lors de ses cours d'équitation ; elle devait avoir douze ans. Toute la famille réunie, lors du mariage de Marianne et Bertrand, par un beau week-end de juin. Hélène, de nouveau à la maternité, serrant cette fois tendrement la petite Maya, la pose et l'expression identiques à celles de la photo sur laquelle elle enlaçait Marianne, à quelques cernes près ; comme si elle avait autant souffert de la naissance de sa petite-fille que de celle de sa fille, vingt-cinq ans plus tôt.

Tout était là ; tout cet amour infini, contenu entre les films de protection de ces photographies un peu jaunies.

Tout était là ; sous ses yeux ébahis.

— Une merveille, se contenta-t-elle de chuchoter, de peur que sa voix n'abîme son précieux cadeau et les mille et un sourires qu'il renfermait ; chacun retraçant une partie de son existence, tous figés pour l'éternité.

Brusquement, des pleurs extirpèrent l'assemblée de sa contemplation. Louise accourait de nouveau près de la table des adultes.

— Mamie ! hurla la petite fille en s'approchant d'Hélène.

Maya, qui suivait sa sœur de près, traduisit en mots ce qu'elle comprenait des larmes.

— Elle s'est cognée contre la balançoire. C'est pas moi ! Je l'avais pas vue, elle était derrière…

— Ce n'est rien, ma toute petite, dit doucement Hélène en s'adressant à Louise, alors que Maya se précipitait dans les bras de sa mère pour se faire aussitôt pardonner. Juste une bosse riquiqui. Tu sais ce que ça veut dire, riquiqui ?

Louise passa des larmes au rire. Le mot était plaisant.

— Est-ce que c'est dur d'être une maman ? demanda soudain Lucas, assis dans l'angle opposé.

La question, pleine de sens, stupéfia les adultes autour de la table.

— Ce n'est pas facile tous les jours, mon chat, répondit Sandrine. Il faut parfois te punir pour te faire avancer, ou te consoler quand tu es triste. J'apprends à être une maman en même temps que toi, tu apprends à être un enfant.

Lucas insista.

— Et est-ce que tu m'aimes tout le temps ? Même quand tu me punis ?

— Bien sûr ! Je t'aime tout le temps, même quand je suis fâchée.

— Alors, je resterai toujours avec toi et papa, puisqu'on devrait toujours rester avec les gens qu'on aime, non ?

Sandrine regarda les convives autour de la table, attendris, avant d'expliquer en souriant :

— Tu sais, Lucas, papa et moi, nous t'aimons parce que tu es notre enfant, mais tu ne nous appartiendras jamais… Tu seras libre de faire ce qu'il te plaira, et un jour, lointain, tu souhaiteras partir. Heureusement !

Les adultes rirent de cet adorable petit bambin, assoiffé d'apprentissage. Comme il était difficile de lui expliquer le monde avec de vilains mots de grande personne, pensait Hélène. La nostalgie l'avait reprise, même si elle s'en cachait au mieux. Elle avait tant partagé avec ses filles ! Beaucoup plus que son frère, Sylvain, avec ses adolescents constamment accrochés à leurs tablettes et autres portables. Le mal du XXIe siècle, se disait-elle. Chez eux, il n'y avait jamais eu de jeux vidéo. Marianne et Amélie avaient beaucoup joué aux poupées. Et, les week-ends, sur la place proche de l'église, elle avait instauré un mignon petit rituel : lorsque Philippe travaillait, elle les emmenait manger une crêpe ou une gaufre, qu'elles dégustaient toutes les trois en admirant les mariés sortir de leur cérémonie.

Une fois de plus, Hélène se plongeait dans ses souvenirs, s'éloignant progressivement de la grande table. Philippe lança alors un nouveau sujet de conversation plein de promesses réjouissantes :

— Et vous, Mélie et Édouard ? Dites-nous, c'est pour quand, le mariage ?

Une demi-seconde, Amélie irradia de bonheur. C'était à son tour de pavoiser.

Une demi-seconde ; c'est exactement le temps qu'Édouard lui accorda, avant qu'elle ait la possibilité de trouver une réponse fine et bien tournée. Il s'empressa de prendre la parole pour tous les deux avec assurance.

— Je ne crois pas en l'institution du mariage, Philippe. Je crois en l'homme, dans ses actes, mais pas dans des bouts de papier griffonnés. À trop s'enorgueillir de compter ses années de mariage, comme on empile des assiettes sales, les couples pourrissent et se nécrosent.

Le silence s'abattit sur la table tandis qu'Édouard, au milieu de tous ces parents unis par les liens sacrés, se servait un autre verre de vin rouge.

— Enfin… Je ne veux pas généraliser, bien sûr, poursuivit-il. Il y a des couples qui s'en sortent mieux que d'autres. Mais ce n'est pas pour moi, c'est tout.

— Je te remercie, j'ai cru un instant que tu parlais d'Hélène et de moi, reprit Philippe en souriant gentiment.

— Non, on voit tout de suite que vous, vous êtes un couple épanoui, répliqua Édouard d'un ton impassible.

Il fit mine de porter un toast à son hôte, tout en jetant un rapide coup d'œil à Marianne. Cette dernière le dévisageait. Elle imaginait ce qu'il pensait d'elle et se sentit soudain mal à l'aise, comme s'il la mettait à nu. Il devait être certain de la deviner, de lire en elle comme dans un livre ouvert. Il devait la trouver tellement prévisible, elle, l'épouse sage et dévouée. Elle sentait la colère monter devant ce bellâtre et ses airs supérieurs.

Amélie ricana nerveusement.

— C'est vrai que, sans vouloir vous froisser, le mariage, c'est un peu démodé, lança-t-elle timidement pour soutenir son compagnon.

Se sentant obligée de montrer à quel point leur couple était uni, elle ajouta :

— On peut passer une vie entière avec quelqu'un sans avoir besoin de se mettre un fil à la patte, et être très heureux.

Avec aisance, Édouard s'appuya contre le dossier de sa chaise et posa la main sur la cuisse de sa compagne. Bertrand tenta de clore la discussion, sujet de discorde.

— Bon… Nous devons être démodés, alors ! Je trouve ça plutôt joli de reconnaître l'amour de deux personnes devant la société des hommes. Sans parler de la tranquillité d'esprit… En cas d'accident de l'un ou de l'autre.

— Et voilà… La tranquillité d'esprit ! Rien de très romantique, non ? rétorqua Édouard avec aplomb. Je vous le dis : le mariage tue la spontanéité d'un couple. La société n'a pas besoin de ça pour se rendre compte que deux personnes s'aiment.

— C'est le temps qui tue la spontanéité, pas le mariage, répondit Bertrand en se servant à son tour un verre de vin. Tu devrais savoir ça, l'écrivain.

Marianne, qui tentait de rester concentrée sur la conversation sans se laisser envahir par son inimitié, rabroua aussitôt son mari avec un faux sérieux.

— Bertrand… Tu ne devrais pas utiliser le verbe « tuer » devant un auteur de polars. On ne sait jamais ce qui peut l'inspirer !

Toute la tension retomba dans l'instant, et Amélie remercia sa sœur d'un seul regard pour avoir su détourner la conversation. La singularité d'Édouard l'avait toujours fascinée ; elle n'avait jamais pensé qu'elle pourrait un jour la déranger devant les siens.

— Bien, dit-elle dans un rire un peu trop appuyé. Puisque, manifestement, je vais rester vieille fille, est-ce que tu n'aurais pas envie que l'on s'inscrive ensemble à des cours d'anglais, maman ? Comme il va falloir que tu t'y colles, maintenant que tu as ton guide de voyage pour les US… On peut peut-être bénéficier d'un prix de groupe !

La parade, bien sûr, avait pour dessein de désamorcer sa déception et changer de sujet. Le mariage était aussi un engagement, c'était ce qu'elle avait envie de crier à Édouard, mais il lui était impossible de le contredire en public. Elle y croyait dur comme fer depuis toujours. Depuis que, petite, avec sa mère et sa sœur, elle s'était extasiée devant les jolis costumes qui sortaient de l'église sur la place du village. Combien de fois avait-elle observé les couples entrer, puis sortir de l'édifice, fidèles à ce qu'ils paraissaient avant la cérémonie, et pourtant si différents ? Amélie avait appris à reconnaître chacune des émotions qu'elle lisait sur leurs visages éberlués : le stress, l'excitation, la joie, le soulagement. Ils se pavanaient en remerciant les uns, en embrassant les autres, et la petite fille qu'elle était alors s'identifiait aux princesses d'un jour, se promettant d'en devenir une aussi, à son tour, bien des années plus tard. Oui, c'était précisément tout cela qu'elle souhaitait expliquer à Édouard, mais elle avait bien trop peur d'être tournée en ridicule devant ses parents.

Un bout de papier, se convainquit-elle. *C'est un bout de papier qui finit une fois sur deux déchiré, et la jolie robe, abîmée par la progéniture à venir qui s'en sert de déguisement pour jouer aux grands. Car au final, ce n'est que ça ; un déguisement. Un jeu. Une mise en scène. De la poudre aux yeux.*

Ainsi, Amélie s'efforça de ne plus songer au discours d'Édouard pour ne pas gâcher la jolie fin de journée, et se leva pour débarrasser la table. Dans la cuisine, sa tante Catherine entamait la vaisselle, tandis que Marianne rangeait les différents condiments. Elle les scruta toutes les deux, brûlant d'envie de savoir ce qu'elles pensaient de son homme, tout en craignant leur réaction.

— Pas de doute, il sait tourner ses phrases, ton Édouard, dit Catherine avec affection avant même d'être interrogée. C'est un très bel homme, et il sait ce qu'il veut.

— Surtout ce qu'il ne veut pas, remarqua Marianne.

— Tu ne l'aimes pas ?

— Non, Mélie, je n'ai pas dit ça… Tante Cat a raison : c'est un charmeur, il est malin… Il a tout pour lui. Ça te change de ton ex qui était un crétin fini ! Je comprends pourquoi il te fait tant craquer.

— Mais ? demanda Amélie en fronçant les sourcils.

— Mais… J'espère juste qu'il ne deviendra pas une caricature de lui-même à cause de son succès. C'est grisant, évidemment, mais c'est aussi dangereux.

— Il est malin, tu l'as dit toi-même. Il n'y a aucune raison que ça tourne mal, objecta gentiment Catherine, pour rassurer sa plus jeune nièce.

Elle ajouta avec énergie :

— Moi, je le valide à cent pour cent !

Alors qu'Amélie recevait une accolade chaleureuse de sa tante, Sandrine Pinson entra dans la cuisine, le saladier en argent entre les mains. Cherchant à se rendre utile, elle trouva facilement sa place parmi les femmes de la famille qu'elle connaissait depuis si longtemps déjà. Le pavillon qu'elle habitait avec son mari et son fils avait appartenu à ses parents bien avant sa naissance, et elle avait grandi en côtoyant les Darbois.

— Édouard est a-do-rable, précisa-t-elle en posant le saladier sur le plan de travail. Il discute œnologie avec ton père en ce moment même, de quoi le mettre dans sa poche ! Il a aussi fait un tour de magie aux enfants pour leur faire apparaître une pièce. Ils n'en reviennent pas. Et… Qu'est-ce qu'il est beau ! Vraiment, il n'y a rien à redire : c'est un très bon choix…

Puis, comme aucune des femmes présentes dans la cuisine ne renchérissait, elle conclut :

— Enfin… On ne va pas tarder à rentrer, même si on n'a pas beaucoup de chemin à faire. Je ne veux pas décaler Lucas dans sa routine de fin de journée. Sinon il va être compliqué à coucher !

— À quelle heure le mets-tu au lit ? demanda Marianne, soudainement intéressée.

— 20 heures tapantes. Pourquoi ? Tes filles se couchent à quelle heure ?

— Normalement, à 20 heures aussi. Mais même si on part maintenant, je sais déjà que ça va être la galère ce soir, après l'excitation de la journée chez papi et mamie. Je sens aussi que Bertrand ne va pas beaucoup m'aider…

— Il a l'air fatigué, non ?

— Il est sorti tard vendredi soir, et il a rempli sa mission puisqu'il nous a conduits ici. Job *done* pour lui… Du coup, il assure le service minimum avec la belle-famille !

Sandrine Pinson s'amusa de cette dernière réflexion.

— Sébastien est pareil, ne t'inquiète pas. C'est très masculin ! Rien que me regarder m'agiter de tous les côtés pour ranger la maison l'épuise, alors qu'il passe ses dimanches avachi sur le canapé les trois quarts du temps !

Discrètement, profitant de la dernière boutade de la voisine, Amélie s'éclipsa de la cuisine, sous le regard bienveillant de Catherine. La conversation avait dévié, et les comparatifs entre les maris des unes ou les enfants des autres ne la concernaient guère. La journée avait été un succès, mais son goût restait amer.

Dans le salon, Hélène regroupait ses cadeaux en s'efforçant de garder le sourire. Elle anticipait déjà le départ de tous ses invités. Il leur faudrait rentrer chez eux bientôt, prétextant des bains pour les enfants, des devoirs pour les adolescents, des bouchons pour les parents. La maison se viderait vite et s'emplirait de nouveau de silence.

La nostalgie. Elle la gagnait avant même la séparation et les dernières embrassades en guise d'au revoir. Ses filles lui manquaient déjà.

Alors, tendrement, sans parler, Amélie vint s'approcher de sa mère pour l'enlacer. Sans bruit, sans même qu'Hélène l'ait vue avancer jusqu'à elle.

Son bâton de vieillesse, comme elle l'avait finement appelée au cours du repas…

Blotties l'une contre l'autre, la mère et la fille restèrent silencieuses plusieurs secondes, debout, au milieu du salon. Et, comme lorsqu'elle était jeune, la nouvelle quinquagénaire respira à pleins poumons l'odeur de son enfant à travers ses cheveux.

L'amour suffit à la réconforter.

7

Marianne était songeuse. Sur le chemin qui les ramenait en Seine-et-Marne, elle tentait de rejouer dans sa tête les différentes scènes de la journée. Quelque chose lui échappait et la dérangeait, dans cet après-midi pourtant propice au rire et à la détente. Elle était incapable de le verbaliser, et cela la rendait maussade.

— À quoi tu penses ? lui demanda Bertrand en conduisant.

— À rien.

— Ok.

Marianne avait répondu plus sèchement qu'elle ne l'aurait voulu. Elle tourna la tête vers son mari.

— Je ne sais pas. Tu as trouvé ma mère heureuse ?

Bertrand haussa les épaules.

— Comme d'habitude.

— Oui, c'est peut-être ça le problème. Comme d'habitude. Je me demande si elle ne couve pas quelque chose…

La jeune femme colla son front contre la vitre pour regarder le paysage défiler, mais la voiture ralentissait en rejoignant de larges embouteillages. Le trajet allait être plus long que prévu.

— Et merde ! râla Bertrand.

À l'arrière, Maya et Louise s'esclaffèrent en entendant leur père prononcer un juron. Marianne, qui continuait de dérouler le fil de sa pensée, lui demanda :

— Et le dénommé Édouard, tu en as pensé quoi ?

— Pas grand-chose. Il a des idées très arrêtées sur plein de trucs, mais il est plutôt intéressant. Putain… Mais avance avec ta caisse !

— Bertrand, le somma Marianne, arrête avec les gros mots.

— Je suis rincé, ok ? Je peux m'exprimer aussi, non ? Tu es d'une humeur de chien depuis qu'on est partis de chez tes parents, et t'es pas la seule à vouloir rentrer à la maison.

— Parce que toi, tu n'es pas d'une humeur de chien peut-être ?

Marianne repensa à la réflexion de Sandrine, la voisine, sur la fatigue inhérente à la nature de leurs hommes. Puis, se tournant vers ses filles, elle ajouta avec la même agressivité :

— Maya, arrête de tirer sur la robe de ta sœur, tu vas la déformer. Combien de fois va-t-il falloir que je te le répète ? Il n'y a rien de drôle.

Maya baissa la tête, mais continuait à pouffer de rire tout bas. Plusieurs minutes s'écoulèrent avant que la mère de famille ne reprenne la parole, d'une voix qui se voulait plus conciliante.

— Dans l'ensemble, c'était plutôt sympa, quand même…

— Oui, je te l'ai dit.

Marianne avait beau tenter de se convaincre du contraire, quelque chose n'allait pas. Mais quoi ? Elle savait que sa mère ne voulait pas organiser de réception, elle n'avait jamais aimé ça. Elle détestait qu'on lui offre des cadeaux, détestait être le centre de l'attention. Sur le moment, l'album photos lui avait paru une bonne idée, lorsque Mélie l'avait suggéré, mais elle en doutait désormais. Leur mère avait toujours eu tant de mal à tourner la page de leur petite vie de famille ! Alors, tourner celles qui allaient la lui rappeler constamment… Ce n'était pas la meilleure de leurs initiatives. Marianne aurait aimé en parler avec sa cadette, préparer encore mieux cette journée un peu spéciale, mais Amélie était difficilement joignable ces derniers temps, trop subjuguée par Édouard, trop occupée à anticiper ses moindres désirs. Elle l'idolâtrait, lui, le roi des jugements ; celui qui condamnait les couples sans avoir jamais connu d'expérience de longue haleine. Marianne avait bien remarqué l'attitude de sa petite sœur lorsqu'il avait ouvertement critiqué l'instance du mariage. Elle la connaissait par cœur, elle savait qu'elle avait toujours eu envie d'une belle robe à l'église, comme celles qu'elles admiraient, petites. Le jour du mariage de Bertrand et Marianne, elle avait même beaucoup plus pleuré que la mariée elle-même.

— Tu ne crois pas que Mélie fait encore une connerie avec ce type ?

Maya et Louise rirent de plus belle à l'arrière de la voiture. Bertrand regarda sa femme en haussant un sourcil, avant de répondre :

— Ce n'est pas parce qu'il ne veut pas se marier qu'il faut le clouer au pilori. Il vaut mieux ça que divorcer dans la foulée, non ? Au moins, il réfléchit avant de foncer tête baissée.

Bertrand avait raison, Marianne le reconnaissait. Se marier, ou non, n'avait aucune importance. Elle-même s'en fichait. Si elle avait franchi le pas à l'époque, c'était uniquement pour pouvoir porter le même nom de famille que leurs futurs enfants. Le reste était superflu. Elle soupira et pensa : *Non, ce n'est pas sa tirade sur le mariage qui me dérange... Mais... Si ce n'est pas ça, qu'est-ce qui m'échappe ?*

8

Sur le chemin qui nous ramenait à Paris, à l'arrière du taxi, je ne pensais plus qu'à ça. Moi qui n'y avais jamais prêté attention avec mes précédents amoureux, c'était devenu mon obsession.

C'est à ce moment-là que j'ai eu mes premiers doutes sur lui. J'aurais dû suivre mon intuition.

J'aurais dû.

Je parle au conditionnel, comme si j'écrivais un roman, et comme si j'en connaissais déjà la fin. C'est bête... Surtout si c'est l'homme de ma vie. J'ai vraiment le goût du drame au fond de moi. J'espère que nos enfants en riront.

— Alors on ne se mariera jamais ? demandai-je à Édouard sans oser le regarder.

Il parut surpris de ma question.

— Enfin, Amélie, toi et moi, on vaut mieux que ça !

— Mieux que quoi ? Que mes parents, qui ont vécu les trente dernières années dans la félicité la plus complète ?

Édouard se moqua de moi.

— C'est ça, pour toi, l'exemple de la félicité ? Un couple qui s'emmerde ensemble ?

— Comment peux-tu dire ça ? C'est terriblement méprisant, et tu ne les connais même pas.

— Allons… Je n'ai pas insulté tes parents. Ils sont très sympas. Mais le discours de ta mère était quand même archi-conventionnel, et je dis juste que tu peux aspirer à mieux que ça. Pourquoi se contenter de ce qui est bien, quand on peut avoir mieux ?

— Ne dit-on pas que le mieux est l'ennemi du bien, justement, monsieur l'écrivain ?

Édouard soupira.

— Darling, pitié, évite-moi les stéréotypes. C'est d'un vulgaire…

Mais j'insistai, m'humiliant un peu plus encore :

— Qu'est-ce que tu fais avec une petite esthéticienne, alors ? Moi, j'aime bien les clichés. Peut-être que tu perds ton temps…

— Arrête de te dévaloriser, tu ne vas pas rester esthéticienne toute ta vie. C'est bien pour te donner confiance en toi dans les premières années de ta carrière, mais tu dois viser plus haut. Pense ta vie comme une toile de maître.

J'ai dû esquisser une moue dubitative, car Édouard s'est mis à faire de grands gestes pour dessiner dans les airs un tableau imaginaire.

— Là, tu te concentres sur le moment présent, dit-il, comme si tu regardais de très près les traces du pinceau. Tu t'attardes sur les détails en croyant bien faire, méticuleusement. Mais il faut reculer d'un pas pour mieux apprécier l'œuvre, et la voir tout entière. Qu'est-ce qu'elle éveille en toi ? Tu pourrais découvrir une autre émotion, une autre envie, une autre force. Et pour poursuivre la métaphore, si tu t'éloignais encore un peu, tu pourrais même t'intéresser au cadre de ton œuvre, à ses bordures dorées… Pourquoi pas ? L'idée, c'est qu'il faut toujours, voir, plus, grand.

Il martelait ses mots comme il aurait peaufiné sa toile par retouches successives. Moi, je n'étais pas convaincue par son exposé tordu, et je répondis, vexée :

— Certaines bordures sont parfois ternies par l'usure et les années qui passent. Personne n'y peut rien, Édouard, c'est comme ça.

— Mais d'autres restent magnifiques parce qu'on en prend soin, me contredit-il aussitôt en m'attrapant par les épaules.

Je crois que j'ai fermé les yeux un instant, comme si je pouvais visualiser le tableau qu'il avait tenté de me décrire. J'imaginais ses foutues bordures, sans succès, et repris :

— À quoi ressembleront les nôtres, dis ?

Il fit probablement semblant de ne pas entendre ma question. Blottie contre lui, je me rassurais. Il était tellement convaincu par ce qu'il avançait ! Je ne pouvais pas m'empêcher de penser : *Les opposés s'attirent*, sans oser l'énoncer à haute voix. Il aurait certainement renié ce nouveau cliché sorti de ma bouche. Combien de temps allais-je faire encore illusion auprès de lui ? Je me sentais minable, inutile, sotte. Peut-être lut-il au fond de mon être, car il finit par me parler avec douceur.

— C'est bien de débuter en tant qu'esthéticienne. D'abord, ça signifie que tu sais prendre soin de toi, et prendre soin des autres, donc de moi !

Il dit cela comme une boutade pour me dérider, avant d'ajouter :

— Tu apprends aussi à observer le fonctionnement de ton petit salon, pour pouvoir le diriger dans peu de temps. Ça ne sera pas bien compliqué. Après, tu ouvres des franchises, tu exportes… On réfléchira à tout ça, mais ce n'est que le début, ne t'inquiète pas, chérie.

Il m'embrassa sur le front.

— En voilà des projets ! m'exclamai-je. Je n'avais jamais pensé à tout ça…

— Évidemment, mon cœur, avec la famille ultra-conformiste que tu as, ça n'a rien d'étonnant. Tu te complais dans ton quotidien, sans aspirer à mieux.

Je me redressai.

— Et là, tu vas me dire que tu ne les as pas insultés peut-être ?

Cette fois, c'était certain : j'avais réussi à l'agacer. Il retira son bras.

— Oh, arrête de m'agresser. Ce n'est pas de ma faute si on s'est fait chier à faire trente bornes pour aller offrir un guide touristique qui ne servira jamais à ta mère.

Il sortit son téléphone portable de la poche de sa veste et envoya un texto à Greg.

Je rentre enfin à Paris et je te rejoins.

Puis il m'enfonça davantage encore :

— J'ai été classe de prendre sur mon temps libre pour t'accompagner, tu pourrais au moins me remercier. J'ai d'autres choses plus importantes à faire.

Tout en lisant par-dessus son épaule l'échange avec Greg, je répondis avec ironie :

— Oui, bien sûr. Merci.

Connard, ajoutai-je dans ma tête, cette fois sans la moindre feinte de style.

9

Le lundi après-midi suivant, Hélène Darbois reçut un appel de sa fille aînée. Marianne se ruait sur son portable presque toujours à la même heure : celle de la sieste de Louise. Maya était autorisée à regarder trente minutes de dessins animés ; c'était le seul moment de repos de la jeune mère, et souvent, elle le dépensait au téléphone. Elle avait appris à mener la conversation tout en multipliant les tâches ménagères d'une seule main. Descendre le panier de linge sale, sortir et étendre celui qui venait d'être lavé dans la machine. Nettoyer la table de la salle à manger. Ramasser les jouets qui traînaient au sol. Vider le lave-vaisselle. Autant de devoirs rébarbatifs qu'elle accomplissait sans y prêter attention, l'oreille droite collée au combiné.

— Alors mamoune, bien remise de tes émotions ?

À l'autre bout du fil invisible, Hélène s'anima.

— Oh oui, merci ma fille, vous m'avez beaucoup trop gâtée.

— Tu plaisantes ! C'est toi qui es toujours là pour nous. Il faut bien, de temps en temps, rétablir l'équilibre.

— Et les petites, ça va ?

Hélène avait rapidement changé de sujet, tant elle détestait parler d'elle à ses filles. Elle attendait toujours que celles-ci se délestent de leur cahier de doléances, de leurs ressentis, de leurs problèmes, mais il était hors de question que les rôles s'inversent.

— Ça va, répondit Marianne, habituée à ses questions bienveillantes. Maya m'a encore réveillée cette nuit, et Louise fait pas mal de caprices. Elle n'écoute rien de ce que je lui dis, c'est fatigant... Mais il n'y a rien de neuf.

Puis la fille aînée ajouta :

— Tu as eu des nouvelles de Mélie ?

— Non, pas encore. J'imagine qu'elle m'appellera dans la semaine.

— Et tu penses quoi de son Édouard ? On n'a même pas eu le temps d'en parler !

Hélène réfléchit.

— C'est un bien beau garçon, observa-t-elle.

— Oui, pas de doute là-dessus. Mais ça ne suffit pas à faire un bon mari.

— Mélie est jeune, tu sais. Elle se cherche encore. Il lui fait miroiter un monde qui n'est pas le sien, et c'est normal qu'il l'attire. Ça brille.

Marianne avait toujours été la plus raisonnable des deux, celle qui avait fait ce que l'on attendait d'elle. Hélène partageait son inquiétude, relative au nouvel amant de sa cadette, mais c'était son devoir de ne pas lui en faire part. Elle savait aussi que ses filles devaient apprendre seules de leurs expériences, même s'il lui était douloureux d'assister, sans pouvoir rien y faire, à leurs échecs et à leurs erreurs, alors qu'elle pouvait si facilement les prévoir. Toutes les mises en garde étaient inutiles, quels que fussent les enfants ; combien de fois l'avait-elle constaté ? Et combien de fois ses petites l'avaient appris à leurs dépens, sans jamais en tirer leçon ?

— Je le trouve assez arrogant, lui dit Marianne. Je ne voudrais pas que Mélie se sente inférieure à lui. J'ai l'impression qu'il y a une erreur de casting, qu'il n'est pas fait pour elle, et en même temps, je peux tout à fait comprendre ce qu'elle lui trouve... C'est vrai qu'un écrivain, c'est une vie d'aventures et de bohème. C'est excitant. Mais il a l'air très nombriliste aussi.

— Ça lui passera si ça doit lui passer. Fais confiance à ta sœur. Mélie est tellement charmante... Peut-être qu'elle va lui permettre de garder les pieds sur terre ? Elle doit ramener Édouard à un quotidien plus concret, et ça peut lui plaire, tu sais.

Tout en frottant une trace de fromage collé sur le carrelage de la cuisine, Marianne esquissa une moue.

— Peut-être. Il a besoin de trouver l'inspiration quelque part, de toute façon. Enfin... Papou, ça va ?

— Oh oui, répondit Hélène avec empressement. Ton père est également ravi de la journée que l'on a passée. Ça nous fait toujours tellement plaisir de vous avoir à la maison...

— Même si les enfants ont tout retourné ?

— Même si les enfants ont tout retourné.

Marianne se reprocha aussitôt cette dernière question. Elle savait déjà ce que sa mère allait ajouter, et elle ne voulait pas l'entendre.

— Tu sais, on vieillit, même si vous ne voulez pas le voir... Et c'est vrai qu'on n'a plus l'habitude d'avoir autant d'agitation...

Puis, devinant les sourcils froncés de sa fille, elle s'empressa de poursuivre :

— Enfin... Bien sûr, nous sommes toujours contents d'avoir Maya et Louise chez nous. Tu sais combien on les aime, ton père et moi.

La jeune mère hocha la tête machinalement. Elle imaginait facilement ses parents récurer la maison après le départ de toute la famille. Elle savait à quel point ils aimaient que tout soit en ordre, et comme ils devaient être épuisés par les contraintes et le stress que leur avait imposés l'organisation de la réception.

— Ça me fait penser à Édouard, reprit-elle à nouveau. Tu as remarqué son désintérêt total pour les enfants ? Je l'observais pendant qu'on échangeait avec le petit Lucas à table… Il bâillait à s'en décrocher la mâchoire. Il ne veut pas de mariage et pas de rejeton non plus, à tous les coups.

— D'une manière générale, les hommes sont moins enthousiastes que les femmes à l'idée d'avoir un enfant. Ça ne veut rien dire. Il est jeune. Laisse-lui au moins le bénéfice du doute.

Prétextant ne pas écouter sa mère, Marianne continua de réfléchir à voix haute.

— Je n'ai même pas demandé à Mélie s'il lui avait déjà dit qu'il l'aimait…

— Je ne sais pas. D'après elle, il est très romantique. Il est capable de la surprendre à la sortie de son travail avec une robe et une paire de chaussures dans un sac pour qu'elle se change et qu'il l'emmène dîner dans l'un des plus beaux restaurants de Paris. Ce n'est déjà pas si mal !

— C'est vrai, admit Marianne. Je vois mal Bertrand organiser ça ! Je ne suis même pas certaine qu'il ait le numéro de la baby-sitter…

Hélène savait qu'il y avait toujours une part de vérité dans les reproches sarcastiques de sa fille. Elle la sermonna gentiment.

— Ne sois pas trop dure avec les hommes, chérie. Ils ne peuvent pas être parfaits.

— Oui, mais si on jumelait Bertrand et Édouard, on arriverait à un résultat qui s'approcherait presque d'un mec bien !

Marianne et sa mère éclatèrent de rire ensemble. Elles savourèrent quelques minutes encore leur bavardage, jusqu'à l'interruption abrupte d'Hélène. Et, comme toujours, l'aînée des filles Darbois ne pouvait s'offusquer de la raison, qu'elle devinait déjà.

— Oh Nanou, j'ai un double appel, ça doit être ta sœur, évidemment ! Je te laisse, mais on se rappelle très vite, d'accord ?

— Bien sûr, mamoune. Tu l'embrasses pour moi. Il faut que j'éteigne la télé de toute façon… À bientôt. Gros bisous à vous deux.

— Je t'embrasse, ma fille.

Aussitôt, sans bouger de son fauteuil, Hélène appuya sur la touche adéquate pour changer d'interlocutrice.

— Décidément, dit-elle en guise d'accueil, à chaque fois que j'en ai une en ligne, l'autre appelle dans la foulée !

— Ah tu étais avec Nanou ? répondit Amélie. Je vous ai coupées ? Elle va bien ?

— Oui, tout va bien. Elle t'embrasse.

— Cool, je l'appellerai plus tard. Je voulais juste savoir si vous vous étiez bien remis de vos émotions, et si vous n'étiez pas trop fatigués avec papou. Comme tu répètes tout le temps que vous vieillissez, je m'inquiète !

Hélène sourit et reprit une conversation similaire à celle entretenue avec son aînée. C'était la demi-heure qu'elle appréciait le plus lors de ses journées de repos.

— Édouard était content de rencontrer tout le monde ? demanda-t-elle à sa cadette.

— Oui… Oh, tu sais… Il n'est pas très famille. Mais ça va. Il vient de partir pour deux jours présenter son livre à Bordeaux. Il vient de m'envoyer un message tellement adorable… Il me manque déjà !

— Tant mieux, ma fille. Je suis vraiment contente pour toi.

Lorsqu'Hélène raccrocha le téléphone, quelques minutes plus tard, elle resta un long moment assise sur son siège, sans bouger. Amélie et Édouard allaient-ils se suffire l'un à l'autre ? Sa fille était une douce rêveuse, très fragile. Il était possible qu'elle inspire l'écrivain ; il était possible qu'il la fasse voyager par sa verve et son talent, mais de là à l'accompagner sur le chemin d'une vie entière, jusqu'au septième ciel ? Son instinct maternel ne la laissait pas tranquille, et elle n'aimait pas constater que Marianne et lui étaient à l'unisson.

10

Est-ce que ça existe vraiment, les histoires d'amour comme dans les films ? « Ils vécurent heureux et eurent beaucoup d'enfants » ?

Pour vivre heureux, d'abord, il faut vivre en équilibre. Je veux dire par là qu'il faut que les deux personnes s'aiment équitablement ; que chacune reçoive sa part, dans des proportions identiques à l'autre, pour éviter toute rancune ultérieure.

Mais peut-on quantifier l'amour ? C'est bien un problème. Voilà comment naissent les jalousies et les peurs à mon sens. Il y a toujours un dominant et un dominé dans un couple, et c'est ce qui crée le déséquilibre. Si l'on prend conscience que l'on aime plus que l'autre ne nous aime, alors on lui en veut de sa pingrerie sentimentale ; on s'inquiète, on crie à l'injustice (parfois même en silence, ça suffit pour se faire entendre...). On est prêt à tout et n'importe quoi, à l'image de ma mère qui a rempli ses soutiens-gorge de silicone... Et c'est pourtant la femme la plus saine d'esprit que je connaisse, je le précise !

À l'inverse, si l'on est aimé plus que l'on aime, on étouffe rapidement ; on s'estime tout-puissant, et on finit par jouer sournoisement de notre position de force, pour voir ce que l'autre est capable d'endurer. Avec toute la cruauté inhérente à la nature humaine bien sûr. Le chantage affectif, vous connaissez l'expression ?

Ce serait plus facile si l'amour était un gâteau que l'on partageait à parts égales, comme je l'écrivais plus haut.

Mais…

Pour suivre le fil de cette métaphore, *quid* de la cerise ? Celle qui siège exactement au centre ? La discrète, la banale cerise, que tout le monde ne peut s'empêcher de convoiter ? Pour moi, elle symboliserait… la justice ! Vous voyez l'idée ? Elle pencherait forcément d'un côté ou de l'autre, selon la part sur laquelle elle finit par échouer. On ne peut pas couper la cerise, mais c'est la récompense suprême. Une ode à la loyauté ! Que dis-je ? Une reconnaissance !

J'ai vécu deux ans de relation avec mon ex, et je ne vais pas jouer la fausse modestie : il était fou de moi. Quand je l'ai quitté, il s'est jeté à mes pieds. J'ai eu beaucoup de peine à lui en faire… Mais ma position était plus enviable que la sienne, et on ne reste pas avec quelqu'un par pitié, surtout quand on l'a aimé. Bien sûr, c'est violent de lui reprendre ce sentiment qu'on lui avait offert volontiers de tout son cœur, mais c'est comme ça. On le paie à notre tour dans la relation suivante, lorsque l'on se jette nous-mêmes aux pieds de notre propre bourreau.

Enfin… Pour être plus claire, je suis convaincue d'aimer Édouard bien plus qu'il ne m'aime. Parviendrai-je à inverser la tendance ? Voilà une question que même Céline Dion s'est posée. Artistiquement, en tout cas. Vous vous souvenez du carton de son titre *Pour que tu m'aimes encore* ?

Je deviendrai ces autres, qui te donnent du plaisir
Vos jeux seront les nôtres, si tel est ton désir.

Mouais. Du pur Goldman. Brillamment écrit, mais il n'explique pas comment faire pour y arriver, pour « devenir ces autres ». Comme si c'était aussi facile. Quelle est la méthode ? Rire aux blagues de Greg ? Ce serait vendre mon âme au diable !

Hier, j'ai rejoint Édouard chez lui en fin d'après-midi. Il avait un dîner d'affaires avec des producteurs pour discuter d'une éventuelle adaptation de son roman. Je m'étais préparée et parée de la tête aux pieds, et j'en fus récompensée. Quand Édouard m'a ouvert la porte de son appartement, il m'a trouvée irrésistible.

— Salut beauté, m'a-t-il lancé en plongeant dans mes yeux son regard noir perçant.

J'avais l'impression de me liquéfier sur le perron. Il m'a tirée par la main pour m'entraîner à l'intérieur, et m'a aussitôt plaquée contre le mur, avec maîtrise, sûr de son sex-appeal. Évidemment… Ai-je besoin de préciser que le taux de virilité d'Édouard Peyrac est à son maximum dans ces moments-là ? Il m'a embrassée langoureusement, j'ai lâché mon petit sac et sauté dans ses bras, enroulant mes jambes autour de sa taille. Il m'a alors portée jusqu'à la table de la cuisine américaine, sur laquelle il m'a posée, et ses lèvres ont poursuivi leur chemin jusqu'aux bretelles de ma robe, qu'il a fait glisser. J'en frémis encore… Quel plaisir d'écrire ces lignes qui me permettent de revivre inlassablement nos ébats ! Si je m'autorisais les smileys dans ce journal, j'en inventerais un spécialement pour ces instants d'étreinte torride.

J'ai retiré mes talons hauts pour être plus à l'aise (et ne pas abîmer le rembourrage en cuir de ses chaises), et je me suis retrouvée nue contre lui. Le contact du textile de ses vêtements sur ma poitrine m'a électrisée davantage encore… Il m'a alors reprise dans ses bras puissants et m'a portée jusque dans la chambre ; m'a allongée doucement sur son lit, moi, docile, et lui, ardent. C'est là que nous avons fait l'amour avec une intensité de velours. Expression curieuse que je viens d'inventer en rédigeant ce paragraphe, mais qui lui colle à la peau…

Oui, j'aime Édouard plus qu'il ne m'aime, j'en suis consciente. Mais lorsque nos deux corps se joignent, lorsque nous fondons l'un en l'autre, je sais aussi que notre jouissance est la même, et qu'à ce moment-là très précis, on l'a, notre équilibre. C'est le moment fragile où l'on saisit la cerise entre deux doigts ; le moment incertain et furtif où elle reste suspendue dans les airs, à attendre que l'on décide sur quelle part elle finira par être délicatement déposée.

Peut-on passer notre vie à faire l'amour ? Est-il possible de s'en lasser ?

Je suis restée étendue, la tête sur son torse, pendant une bonne demi-heure. Il me caressait gentiment les cheveux, et je lui ai demandé :

— Est-ce qu'on s'habitue à tout ?

— Il paraît, a-t-il répondu.

— J'espère que moi, je ne m'habituerai jamais à nous.

Cette fois, il n'a rien dit. Je voulais formuler quelque chose de profond, et c'est complètement tombé à plat. Heureusement, il m'a serrée plus fort dans ses bras, comme pour me signifier qu'il ne m'en tenait pas rigueur, et j'ai fermé les yeux. C'est encore un cliché, de dire que c'est l'endroit que je préfère au monde. C'est encore un cliché, mais c'est aussi un axiome que je peux au moins assumer dans ce journal.

Mais puisque tout a une fin, même nous, Édouard s'est levé.

— Allez, sexy girl, il faut se rhabiller, ça va être l'heure de partir au resto.

Je n'avais aucune envie d'y aller. J'aurais préféré qu'il me dise : « On annule. On se fait livrer une pizza et on passe la soirée tous les deux à se mater un bon film. » Évidemment, nous n'étions pas dans une chanson de Benabar, et il en était hors de question. Je me suis donc abstenue de suggérer cette proposition. Je savais que la soirée était bien trop importante pour lui. Alors j'ai menti. J'ai menti avec autant de force que j'écris la vérité en ce moment même. Je lui ai dit que j'étais très excitée à l'idée de me rendre à ce dîner, que je savais à quel point ça allait être gé-nial.

A posteriori, je vous confirme que ça ne l'était pas du tout. Je m'y suis ennuyée à mourir. Autour de la table, nous étions six, mais il n'y avait qu'une seule autre fille. Et elle n'a quasiment pas décroché un mot de la soirée. Blonde, mince, avec de grands yeux verts et une mini-robe noire, elle était vraiment belle. De la trempe de celles qui le sont trop, d'ailleurs, pour qu'on puisse les prendre au sérieux, et qui n'intéressent plus personne dès qu'elles ouvrent la bouche… Enfin, Édouard m'a présentée brièvement avant de m'indiquer qui était qui, mais je serais incapable de me souvenir des noms et des responsabilités de chacun des convives (note personnelle : il faudra que je travaille ça, que j'apprenne à faire plus attention, c'est toujours utile). Je me rappelle juste qu'un des types a demandé ce que je faisais dans la vie, et j'ai commencé à expliquer mon métier en choisissant mes mots le plus adroitement possible.

— Esthéticienne, donc, a résumé le mec avec mépris, avant de changer de sujet.

C'était raté. Seule la belle blonde de l'autre côté de la table s'est animée. Mon travail avait l'air de la passionner, mais elle était trop loin pour entamer avec moi une discussion plus approfondie sur les bienfaits de l'épilation au laser, sans gêner le débat de ces messieurs. Alors elle s'est tue, picorant trois feuilles de salade dans son assiette.

Édouard a gardé sa main sur ma cuisse toute la soirée et j'ai aimé son toucher. Il me caressait doucement, c'était rassurant. Je me suis concentrée sur ce mouvement pendant longtemps, avant de partir loin de ce dîner, dans ma tête. Je regardais cette fille qui jetait quelques coups d'œil à mon homme. On devait lui faire envie. Elle devait penser que j'avais beaucoup de chance, et ça me plaisait de renvoyer cette image-là. Les apparences ne devraient pas autant compter, je le sais, mais ça fait du bien à l'amour-propre. Je sors avec un play-boy, autant s'en féliciter !

À défaut de prendre part aux discussions, j'ai donc continué à converser avec moi-même en silence. Quelle serait la traduction exacte du mot « play-boy » ? Garçon de jeu ? Garçon joueur ? Dans les deux cas, ça ne donne aucune indication temporelle. Tous les jeux ont une fin, non ? Est-ce que je me voyais vieillir avec lui ? Pourquoi un homme qui avance dans l'âge devient mature et séduisant lorsque ses tempes grisonnent, alors qu'une femme se fane ? Ils ont un sacré avantage sur nous, il faut le reconnaître.

Il était tard et j'avais trop bu. Une fois le dîner terminé, je me suis légèrement appuyée sur Édouard, et il m'a prise par la taille pour m'escorter, comme un parfait gentleman. Je me suis alors rendu compte que je ne valais pas mieux que l'autre blonde, celle dans le coin opposé de la table, qui riait à tout et n'importe quoi. La ravissante idiote, avec sa mini-robe noire. Je me suis sentie mal à l'aise, grotesque et titubante. Moi non plus, je n'avais pas décroché un mot de la soirée. Elle devait alors avoir la même opinion de moi que moi d'elle. Qu'est-ce qui nous différenciait, toutes les deux ?

La main d'Édouard, ai-je pensé.

Évidemment.

Dehors, il m'a murmuré à l'oreille :

— Tu dors chez moi ?

Son dîner s'était bien passé ; il semblait heureux, malgré ma piètre prestation.

En fin lecteur des âmes, il a, bien sûr, décelé mon hésitation ; j'avais juste envie de m'enfuir, puis m'enfouir sous la couette, dans mon petit appartement. Il n'a pas cherché à me consoler, et a simplement ajouté en reculant d'un pas :

— Ou tu veux que je te ramène chez toi ? Je peux le faire si tu veux…

On aurait cru un enfant privé de dessert. Il m'a regardée avec une telle intensité…

Enfin, au bout de cette interminable soirée, quelqu'un était pendu à mes lèvres. Mes lèvres qui étaient restées muettes toutes ces dernières heures ! Et, comble du bonheur, c'était lui.

— Ramène-moi, oui, ai-je commencé à dire tout bas.

Sa déception était lisible, presque palpable, jusqu'à ce que je poursuive, en dégainant mon plus beau sourire :

— … Ramène-moi chez toi.

J'avais renversé la tendance. Lequel de nous deux avait gagné ? Sur quelle part était posée la cerise, dites-moi ?

II

Marianne regarda l'heure sur l'horloge de sa table de chevet : il était 3 heures du matin. À ses côtés dans le lit, Bertrand dormait profondément. Elle se leva péniblement et se dirigea vers la chambre de leur aînée, en s'appuyant contre les murs, guidée par la lumière de son téléphone portable.

— Maya, chérie…, chuchota-t-elle dans l'oreille de la petite fille en pleurs, une fois arrivée jusqu'à son petit lit. Maman est là… Maman est là, mon amour, ça va passer. Tu veux un petit verre d'eau ? Allez, mon cœur… On va chanter la *Chanson douce*…

Une chanson douce
Que me chantait ma maman,
En suçant mon pouce,
J'écoutais en m'endormant...

— Voilà, mon trésor, c'est fini. Tout va bien… Rendors-toi. On prendra le petit déjeuner ensemble demain matin.

Après un ultime câlin pour consoler sa fille, Marianne quitta la pièce en titubant, ivre de fatigue. Alors qu'elle longeait le couloir qui la reconduisait vers sa propre chambre, elle sursauta en sentant son téléphone portable vibrer dans sa main. Elle venait de recevoir un message sur l'application WhatsApp.

Qui a vu le dernier épisode de la saison 5 d'*Outlander* ? Il est dément !

Amélie, bien sûr. *À cette heure-ci, qui d'autre ?* pensa Marianne. Elle répondit aussitôt :

Ne dis rien ! Je ne l'ai pas encore attaqué...
Pas eu le temps.

Elle s'apprêtait à clore l'échange par un smiley envoyant un baiser, lorsqu'elle lut tout en haut de l'écran, comme une didascalie, sous l'intitulé « Femmes Darbois » : « *Maman écrit...* ». Debout, en plein milieu du couloir, elle attendit donc encore quelques secondes, jusqu'à ce qu'elle reçoive un nouveau message :

Mais comment faites-vous pour regarder la saison 5 ? Il faut la télécharger ? Votre père ne saura jamais faire... Qui peut lui expliquer ?

Amélie envoya aussitôt une petite figure hilare, avant d'étayer sa réponse :

Maman ? Mais c'est dingue ! Qu'est-ce que vous faites réveillées toutes les deux à cette heure-ci ?

Et toi ?

Ben moi, je regarde *Outlander* !

Toujours debout dans le couloir, Marianne tapa également le plus rapidement possible sur son téléphone :

Cauchemar de Maya. Encore.

Puis elle ajouta :

Et toi maman ?

Insomnie.

Alors là, chapeau, écrivit Amélie. 3 heures du mat, et ça papote ! On aurait voulu le faire, on n'y serait pas arrivées !

Malgré le manque de sommeil, Marianne ne put s'empêcher de sourire. Elle imaginait parfaitement sa mère et sa sœur devant leurs écrans de téléphone portable, à plusieurs dizaines de kilomètres l'une de l'autre, toutes les deux bien éveillées, pour des raisons différentes. En avançant à tâtons, elle se cogna contre le pied du lit conjugal. Bertrand marmonna :

— Maya ?

— Elle s'est rendormie.

Marianne eut aussitôt envie de partager avec son mari la situation cocasse qu'elle venait de vivre, mais il se retourna lourdement dans le lit avant même qu'elle n'ajoute le moindre mot. Elle se glissa donc à ses côtés, les yeux définitivement grands ouverts, riant le plus silencieusement possible.

Le mercredi suivant, l'aînée des sœurs Darbois proposa à la cadette de la rejoindre sur son lieu de travail. Elle avait réussi à faire garder Maya et Louise par sa belle-mère, venue de Lyon pour quelques jours. D'abord déboussolée par sa liberté passagère, Marianne avait songé à entreprendre tout ce qu'elle n'avait pas le temps de faire habituellement avec ses filles. Obtenir un rendez-vous chez le coiffeur ; trier sa garde-robe ; débarrasser la cave. Mais après réflexion, rien n'était plus tentant qu'une épilation des jambes, accompagnée d'un débriefing précis avec Amélie sur l'état de forme de leurs parents post-festivités.

Dans la cabine de soins esthétiques, allongée sur la table, en sous-vêtements, Marianne se laissa gentiment moquer par sa sœur.

— Pas de doute, la femme descend du singe, dis donc ! Tu gardes tes poils en hiver pour qu'ils te tiennent chaud ?

— Rigole… Maya est debout tous les matins vers 6 h 30, et je n'ai pas de temps à perdre dans ces conneries d'épilation. Le soir, quand les deux toupies sont couchées, crois-moi, j'aspire à autre chose qu'à m'infliger une séance de masochisme. Donc désolée pour la quantité de travail, mais il n'y a pas le choix !

— Tant que tu laisses un bon pourboire, répondit Amélie avec un clin d'œil.

Entre deux bandes de poils douloureusement arrachées à la cire, Marianne s'étonna d'éprouver une certaine satisfaction. Cet instant de repos et de torture lui faisait un bien fou, loin de ses deux chipies adorées. Elle retrouvait sa féminité, malgré l'absurdité que le sentiment lui imposait. *Des jambes plus douces ne font pas de moi une femme… Quelle idiote !* se dit-elle. Pourtant, ces minutes partagées entre sœurs, pour évoquer d'autres thèmes que ceux de la varicelle de la petite cousine ou des vitamines contenues dans les purées de légumes surgelés, voilà qui lui rendait son estime d'elle-même, une part de son identité. Elle pouvait se contenter de peu de choses, quoi qu'en pense Bertrand. Avoir d'autres sujets de conversation, exister autrement qu'à travers ses enfants. Parfois. C'était déjà énorme.

— Comment as-tu trouvé les parents ? demanda Amélie.

— Plutôt en forme, je dois dire. Maman était vraiment heureuse de la journée passée, même si je suis sûre que le guide de voyage l'embarrasse plus qu'autre chose.

— Forcément, on la pousse à partir alors qu'elle est pétrifiée à l'idée de s'absenter ne serait-ce qu'une heure, au cas où l'une d'entre nous débarquerait chez elle à l'improviste. Mais je pense vraiment nous inscrire à des cours d'anglais, ça ne pourra nous faire que du bien, à elle comme à moi.

— Oui, c'est certain.

Marianne marqua une pause, le temps d'esquisser une grimace de douleur, alors que sa sœur continuait son labeur. Elle tenta d'engager une autre discussion de façon aussi anodine :

— Édouard, ça va ?

Immédiatement, Amélie se redressa et la pointa du doigt, d'un air victorieux.

— Je savais que tu ne pourrais pas t'en empêcher ! Ça te démangeait, hein ?

— Tu veux en parler, oui ou non ?

Cette fois, la petite sœur s'arrêta quelques secondes avant d'enduire de cire les jambes de Marianne.

— Édouard, ça va. Il est torride. Je suis dingue de lui.

Marianne fronça les sourcils. Elle n'était toujours pas convaincue, et sentait bien que le sujet était épineux.

— Tu n'es pas très loquace, dis donc… Dingue de lui en tant que personne, ou pour ce qu'il représente ?

D'un geste sûr et vif, Amélie arracha une bande de poils. Sa sœur étouffa un cri, bien consciente qu'il s'agissait d'une tentative pour détourner son attention de la conversation. Elle se garda de tout commentaire et croisa les bras, attendant la réponse à sa question.

— Juste dingue de lui, Nanou, finit par lâcher Amélie. Ça ne sert à rien de tout analyser tout le temps. Je sais qu'il ne t'a pas fait une bonne impression chez les parents, inutile de me le dire, mais je t'assure que c'est quelqu'un d'exceptionnel. Il a de l'esprit, il est drôle, il fourmille de projets… C'est passionnant de le suivre dans ses aventures.

— Je n'en doute pas une seule seconde, sœurette. Et je suis vraiment contente pour toi.

Pour la première fois avec sa cadette, Marianne hésitait et cherchait ses mots. Elle ajouta délicatement :

— C'est sûr qu'il semble posséder une très forte personnalité. Il faut juste faire attention à ne pas t'oublier, hein ? Je peux te faire confiance ? Tu as le droit d'être en désaccord avec sa pensée, aussi brillante soit-elle…

En guise de réponse, Amélie saisit une pince à épiler et se pencha sur le corps blanc de sa sœur, sans manifester le moindre intérêt pour sa mise en garde. Elle scruta avec sérieux les pores de son épiderme, à la recherche de poils incarnés ; puis, lorsque le silence se fit trop pesant, elle finit par rétorquer :

— Tu veux parler de sa remarque sur le mariage ? Ça ne veut absolument rien dire. Et je te rappelle que je suis une grande fille. Maman flippe assez pour nous, ce n'est pas la peine d'en remettre une couche. La vie est longue, il peut se passer plein de choses, et il peut très bien changer d'avis. Je te connais : tu as toujours besoin de psychanalyser tout le monde, et je sais que tu le ranges déjà dans la catégorie des « pervers narcissiques ». Mais je t'assure que ce n'est pas le cas.

Marianne hésita à objecter, mais se ravisa. Sa cadette en profita aussitôt pour changer de sujet.

— Allez… Parle-moi de toi plutôt. Comment ça va, dans la maison du bonheur ?

— Ah ah, très drôle.

En une poignée de secondes, les rôles s'inversaient, et l'aînée l'accepta sans regimber.

— Maya continue de nous réveiller la nuit. Je dis « nous », mais je suis évidemment la seule à me lever. Elle finit par se rendormir dès que je lui dis qu'on prendra le petit déjeuner ensemble le lendemain. Dès qu'on parle de manger, ça la rassure !

— C'est bien ma nièce, ça, s'amusa Amélie, avant de reprendre plus sérieusement : Et Bertrand ?

— Bertrand, pas grand-chose à en dire, soupira sa sœur. On se croise dans la maison plus qu'on ne vit ensemble. On n'est pas dans une super phase, mais… On laisse passer l'orage ; ce n'est pas le premier. Ça va et ça vient… Et puis peut-être que c'est de ma faute ? Je sais que je lui en demande beaucoup, mais j'ai l'impression de ne pas avancer. Les journées se succèdent et il ne se passe rien. C'est comme si j'attendais quelque chose, sans savoir quoi, mais que rien n'arrivait.

— Ah… C'est sûr que ça n'arrivera pas si tu ne te bouges pas, ma grande ! Tu te plains de ta situation mais tu ne fais rien pour qu'elle évolue… De quoi tu as peur ? Pas de Bertrand, quand même !

— Non, évidemment, je n'ai pas peur de lui… Et tu as raison. Je suis ridicule. Mais comment savoir de quoi j'ai vraiment envie ? Le fond du problème est là… Reprendre à temps plein comme avant la naissance de Maya ? C'est hors de question. Je ne veux pas d'horaires décalés qui m'empêcheraient de voir mes filles grandir.

Comme toujours, lisant dans les pensées de sa sœur, Amélie poursuivit le raisonnement de celle-ci :

— Mais tu n'es pas non plus épanouie dans ta vie de mère au foyer.

— Non plus, c'est le moins que l'on puisse dire…

— C'est peut-être le moment d'ouvrir le dialogue avec ton mari, madame je-donne-des-conseils-relationnels-sans-les-appliquer.

Marianne porta la main sur son front, comme si la sensation de brûlure sur ses jambes était montée dans son cerveau.

— Ce sont les parents qui ont raison. Ils ne se sont jamais pris la tête comme ça. Ils partaient chacun de son côté faire ce dont ils avaient envie, et ils étaient toujours heureux de se retrouver.

— Les parents vivent dans la même maison depuis trente ans, répondit Amélie sur un ton de reproche. Ils avaient beau avoir des métiers qu'ils aimaient, ils se sont laissé dévorer par la routine et ont désormais la trouille d'affronter le monde extérieur. Rien qu'un magnifique voyage en Amérique les angoisse, tant ils ont l'habitude de leur petit confort. Et je suis sûre que le fait de partir seuls ensemble les met mal à l'aise, alors qu'ils méritent enfin de se retrouver et d'en profiter ; c'est complètement naze.

Surprise par la réaction de sa sœur, Marianne hésita :

— Euh… C'est toi ou c'est Édouard qui parle, là ?

— Ne lui mets pas tout sur le dos, Nanou. Tu juges vite. Reconnais qu'il y a une part de vérité là-dedans.

— Lui aussi, manifestement, il juge vite.

Choisissant de rester hermétique à ce dernier commentaire, Amélie claqua gentiment la cuisse de sa sœur pour clore le débat, et la séance d'épilation.

— Allez, ça suffit pour cette fois.

Elle ajouta enfin, avec effronterie :

— Mais tu sais ce qu'il te reste à faire, Yeti Woman…

— Pour le maillot, tu veux dire ? N'y pense même pas !

Les deux sœurs tombèrent dans les bras l'une de l'autre en riant. Puis, une fois rhabillée, sur le seuil de la porte, Marianne embrassa chaleureusement sa cadette.

— J'ai passé un bon moment, en dépit des circonstances !

— Moi aussi, frangine. On fait comme d'habitude, hein ? La première qui en a besoin appelle l'autre ?

12

Hélène Darbois découvrit les derniers messages de ses filles sur leur groupe WhatsApp, et sourit aussitôt. Marianne et Amélie s'étaient prises en photo dans la cabine de soins, l'aînée en sous-vêtements et la cadette en blouse blanche. Elles l'avaient bien sûr légendée :

Pour compléter l'album de photos ! La classe, non ? Bisous mamoune.

Hélène se souvenait de ce chanteur français que sa plus jeune fille écoutait en boucle lorsqu'elle vivait chez eux : Benabar. « Les albums familiaux sont des manuels d'histoire », entonnait-il. C'était bien trouvé. Assise sur le lit de la chambre d'amis, qui n'était rien d'autre que la chambre d'Amélie, laissée encore intacte, elle feuilletait les pages et scrutait les visages sur chaque photographie, comme pour graver dans sa mémoire les expressions de bonheur figées. La nuit, lors de ses insomnies, elle se les remémorerait et finirait par s'abandonner à des rêves d'avant, lorsque ses filles étaient ses bébés.

Bien sûr, Hélène était fière d'elles en tant qu'adultes. Elle adorait aussi son rôle de grand-mère auprès de Maya et Louise ; de vraies perles, ces enfants. Mais désormais, le devoir accompli, ne lui restaient que ses souvenirs, et quelques projets d'avenir qu'elle s'inventait pour ne pas inquiéter Marianne et Amélie. De pieux mensonges ; elle n'était vraiment heureuse que lorsqu'elle pouvait enfin se laisser aller, seule, à revivre cent fois des instants de bonheur qu'elle n'avait pas savourés suffisamment à l'époque. Contrairement à tout ce qu'elle avait prétexté lors de sa fête d'anniversaire.

Philippe, de son côté, percevait bien ce paradis perdu vers lequel elle dérivait parfois, même s'il ne le comprenait pas. Lui aussi avait aimé éduquer ses filles, mais, depuis qu'elles avaient quitté le nid, il appréciait la liberté des lendemains sans contraintes. Ses plus belles années n'étaient pas derrière lui ; elles se profilaient. Tout était de nouveau possible. En entrant dans la chambre d'amis, il observa sa femme un moment, avant de juger qu'elle devait rejoindre leur réalité.

— Hélène, où est mon écharpe rouge ?

— Comment veux-tu que je le sache ?

— Tu ne l'as pas prise ? Je suis sûr que c'est toi qui l'as rangée…

D'un air contrit, Hélène posa sur le côté l'album de photos.

— Philippe, pourquoi est-ce qu'on a encore ce genre de conversation après toutes ces années de mariage ? Non, je n'ai pas rangé ton écharpe, répondit-elle, harassée. C'est toujours la même chose. Fais attention à tes affaires. Je ne passe pas mon temps à les cacher pour m'amuser, c'est toi qui ne sais pas ce que tu en fais.

La diversion avait fonctionné. Philippe hésita un temps à reprendre sa recherche, mais demanda finalement :

— Qu'est-ce que tu fais encore toute seule dans cette chambre ?

— Amélie m'inquiète.

— C'est toi qui m'inquiètes. Laisse tes filles vivre leur vie. Elles vont bien.

Mais Hélène ne put s'empêcher de poursuivre, malgré le regard désapprobateur de son mari :

— Et tu n'as pas trouvé Marianne un peu fatiguée ce week-end ?

— Comme une jeune mère de deux enfants, oui. Tu étais pareille à son âge. Et tu as survécu.

— N'empêche..., reprit-elle. Bertrand pourrait l'aider davantage. J'ai peur qu'elle perde pied à force de tout gérer. Elle se sent constamment diminuée, dévalorisée, et il ne fait rien pour arranger la situation.

Philippe se crut alors contraint de défendre son gendre, par solidarité masculine. Il connaissait bien les défauts de sa fille, et savait qu'elle pouvait être très exigeante avec lui.

— Arrête d'essayer de te mettre à la place des uns ou des autres, Hélène. Tu ne sais pas ce qui se passe au quotidien chez eux, ni ce que ta fille ressent ou ne ressent pas. Ce qui ne te conviendrait pas, à toi, peut très bien lui convenir, à elle. Et puis elle ne veut peut-être pas de notre aide, tu as pensé à ça ? Elle ne nous a rien dit, ne s'est plainte de rien...

Pour toute réponse, Philippe reçut un soupir exaspéré de son épouse. Il s'obstina alors à poursuivre son argumentation :

— Bertrand travaille comme un forçat pour sa famille. Il ne peut pas être sur tous les fronts et, franchement, Nanou semble très bien s'en accommoder. Elle l'a choisi, tu sais... Et de toutes les façons, ce sont leurs affaires, pas les nôtres.

— C'est vraiment tout ce que tu trouves à me dire ?

— Non, répondit le mari courroucé.

Il attendit qu'Hélène lève la tête pour le regarder, afin d'être sûr qu'il avait toute son attention, et que son esprit ne vagabondait plus dans les couloirs de sa nostalgie. Puis il ajouta d'un ton plus doux :

— Ton frère a appelé. Il propose qu'on se fasse un week-end en Normandie à la fin du mois, avant que l'hiver n'approche. Tu peux confirmer ça avec lui ?

Mais de nouveau, les yeux de sa femme s'enfuirent prestement.

— Oui, faut voir… Peut-être que Nanou aura besoin de moi pour garder les enfants. Je m'organiserai avec elle.

— Non, tu ne t'organiseras pas avec Nanou, Hélène. Tu t'organiseras avec Sylvain ! Ce serait bien qu'on ne s'empêche pas de vivre ; c'est suffisamment rare qu'il prenne deux jours consécutifs.

Cette fois, Hélène Darbois reprit l'album de photos sur ses genoux et rouvrit la première page, sans chercher à répondre quoi que ce soit. Excédé par son attitude, Philippe s'apprêta à sortir du sanctuaire, mais s'arrêta, frappé d'une prise de conscience, et revint sur ses pas.

— Pourquoi Amélie t'inquiète ?

— Je ne sais pas… Elle est convaincue qu'Édouard est « l'homme de sa vie », dit Hélène en mimant des guillemets virtuels. Elle le répète sans cesse. Au début, je l'ai encouragée, et c'est vrai qu'il est charmant, mais… Elle est aussi très influençable, et je ne voudrais pas que son monde ne fasse que tourner autour de lui. Elle a toujours rêvé de se marier, et voilà qu'elle nous explique que ça ne l'intéresse pas. Et puis, ce n'est pas parce qu'elle se répète qu'il est l'élu qu'elle a forcément raison. Je sais combien elle cherche la stabilité pour imiter sa sœur et fonder une famille, même si elle n'ose pas se l'avouer. Son horloge biologique tourne.

— Pourtant, Marianne n'est pas un modèle d'épanouissement ces derniers temps…, remarqua Philippe, qui finit par se laisser aller à reconnaître que sa femme pouvait avoir raison.

Il abdiqua et s'assit à ses côtés avant d'ajouter :

— Amélie devrait le savoir, et prendre son temps. C'est un luxe qui n'appartient qu'à la jeunesse ; qu'elle en profite… Elle a la vie devant elle.

Les deux parents restèrent quelques secondes silencieux, assis l'un à côté de l'autre sur le bord du lit, chacun perdu dans ses pensées, avant que le père de famille ne reprenne, en tapotant la cuisse de sa femme :

— Enfin, là encore, tu te projettes dans des angoisses qui sont absurdes. Inquiète-toi au bon moment si ça tourne mal. Il est impossible de prévoir comment leur relation va évoluer et, je te le répète, personne ne peut savoir ce qu'il se passe dans un couple. Il est peut-être plein de bonnes intentions, ce garçon.

— Un écrivain, c'est un artiste, asséna Hélène. Et comme tous les artistes, il a un côté sombre, torturé. Crois-moi.

— Toi aussi, tu es une artiste dans ton genre, s'amusa son mari en se levant. Tu sens l'odeur ? Ta tarte aux prunes, je pense qu'elle est cuite, voire brûlée.

La conversation des deux parents s'acheva brusquement sur un rappel à l'ordre des plus concrets dans la cuisine.

13

Voilà.

Je me suis fait larguer, je crois que c'est comme ça qu'on dit.

Comme on largue une bombe, les garçons larguent les filles. Ça arrive.

À trop vouloir m'accrocher à des bribes de bonheur, têtue comme je suis, j'ai appris à me contenter de peu. Comme un chien qui attend l'autorisation de ronger l'os que son maître veut bien lui jeter. C'était ce que j'étais devenue. Un gentil toutou.

Est-ce que je m'y attendais ? Je crois que oui, sans le vouloir. Sans même le savoir. Je le redoutais. Édouard m'a ouvert les portes d'un monde enchanteur avant de les refermer, en me laissant sans clé.

Non, c'est pire. J'ai l'impression qu'il a décroché un morceau d'avenir, juste pour me montrer, un temps, ce à quoi je ne pourrais jamais prétendre à ses côtés. Il m'a laissée imaginer le champ des possibles, tout en sachant que je serais incapable de l'atteindre toute seule.

Je me souviens de tout, à commencer par notre rencontre, si originale. Au moins aussi originale que celle des parents ; j'étais sûre que c'était un signe. Je me voyais déjà la raconter à nos futurs enfants, au coin d'un bon feu, l'hiver ! Fallait-il que je sois à ce point stupide ? Combien de soirées ai-je passées, ces six derniers mois, à décrire à ma copine Milie, dans les moindres détails, la façon qu'Édouard avait de m'embrasser ? Elle en bavait de jalousie, et ça me plaisait de pavoiser... Méchante, que je suis.

Il s'approchait, posait son regard sur moi en fronçant légèrement les sourcils. D'abord, son odeur m'enveloppait tout entière. Vous saviez que l'aura a une odeur ? La sienne, évidemment, était envoûtante, suave, et aromatisée à l'anis. Elle parfumait tout mon appartement quand il acceptait de venir jusqu'à moi.

Il passait sa main sur ma nuque, faisant courir le long de ma colonne vertébrale des vagues entières de frissons. Ma respiration se faisait plus saccadée ; mon souffle, plus court. Comme j'ai aimé à la folie chacune des secondes de ces moments-là ! Alors que ses lèvres approchaient lentement des miennes, il me murmurait toujours quelque chose d'insensé, pour me décontenancer encore plus, pour être sûr d'avoir tout contrôle sur mon âme et mon corps.

— Est-ce que tu sais que tu me rends fou ? me disait-il parfois.

C'est lui qui me rendait folle. J'avais le sentiment de n'être plus qu'un bloc de chairs prêtes à fondre sous la chaleur de sa tendresse. J'en étais l'unique destinataire, et mon Dieu, que c'était bon. J'y croyais tellement. Chacun de ses mouvements m'envoyait au paradis, de l'effleurement du bout de ses doigts jusqu'à ses étreintes puissantes et langoureuses. Ce courant électrique qui passait de son corps au mien... ne l'atteignait-il pas, lui aussi, jusqu'à l'os ?

Je suis triste.

Tellement triste.

Nanou avait tenté de me mettre en garde avant même de le rencontrer. Je l'avais traitée de rabat-joie. Elle m'avait demandé de me montrer moins crédule, quand je lui avais expliqué le rendez-vous avec ma voyante. Pourtant, l'assurance de Miranda était à la hauteur de l'exaltation qui avait suivi ma rencontre avec Édouard. Elle a toujours su si bien lire l'avenir… Je vous le certifie. Et elle m'avait dit : « Garde-le, celui-là, ma grande. C'est le bon. Je le sens dans tout mon être. Les vibrations sont là. »

Vous pouvez rire, mais j'y ai cru. C'est donc que j'ai échoué. Comment est-ce arrivé ? Y a-t-il un retour en arrière encore possible ?

— Je ne veux pas te faire de peine, Amélie, mais tu ne m'amuses plus.

Voilà comment il me l'a annoncé. Dans un quelconque café en bas de chez lui, alors que je l'avais presque forcé à m'y rejoindre. Je l'y avais attendu pendant longtemps en tout cas.

C'est bête, mais en écrivant ces lignes, j'ai brusquement l'impression que ma vie ressemble à une chanson d'amour déçue.

Ah oui… Ça me revient.

Bruel. « Comme des cons d'vant le café d'en bas. »

Merde. C'est pathétique. Ce n'est pas digne du grand Édouard Peyrac. C'est dire si je ne valais pas grand-chose à ses yeux.

Cela faisait quarante-huit heures que je n'avais pas de nouvelles de lui ; pas même un texto de « bonne nuit » ou de « bonjour ». Après plusieurs mois de relation, j'étais en droit de lui demander de justifier son silence, non ?

M'étais-je montrée trop pressante ? J'avais pourtant fait bien attention à préserver ma part de mystère.

Peut-être que notre histoire n'était pas assez sérieuse pour mériter une explication ? J'ai insisté. Je n'aurais pas dû.

— Tu ne m'amuses plus.

Avant d'être cruelle, cette phrase était tellement ridicule que j'en ai d'abord ri. Il savait pertinemment pourquoi il employait le verbe « amuser » : pour me faire vraiment mal. Parce qu'il voulait saccager toute notre histoire. C'est son métier, de jouer sur les mots. Peut-être voulait-il me dégoûter de lui en se montrant si féroce dans ses choix argumentaires ? Pour que cela me blesse au plus profond, pour que je ne regrette pas tant de méchanceté ? Mais à défaut de la regretter, peut-être la méritais-je ?

Peut-être que c'est de ma faute ?

J'ai essayé de me défendre, de nous défendre, mais c'était pitoyable. Quand j'y repense… Comment ai-je pu m'abaisser à le supplier ? Je lui ai juré que j'allais changer, que j'allais le surprendre, qu'il y avait tant d'autres choses encore qu'il ignorait sur moi… Du pur Céline Dion, comme j'en ai déjà fait mention. Et c'était un mensonge, bien entendu. Je lui avais déjà tout donné de moi depuis longtemps. Il le savait, comme je savais qu'il ne ramasserait jamais une petite pleurnicharde se traînant à ses pieds.

Je ne veux pas m'apitoyer sur mon sort. Quand j'entends Émilie, qui abhorre ses kilos en trop ; ma mère, et sa complainte silencieuse de *mater dolorosa* ; ma sœur, épuisée par des enfants qu'elle a pourtant volontairement mis au monde… L'univers n'est qu'une infinie lamentation. Et je pense à ce vers de Louis Aragon :

Il n'y a pas d'amour heureux.

Alors, il n'y a pas de vie heureuse ?

George Brassens avait repris une large partie de ce magnifique poème pour le mettre en musique, mais en retirant volontairement la rime qui suivait. Elle est pourtant si subtile :

Il n'y a pas d'amour heureux
Mais c'est notre amour à tous deux.

Prenez le temps d'écouter la chanson, et lisez le poème. Ça veut tout dire, non ?

Il n'y a peut-être pas d'amour heureux, mais il faut faire avec ; il faut vivre avec.

C'est plus qu'il n'en faut pour enrichir une existence, et la transcender.

La question mérite tout de même d'être soulevée…

Existe-t-il des gens vraiment épanouis sur terre ? Laissez-moi réfléchir à un exemple…

Céline Dion. Encore ! Après avoir cité Brassens, ça doit bien vous faire rire… Mais… Elle a tellement réussi sa vie ! Je me souviens d'un article que j'avais lu sur elle au salon. Elle avait déclaré : « Je voudrais me réincarner en Céline Dion. » Nanou s'était moquée de moi quand je lui avais dit à quel point je trouvais cette phrase belle et pleine de sens…

Bon. D'accord, sortie de son contexte, elle est ridicule. Pourtant je crois que c'est, en même temps, la preuve et la définition du bonheur.

Enfin… L'interview remonte à plusieurs années, avant que son mari ne meure dans d'atroces souffrances. Est-ce qu'elle répondrait de la même façon aujourd'hui, avec son expérience ? Probablement pas.

C'est donc que le bonheur ne dure pas. Ou qu'il ne dure qu'un temps, même pour ceux qui ont tout. L'argent, la gloire, l'amour.

Moi, je n'ai rien de tout ça.

J'entends ma mère me dire : « Enfin, Mélie. Tu n'as pas besoin d'argent ou de gloire pour être heureuse… »

Maman a souvent raison. Bien sûr, mais il me faut au moins un point de départ, non ? Si ce n'est ni l'argent, ni la gloire, ni l'amour… quel est le mien ? Pour Céline Dion, c'était facile : elle avait le talent. Moi, je ne sais rien faire. Une famille aimante, peut-être ? C'est vrai, ça aide à traîner mon mal de vivre. Mais même ça, Édouard l'a gâché, terni par les obscénités qu'il a débitées sur le pseudo-conformisme de mes parents, et la morosité ambiante qui déteint sur le reste des membres du clan Darbois. Je n'arrête pas d'y penser.

Il faudrait que je les appelle. Il faudrait que je leur annonce la vérité. « Amélie s'est encore plantée. » Amélie est une gourde. Les gens ont beau essayer, personne n'arrive à l'aimer indéfiniment. En tout cas, pas les hommes. Personne ne veut construire un projet de vie avec elle. Tout finit toujours par s'écrouler. Et au final, pourquoi ? Que reste-t-il ? Du chagrin, des épilations, et une fin à laquelle personne n'échappe : la mort. Aujourd'hui, demain, dans soixante ans… Le résultat sera toujours le même, malgré le botox ou l'acide hyaluronique. Malgré l'argent, malgré une vie d'ascète. Ce sera pareil pour tout le monde.

14

Hélène et Philippe étaient exceptionnellement de sortie. Ce n'était pas prévu, car Hélène détestait s'absenter le soir, à l'heure où ses filles pouvaient l'appeler, mais Sylvain avait obtenu une promotion à la direction commerciale de l'entreprise de travaux publics pour laquelle il travaillait. Il en était tellement fier qu'il avait tenu à fêter l'événement dans un restaurant parisien. D'ordinaire, Hélène et Sylvain ne se voyaient qu'une fois par mois, mais ils ne rechignaient jamais à se retrouver un peu plus souvent, de manière inopinée. Le frère et la sœur avaient sept ans d'écart, et Hélène, la plus âgée, avait veillé sur Sylvain comme une seconde mère. Elle savait que dernièrement, il s'était beaucoup investi professionnellement. Elle savait aussi que son mariage avec Catherine en souffrait. Les Darbois avaient donc accepté l'invitation sans hésiter, pour enfin profiter d'un moment de détente mérité au Shirvan, place de l'Alma.

Hélène avait constaté que Catherine paraissait particulièrement éteinte lors de son anniversaire, et elle en avait fait la remarque à Philippe. Morgane et Loïc, plongés dans leurs tablettes respectives, ne communiquaient pas davantage, mais c'était moins inhabituel. La famille arrivait-elle à bout de souffle ? Son frère avait-il sacrifié son ménage pour le bien de sa carrière ? Elle s'en inquiétait dans la voiture qui la conduisait au restaurant avec son mari. Ils étaient partis tôt, à 18 heures, car la circulation parisienne était désastreuse, et le dîner prévu à 19 heures, pour que les deux adolescents du couple n'aient pas de difficultés à se lever le lendemain.

Philippe, comme toujours, dédramatisa la situation, pour contrebalancer l'anxiété de sa femme.

— Maintenant qu'il a obtenu sa promotion, ça ira beaucoup mieux, assura-t-il à Hélène. L'humeur sera au beau fixe.

— Je ne sais pas… Ça va lui donner une charge de travail supplémentaire, je ne vois pas comment il peut en être autrement. Et je trouve Catherine distante. J'adore mon frère, mais il ne fait pas assez attention à elle. Il est focalisé sur sa carrière et ne l'aide pas beaucoup avec les enfants, qui sont dans une période importante de leur vie.

— Ah ! s'exclama Philippe. Tu mélanges tout ! C'est bien la preuve… Tu fais exactement la même réflexion pour Maya et Louise, alors qu'elles sont beaucoup plus jeunes. Et tu fais d'ailleurs les mêmes reproches à Bertrand.

— Oui, c'est vrai, reconnut Hélène. Ils devraient être plus méfiants, tous les deux. Catherine et Marianne portent le poids de la famille sur leurs épaules, et elles pourraient tout envoyer promener du jour au lendemain.

Puis, après avoir réfléchi, elle ajouta :

— Ou alors faire ce qu'on appelle un *burn-out* ! J'ai lu un article là-dessus, c'est terrifiant. C'est le nouveau terme qui désigne une plongée subite en dépression. Il paraît que certaines personnes se réveillent un matin en étant complètement déconnectées de la réalité, jusqu'à ne plus connaître la date. Ça peut arriver à n'importe qui ; c'est affreux.

— Je crois qu'ils n'en sont pas encore là, chérie, rassure-toi, répondit Philippe tranquillement.

La dernière réflexion de sa femme lui avait tiré un sourire. D'où lui venait cette expression à la mode ?

— Mais toi ? demanda-t-il alors, goguenard. Est-ce que tu t'occupes un peu de ton mari ? Tu t'inquiètes pour les autres couples, mais jamais pour le tien. C'est quand même incroyable. Je pourrais faire… Comment tu dis ? Un *burn-out*, moi aussi !

— Oh Philippe, ne plaisante pas avec ça ! C'est vraiment sérieux… Et puis, toi, tu n'es pas débordé. Encore moins déprimé…

— Je suis déprimé quand *tu* es déprimée, mon amour ; tu sais bien que mes états d'âme sont liés aux tiens ! Arrête de te faire du mouron pour tout le monde, et profite de la soirée. Ton frère a une promotion, tu devrais t'en réjouir.

Hélène ne répondit pas. C'était plus fort qu'elle. Elle voyait les membres de sa famille se débattre face à leurs soucis respectifs, à un grand nombre de kilomètres des uns et des autres, et elle se sentait impuissante. Elle détestait être dans l'inaction. Lorsqu'elle était hôtesse de l'air à temps plein, tout semblait plus facile. Elle avait l'impression d'être utile, possédait une place bien définie dans la société, et n'avait pas le temps de s'angoisser sans cesse pour les petits tracas du quotidien. Les filles captaient toute son attention, et son travail lui prenait le reste de son énergie.

Décidément, croyait-elle, la vieillesse ne lui convenait pas. Elle ne savait pas comment l'appréhender ni comment l'accepter, à défaut de pouvoir lui échapper.

Sur l'autoroute, le ronflement du moteur de la voiture étouffa la sonnerie de son portable, rangé dans son sac à main, posé à ses pieds. Il était 18 h 15. Philippe, comme souvent, avait oublié le sien à la maison, mais n'y accordait aucune importance. Il était trop tard pour faire demi-tour, et il n'était pas de la génération esclave au téléphone.

Sur le répondeur d'Hélène, Amélie laissa un message rapide.

— Coucou mamoune, c'est moi. Je voulais juste t'entendre, mais ça ne répond pas non plus à la maison. Tu dois être en vadrouille avec papa. C'est rare, alors profitez-en… Je vous aime fort tous les deux. Énormes baisers.

15

Les parents ne répondent pas, Édouard non plus. S'est-il passé quelque chose à Bordeaux, quand il est parti faire sa séance de dédicaces ? J'ai essayé de l'appeler quatre fois. Son portable sonne, mais la messagerie finit par s'enclencher. J'ai même tenté de cacher mon numéro, pour vérifier qu'il ne filtrait pas mes appels. Il n'a toujours pas décroché, mais j'ai au moins reçu un texto.

Oublie-moi, Amélie.

Peut-être que ce n'est pas lui qui l'a envoyé ? Peut-être que c'est Greg, son crétin d'agent ? Ça lui arrive de gérer le portable d'Édouard, lorsqu'il est en interview ou en dédicace. Peut-être qu'il fait tout pour nous séparer ?

Non, il ne faut pas que je devienne parano, j'ai déjà suffisamment de soucis de santé comme ça. Greg ne connaissait même pas mon prénom.

Comment se pourrait-il qu'Édouard lui fasse assez confiance pour le laisser manipuler son téléphone, et pas moi ?

Greg ne connaissait pas mon prénom, parce qu'il n'avait pas à le connaître.

Voilà la vérité.

Il savait que je ne serais que de passage dans l'existence d'Édouard, rien de plus. Mais alors pourquoi m'a-t-il accompagnée à l'anniversaire de ma mère ? On ne rencontre pas les parents d'une petite copine sans importance...

À moins qu'il ne se soit nourri de nos instants de vie réelle pour son prochain roman ?

C'est forcément ça. Il me répétait sans cesse qu'il fallait vivre pour écrire. Il aime s'inspirer du quotidien pour étayer ses histoires. La prochaine intrigue portera sûrement sur une famille banale de la région parisienne. J'imagine déjà le tableau : des parents à la limite de la dépression parce que les enfants sont partis, une aînée séduisante mais accaparée par son nouveau-né, et une cadette... Comment me définirait-il ? Une cadette un peu stupide, moins jolie que sa sœur, qui tombe sous le charme d'un mystérieux inconnu.

Qui va mourir ?

Édouard écrit des polars, il faut forcément un mort. L'aînée séduisante ? Elle est un peu déprimée, ça pourrait passer pour un suicide.

Mais non. Pas Marianne. Jamais.

Ma sœur a un avenir prometteur devant elle. Bertrand ne fait pas toujours attention comme il le faudrait, mais je ne suis pas inquiète. Tout ira toujours bien pour eux. Plus les filles vont grandir et plus ce sera facile.

C'est le personnage de la cadette qui doit disparaître pour que le roman vive. C'est celui qui est le plus inutile. Elle pourrait mourir d'une terrible maladie, au lieu d'être assassinée. Ou déguiser son suicide parce qu'elle se sait condamnée, pour faire porter le chapeau à quelqu'un ? Un cancer, c'est si classique... Et si Édouard pousse le vice encore plus loin, l'aînée séduisante pourrait même avoir une histoire avec le mystérieux inconnu, le héros qui mène l'enquête. Le héros, c'est lui, évidemment.

Mince… Je deviens vraiment parano.

J'aurais dû rester celle que j'étais à ses yeux la nuit de notre rencontre aux urgences. Vous vous souvenez ? Sans artifice, sans mascarade. J'avais écrit « être celle que je suis ». J'ai voulu trop bien faire, j'ai trop voulu lui plaire, et je suis devenue une midinette comme toutes celles que j'exècre dans ses soirées mondaines. En moins bien, en moins chic.

Il faudrait que je le dise à Émilie. Avec tout ce que je lui ai raconté sur le parfait amour que je filais, elle nous voyait déjà publiant les bancs à l'automne prochain. Comment vais-je pouvoir le lui annoncer ? J'ai honte.

Édouard. Quel prénom magnifique.

Je suis certaine que j'aurais pu le rendre heureux. S'il m'avait laissé le temps… On se serait soutenus dans toutes les épreuves de la vie. Mais qu'a-t-il fait de moi ? Une droguée. Je suis dépendante de lui.

Il ne changera pas d'avis, c'est sûr, surtout si je continue à le harceler. Je sais qu'il ne changera pas d'avis. Il a obtenu ce qu'il voulait de moi. De l'inspiration, quelques bons moments et voilà. Comment ai-je pu être aussi nunuche ? Comment ai-je pu croire qu'il allait s'embarrasser de moi, la ridicule petite esthéticienne ? Au salon aussi, les collègues avaient tenté de me prévenir. Il leur avait à peine adressé la parole, la seule fois où il y est entré pour venir me chercher. Évidemment, il n'avait pas fait bonne impression. Tout le monde savait, à part moi. Je suis toujours le dindon de la farce.

Le dindon, ou une dinde.
Une grosse dinde.

Maman ne décroche pas. Édouard non plus. Personne ne veut me parler, parce que tout le monde a bien mieux à faire.

Comme je suis seule.

Comme je me déteste.

Demain ne sera pas un jour meilleur. Demain sera pire, parce que le souvenir de mes nuits avec Édouard s'effacera un peu plus. Je ne veux pas que ça s'efface. C'est quoi, cette chanson de Johnny, déjà ? « J'oublierai ton nom… » Purée… Du Goldman encore, évidemment.

Et cette certitude me fait plus mal encore
J'aimais cette blessure, c'était toi encore.

Bien dit, Jean-Jacques. Il est hors de question que je ne me souvienne plus de cette blessure, ni de l'odeur d'Édouard, ni même de sa voix. Il est hors de question que le temps passe sur ma douleur.

16

La mélodie que Marianne avait choisie en guise de sonnerie de téléphone la fit tressaillir à 18 h 30. Sa réaction n'était pas si étonnante : personne n'appelait plus sur le fixe depuis longtemps, tout le monde préférant les portables pour être sûr de déranger les familles, quelle que soit l'heure. À l'étage, Maya et Louise prenaient leur bain et s'étaient autoproclamées fleuristes, arrosant leur muguet imaginaire sur le rebord de la baignoire. L'eau ruisselait sur le carrelage. À genoux, Marianne tentait d'évacuer les petites flaques formées au sol avec une serviette-éponge. Elle se redressa en entendant la sonnerie, hésita une seconde, puis courut le plus vite possible à travers la maison pour décrocher le combiné, installé sur une console près de l'entrée. Elle avait d'abord pensé à le laisser sans réponse, car c'était probablement un appel publicitaire ou un recensement quelconque, puis s'était subitement ravisée, imaginant un voisin en détresse. Il fallait qu'elle descende dans la cuisine, de toute façon, car l'eau de la casserole devait bouillir et déborder ; il était temps d'y plonger les pâtes du soir, et de nettoyer, évidemment, les plaques de cuisson.

— Bonsoir Nanou, ça va ? Je te dérange ?

La voix de sa sœur l'interloqua.

— Mélie, salut. Je suis surprise que tu appelles sur le fixe et pas sur le portable. Surtout à cette heure-ci… D'habitude, tu essaies d'éviter Bertrand, comme il lui arrive de décrocher quand il rentre plus tôt !

Amélie sembla soudain balbutiante et perdue.

— Ah oui, désolée… Je ne sais pas pourquoi j'ai appelé dessus… Je n'ai pas fait attention… Tu es occupée avec les filles ?

— Oui, c'est la cata dans la salle de bains, et je suis toute seule. Il rentrera tard, en fait, car il a un dîner boulot. On peut se rappeler tout à l'heure ? Franchement, là, tu tombes mal.

— Bien sûr, je comprends, répondit la petite sœur avec compassion. Je ne pense pas pouvoir être joignable plus tard, mais ça n'a pas d'importance. Je voulais juste savoir si tout allait bien, et t'embrasser.

Marianne lui épargna les détails fastidieux des dernières bêtises de Maya et de Louise pour abréger la conversation.

— Oui, t'inquiète ! Mais ça ira bien mieux quand mes petites bourriques seront couchées…

Puis elle ajouta par acquit de conscience :

— Toi, tout roule ?

— Oui, aussi. Ne t'en soucie pas. Je ne veux vraiment pas t'embêter plus longtemps. Au revoir, ma sœur. Je t'embrasse fort.

— Moi aussi. À très vite, promis !

Aussitôt ces derniers mots prononcés, Marianne raccrocha le téléphone sans poser davantage de questions. Elle était bien trop pressée à l'idée de préparer le repas et de sortir ses filles de la baignoire. Dans moins de deux heures, celles-ci devraient être couchées et enfin, Marianne pourrait souffler. Elle rêvait de se plonger dans un bon bain chaud, elle aussi.

Il fallait que ce rythme infernal s'arrête. L'espace de quelques secondes, lors de ses multiples va-et-vient de la cuisine à la salle de bains, l'appel d'Amélie lui parut étrange, presque incohérent. Sa voix semblait étouffer des mots, comme s'ils lui brûlaient les lèvres. De quoi voulait-elle papoter ?

Ce soir, Marianne n'avait ni le temps ni la force d'écouter sa sœur évoquer ses petites contrariétés, ou les dernières orgies avec sa vedette d'amoureux. Elle se sentait prise à la gorge. Elle s'en voulait, mais ne pouvait s'empêcher de compter les minutes qui la séparaient de l'endormissement de ses filles. Elle jalousait ces femmes qui se complaisaient dans la maternité, allaitant l'un jusqu'à ses deux ans, jouant avec l'autre à la pâte à modeler jusqu'à s'en coller sous les ongles en riant… Marianne n'était pas de ces mères. Elle adorait ses enfants plus que tout au monde, elle aurait donné sa vie en échange de la leur sans hésiter, mais elle n'en pouvait plus, de ses journées interminables rythmées par les cris, les pleurs, les gémissements, les caprices, les couches à changer, les purées renversées. Elle était infirmière avant. Elle soignait les autres, les écoutait, se rendait utile. Bertrand faisait la sourde oreille depuis bien trop longtemps. Quelle était cette épreuve de force à laquelle il l'astreignait ? Fallait-il qu'il l'aime pour lui infliger ce quotidien qu'il serait lui-même incapable de supporter plus de deux jours ? Et si elle disparaissait ? Comment ferait-il ? Avait-il conscience de tout ce qu'elle accomplissait pour lui et pour leur foyer ?

Amélie avait sans doute raison : Bertrand ne demanderait pas le divorce parce qu'elle souhaitait reprendre une activité professionnelle, c'était absurde. Maya allait rentrer à l'école, et sa mère pourrait garder Louise trois jours par semaine, ce serait un bon début. Il fallait qu'elle réfléchisse à la meilleure manière d'aborder la discussion, pour qu'il se rallie à sa cause. Elle ne mettrait pas en avant son épanouissement personnel. Il fallait aller sur le terrain de l'argent ; un terrain démagogique, mais efficace. Travailler, c'était obtenir des ressources supplémentaires pour s'offrir de plus jolies vacances, acheter des meubles plus modernes qui ne seraient pas endommagés par les filles… Oui, c'était un bon angle d'approche.

À 20 h 30, enfin plongée dans son bain, après en avoir extrait les poupées trempées et autres animaux en plastique, elle repensa à l'appel d'Amélie, et fut saisie par une pointe de culpabilité. Regardant autour d'elle, elle constata que son portable était proche, posé à côté du lavabo, et tendit une main moite pour le saisir. Elle appuya alors sur la touche du numéro favori enregistré. Le répondeur s'enclencha automatiquement, et elle entendit la voix enjouée de sa sœur. « Vous êtes bien sur le répondeur d'Amélie ; je ne suis pas disponible actuellement, mais vous pouvez me laisser un message, et je vous rappellerai. À bientôt ! »

Marianne raccrocha aussitôt, ignorant la boîte vocale. Elle sortit du bain, enduisit son corps d'une épaisse couche de crème hydratante, et se glissa dans le lit avec son livre de chevet. Puis, après une dizaine de minutes de lecture à peine, elle reprit son portable en main, et tapota sur l'écran tactile, dans l'application WhatsApp :

Tu dois être au resto ou au ciné, veinarde. Désolée d'avoir été expéditive tout à l'heure, tu connais tes nièces. On se rappelle demain. Bisous.

Elle attendit quelques secondes pour savoir si Amélie était en ligne, mais elle ne reçut aucune confirmation de lecture. Tombant de sommeil, elle coupa son téléphone et éteignit la lumière. Marianne ne le savait pas encore, mais ce serait son ultime message à sa sœur.

DEUXIÈME PARTIE

17

Il était 16 h 57 le lendemain, lorsque son portable sonna. Elle s'en souviendrait tout le reste de sa vie. Il faisait un peu frais, mais Maya et Louise étaient bien couvertes, et Marianne voulait les laisser se défouler encore un peu dehors. Elles se disputaient moins dans le jardin, et tournaient gentiment autour de la petite balançoire bricolée par Bertrand. En les observant, Marianne se reprocha la versatilité de son humeur. La veille au soir, elle était exténuée, déprimée. À peine une journée plus tard, la voilà qui souriait aux anges, attendrie par le rire en cascade de ses filles, et cette scène qu'elle avait vécue cent fois auparavant avec Amélie, à l'arrière de la maison de leurs parents.

Oui, la vie familiale avec Bertrand et les deux petites était souvent lourde à porter en responsabilité et en fatigue. Oui, la détresse d'un couple laissé en jachère était bien réelle, et pesait sur ses frêles épaules. Mais ces minutes de plénitude valaient tout cela au centuple, et elle en prenait conscience, parfois, lorsqu'elle savait saisir en plein vol les jeux de ses enfants.

La sonnerie interrompit brusquement la contemplation de Marianne. Son téléphone portable posé sur ses genoux indiquait un numéro anonyme. Elle décrocha.

— Marianne… C'est Sébastien, le voisin de tes parents.

— Oui, bonjour Sébastien, j'ai reconnu ta voix !

Le ton était aimable, mais Marianne réalisa soudain qu'il n'avait aucune raison de la contacter, autre qu'une mauvaise raison. Elle se raidit.

— Papa et maman vont bien ?

Pour toute réponse, elle crut d'abord entendre un long souffle agonisant dans le combiné. Puis :

— Oui, mais…

Sébastien sembla déglutir difficilement. Il avait désormais toute l'attention de son interlocutrice. Elle attendait fébrilement qu'il prenne son élan.

— Marianne, c'est affreux. Je ne sais pas comment te le dire. C'est Amélie… Elle… Elle a eu un accident.

Un accident.

Une première secousse la déstabilisa, avant même qu'elle n'effleure l'horreur de la vérité. Sans lâcher Maya et Louise des yeux, elle parvint simplement à formuler :

— Quoi ?

La tragédie prit alors une tournure plus pratique, pour permettre à la jeune maman de l'assimiler au mieux.

— Tes parents sont à l'hôpital auprès d'elle, je ne sais pas grand-chose, mais il vaudrait mieux que tu viennes, car ça prendrait trop de temps que je passe te chercher… Est-ce que tu es avec les filles ? Est-ce que tu as quelqu'un pour les garder ?

Marianne balbutia.

— Oui… Je vais m'organiser…

Anne-Marie, la mère de Bertrand qui habitait Lyon, séjournait chez eux pour quelques jours encore, mais elle s'était absentée en début d'après-midi. Marianne, le regard toujours rivé sur ses petites qui sautillaient dans le jardin, tenta de retrouver ses esprits pour se concentrer sur l'essentiel. Sans même en savoir davantage, elle était presque sûre que sa vie était sur le point de voler en éclats. Instinctivement, elle voulait donc assurer la sécurité de ses enfants avant toute autre chose. Elle se renseigna calmement sur l'hôpital dans lequel était sa sœur, sans poser d'autres questions, puis raccrocha. Elle avait compris qu'elle n'aurait pas plus d'informations de la part de Sébastien, et qu'il avait rassemblé l'entièreté de son courage pour prononcer ces quelques mots au téléphone.

Aussitôt après avoir raccroché, Marianne appela sa belle-mère pour lui demander de revenir le plus rapidement possible à la maison. Puis, elle laissa un message à Bertrand, et à chacun de ses parents. Aucun d'entre eux ne répondit. Enfin, elle prit son manteau, son sac à main, mit ses chaussures, et attendit le retour d'Anne-Marie pour lui laisser la surveillance de ses filles et partir en voiture. Les petites continuaient à tourner autour de la balançoire. Elles appartenaient à un autre monde, un monde qui ne savait pas ce qu'elle pressentait déjà. Un monde anachronique.

La vie d'Amélie l'avait quittée depuis plusieurs heures, mais Marianne ne l'apprit qu'à son arrivée à l'hôpital.

Un accident, avait dit Sébastien.

Un accident volontaire, qui l'avait précipitée dans sa baignoire, les veines ouvertes par une lame de rasoir. Sa petite sœur s'était laissée mourir, vidée de son sang, vide de toute vie, vide de toutes les richesses et souffrances qu'elle portait en elle. Vide de tout amour, seule, chez elle.

Un accident.

L'euphémisme du suicide.

Les mots la frappèrent de plein fouet, comme une gifle sèche et inattendue, violente et outrancière. Marianne ne pouvait plus respirer. Comment le pouvait-elle, sans sa petite sœur ? Amélie était morte. Amélie était morte, et il faudrait vivre. Amélie était morte. Et l'aînée des deux, celle qui restait, l'unique rescapée, était désormais une naufragée échouée sur une île, sans repère, sans boussole, sans moyen de rejoindre un rivage familier.

Oui, il faudrait vivre, survivre, dans un monde sans elle.

Amélie était morte.

Marianne se répéta ces mots, les intellectualisa, tenta d'étouffer ses sentiments. Ceux qui ont perdu un enfant sont orphelins. Ceux qui ont perdu leur conjoint deviennent veufs. Quel mot pouvait la définir, elle *?* Qui est-on, lorsque l'on perd sa sœur *?* s'interrogea-t-elle.

Rien, aux yeux de la langue française.

Plus rien, c'est exactement comme ça qu'elle se définissait.

18

Marianne ne se rappellerait pas les jours qui suivirent. Avant ce trou noir, son dernier souvenir remontait à l'arrivée à l'hôpital, mais elle n'était pas sûre de l'avoir vraiment vécue. Tout lui paraissait irréel et incohérent, à commencer par ce que ses yeux l'avaient forcée à voir ; la scène à laquelle elle avait assisté, à son insu ; son père à genoux, enlaçant sa mère, qui hurlait, au beau milieu d'un couloir sordide.

— Ma fille… Mon bébé… C'est faux. C'est faux ! Rendez-la-moi ! De l'air ! Pitié… Donnez-moi de l'air…

Ses yeux et ses oreilles pouvaient-ils la trahir en même temps ? Ses sens répondaient-ils encore correctement ? Tout autour, professeurs et infirmiers se tenaient là sans bouger, mais prêts à intervenir ; à calmer de toute leur expérience et de toute leur médecine la douleur la plus aiguë, comme une plaie béante que l'on tente de recoudre le plus rapidement possible à vif.

Le cœur à l'agonie, Marianne s'était écroulée dans ce couloir ; Bertrand le lui raconta bien plus tard. Elle s'était traînée en rampant vers la porte devant laquelle gémissaient ses parents : celle d'une chambre mortuaire. Celle dans laquelle se tenait désormais la dépouille de sa sœur. La dépouille, était-ce le mot approprié ? Les médecins l'avaient laissée faire. La sueur perlait sur son front et elle tremblait. À genoux près du lit, elle avait réussi à se redresser en agrippant le linceul avec le peu de force qui lui restait, pour venir saisir la main glaciale de sa sœur. Comme si son contact allait lui redonner vie.

Qu'avait-elle fait ?

Il fallut qu'ils soient trois pour parvenir à la faire lâcher le corps inerte d'Amélie.

— Ma petite… Ma toute petite… C'est ma sœur… C'est ma toute petite sœur qui est là, avait-elle pleuré comme une enfant, sans comprendre vraiment ce qu'elle était en train de dire et de vivre.

— Nous n'avons rien pu faire, madame… Nous sommes désolés. Toutes nos condoléances.

On lui administra un calmant, puis Marianne suffoqua une heure d'affilée sans prononcer le moindre mot, dans les bras tremblants de ses parents, vers lesquels on l'avait poussée tant bien que mal.

Bertrand la rejoignit dès qu'il sut, bien sûr, et prit immédiatement quelques jours loin de son bureau. C'est lui qui se chargea de tout, avec Sébastien et Sylvain. Les détails, il les lui raconta plus tard, lorsqu'elle fut en mesure de les accepter. La mort remontait à la veille au soir. Hélène, qui devait passer déposer des livres qu'elle avait empruntés à Amélie, avait découvert le corps inanimé de sa fille. Elle avait hurlé si fort que les voisins de l'étage du dessous étaient accourus. Ils avaient appelé les urgences, la police, puis Philippe. Ils avaient tout tenté. S'étaient acharnés. Trop tard.

L'enquête fut brève, le doute n'y avait pas sa place. Amélie avait laissé un mot sur la table de la cuisine, d'une écriture que son père identifia sans contestation. Un mot inscrit sur le vulgaire carnet qui lui servait à noter la liste des courses. Un seul mot, griffonné rapidement sur un morceau de papier à moitié déchiré.

Pardon.

Pardon à qui ? Pardon pourquoi ? Amélie avait tenté de joindre ses parents et sa sœur le soir même de sa disparition. Les premiers n'avaient pas répondu ; la seconde avait écourté l'échange, sans comprendre qu'il ne s'agissait même pas d'un appel à l'aide, mais d'un adieu. Qui devait être pardonné ? se demanda Marianne.

Dans l'hôpital, la cellule psychologique se forma rapidement autour de la famille Darbois.

Le reste ne fut que formalités, administration, et douleur.

Lorsque Bertrand ramena sa femme chez eux, la nuit qui suivit, Maya et Louise dormaient depuis longtemps. Il était convenu qu'Anne-Marie s'installe provisoirement dans la chambre d'amis, pour aider autant que possible. Marianne, assommée, murée dans son chagrin, monta directement se coucher dans son lit, et tenta de se remémorer les derniers mots échangés au téléphone avec sa sœur. Elle les prononça à voix basse, recroquevillée sous la couette, pour qu'ils viennent la réconforter, la rassurer. Sa sœur était toujours avec elle, dans ces mots-là. Aurait-elle pu y lire le drame qui s'annonçait ? Elle se les répétait, encore et encore ; se trompait. Recommençait. Lui avait-elle dit « au revoir », ou « salut » ? Déjà, elle ne savait plus. Elle entendait pourtant encore distinctement le son de sa voix. Est-ce qu'elle allait l'oublier ? Combien de temps les souvenirs olfactifs ou auditifs subsistaient-ils ?

Déjà tant de questions, et tant de souffrance.

La douleur était comme une hémorragie que Marianne, l'infirmière, était incapable de comprimer. Elle appela la messagerie de sa sœur plusieurs fois ; lui laissa un message.

— Rappelle-moi, ma chérie. S'il te plaît, rappelle-moi. Je t'en prie, gémit-elle.

Non, ce n'était pas possible. Amélie ne pouvait avoir disparu de la surface de la terre.

Son cœur, son ravissant petit cœur, ne pouvait pas s'être arrêté. Il battait trop fort. Son sourire, sa voix, ses blagues idiotes que seule une sœur peut comprendre. Ces années de complicité passées, leurs discussions jusqu'à l'aube quand elles partageaient la même chambre pendant les vacances en famille. Les livres qu'elles s'échangeaient ; les Barbie balancées d'un bout à l'autre de la pièce pour une dispute ou un caprice. Le shopping. Le cinéma. Les câlins de Maya et Louise qui adoraient faire les folles avec leur tante. « Arrête de les exciter », lui reprochait Marianne. La tendresse et la chaleur sororales. L'amour inconditionnel. Tout cela n'avait pas pu se volatiliser en quelques secondes. Non, le terme n'était pas le bon.

Tout cela n'avait pas pu s'évacuer dans le siphon de la baignoire.

Comment avait-elle pu passer à côté de la détresse d'Amélie ? Comment avait-elle pu se plaindre alors que sa cadette voulait mourir ? Que s'était-il passé ? Le même sang coulait dans leurs veines ; celui qui s'était répandu dans la salle de bains du petit deux-pièces. Marianne l'imaginait, recouvrant le carrelage, les murs. Il lui suffisait de fermer les yeux pour voir la couleur pourpre envahir chacune de ses pensées. Elle en eut des nausées ; Bertrand apporta un seau qu'il posa à côté de leur lit. Elle y vomit ce qui lui restait dans les tripes, tandis qu'il lui tenait les cheveux, comme si elle était prête à se vider elle aussi ; comme Amélie s'était vidée.

Marianne resta quinze heures consécutives allongée, dans le noir, sans manger ni dormir. Elle se haïssait. Elle entendait le téléphone sonner inlassablement et se bouchait les oreilles avec ses deux mains. Elle exigeait le silence pour qu'il feutre sa douleur, pour qu'il l'enveloppe jusqu'à l'étrangler.

Enfin, pourtant, Bertrand s'approcha d'elle dans leur lit conjugal. Il devait lui faire comprendre qu'elle ne pourrait pas se tapir là éternellement. Avec précaution, il caressa son front, puis l'étreignit.

— Ce n'est pas de ta faute. Ce n'est pas de ta faute, asséna-t-il à plusieurs reprises comme elle continuait de se parler tout bas.

Elle ne répondit pas mais le laissa la serrer dans ses bras, espérant y trouver un refuge providentiel. Elle délirait, s'imaginant au bord d'un gouffre sans fond ; elle voulait y plonger pour y rejoindre sa petite sœur, mais elle était terrifiée. Elle tentait alors de lui tendre une main pour la sauver, pour la guider vers la lumière, puis ouvrait les yeux. La terre continuerait de tourner, et le soleil de se lever, sans elle.

Qu'est-ce qui était réel ? Qu'est-ce qui ne l'était plus ? Allait-elle enfin se réveiller de ce cauchemar au petit matin, chancelante et en sueur, mais soulagée ? Elle était terrorisée à l'idée de sombrer dans le sommeil, mais se sentait si fatiguée… Elle finit par s'endormir comme Amélie avait fini par mourir, seule et désemparée.

Vers 8 heures le lendemain, enfin, elle émergea péniblement, groggy, courbaturée, et toujours sonnée.

Elle entendit les bruits feutrés d'un petit déjeuner familial, les assiettes qui se posaient sur la table, les cuillères qui cognaient contre les parois des bols de céréales, le réfrigérateur qui émettait un signal sonore continu parce que sa porte était ouverte depuis trop longtemps. Maya devait probablement tenter d'attraper le beurre ou le pot de confiture, perchés sur un rayon trop haut pour elle. Oui, manifestement, la terre avait continué de tourner, mais Amélie n'était plus. Ce n'était pas un cauchemar. C'était la réalité.

Marianne ne sut rien de la conversation entre Bertrand et leurs filles ; comment il leur expliqua ce qui était arrivé, avec les mots les plus simples possibles, les plus propres aussi.

— Maya, Louise, il va falloir être très gentilles avec maman ces prochains temps. Lui faire beaucoup de câlins et de bisous. Il va falloir m'aider, hein ? Maman va être triste.

— Pourquoi maman va être triste ?

— Parce que tante Mélie est partie.

— Mais elle va revenir ?

— Non mon ange, elle ne peut pas revenir.

— D'accord.

Elles étaient trop jeunes pour comprendre, et elles seraient trop jeunes pour se souvenir de leur tante. Bertrand ne savait pas s'il devait s'en sentir soulagé, ou désolé pour sa femme, qui ne partagerait plus avec elles l'expérience d'avancer main dans la main avec une sœur chérie. Il aurait voulu les protéger de son amour, les rassurer de ses bras, porter leur souffrance de toute sa force, mais il se trouvait lui aussi écrasé, sous le joug de l'impuissance. Heureusement, Anne-Marie, sa mère, gérait les petites urgences du quotidien : remplir le réfrigérateur, préparer les repas, habiller et laver les filles, pendant qu'il se consacrait à l'organisation des obsèques, avec l'aide de Sylvain et Sébastien, le voisin des Darbois. Mille et une questions se posaient ; l'univers des pompes funèbres était plus obscur encore pour eux que l'adjectif ne le laissait présager. Philippe et Hélène, sous le choc, étaient étouffés de tous les soins possibles par les médecins. En vain.

Comme s'il n'était pas averti du drame joué en son absence, le soleil continua de se lever, chaque matin, insultant Marianne et sa peine. La lune, quant à elle, revenait inlassablement le chasser tous les soirs, rappelant avec insolence son rôle de complice dans l'horreur qu'elle avait couvée.

Marianne mangeait peu, parlait peu, dormait peu, malgré les longues ordonnances de cachets et pilules prescrits. Parfois, elle se traînait dans la maison d'un air hagard, et seules Maya et Louise réussissaient à distraire son attention lorsque celles-ci étaient autorisées à l'approcher.

La douleur est-elle contagieuse ? se demandait discrètement leur grand-mère, Anne-Marie. Le pouvoir magique et guérisseur des enfants agit-il sur une âme meurtrie au plus profond ?

19

Deux jours passèrent avant que Bertrand n'emmène Marianne chez ses parents, pour convenir des derniers détails de la cérémonie funéraire. Y aurait-il des discours ? Qui pouvait avoir le courage de parler ? D'oser saluer une jeune âme qui avait lâché prise ? Sylvain prit contact avec Émilie, la meilleure amie d'Amélie. Elles avaient grandi ensemble ; peut-être serait-elle prête à lui rendre hommage ?

Les fleurs, les bancs, les photos, rien de tout cela n'intéressa Marianne, car rien ne faisait sens. Elle laissa Philippe et Hélène choisir méticuleusement tout ce qui pourrait habiller l'enterrement des goûts de leur petite fille chérie, jusqu'à ses vêtements dans le cercueil.

Catherine, avec douceur, commentait :

— Amélie aurait adoré cela, j'en suis sûre.

Déjà, pensait Marianne… *Déjà, les gens parlent d'elle au passé.*

Une journée supplémentaire s'écoula jusqu'au matin des obsèques. Marianne n'avait quasiment pas communiqué avec ses parents. Depuis leurs retrouvailles à l'hôpital, il n'y avait eu entre eux ni étreinte, ni mot tendre, ni sanglots échangés. Si Bertrand décela dans l'attitude distante des Darbois les prémices d'une scission imminente au sein de leur clan, il n'en dit mot. L'amour, qui avait uni cette famille, avait failli. La douleur ne se partagerait pas.

Le premier désaccord eut lieu devant le funérarium. Marianne refusa d'accompagner Philippe et Hélène voir Amélie gésir dans son cercueil avant qu'il ne soit scellé. Philippe respecta sa volonté, Hélène la lui reprocha. Le cœur à la dérive, elle ne comprenait pas pourquoi Marianne s'obstinait à rejeter sa petite sœur ; pourquoi elle ne souhaitait pas emplir ses yeux une dernière fois du doux visage d'Amélie ; pourquoi elle ne profitait pas d'elle jusqu'au bout, jusque dans son repos éternel.

Devant le corps de leur enfant, Philippe et Hélène se sentirent dépouillés de leur identité. Pouvaient-ils encore être un père et une mère sans leur toute petite fille ? Pouvaient-ils seulement exister ? Respirer ? Se lever et continuer à être ceux qu'ils étaient ?

Philippe s'effondra en larmes aux pieds d'Amélie. Hélène s'approcha de la tête de la petite morte et caressa sa joue.

— Ma douce, mon amour, mon bébé, murmura-t-elle. Je t'aimerai toute ma vie. C'est à moi de te demander pardon, ma chérie. Comment n'ai-je pas pu voir ? Mon ange… Tu me manques tellement. Comment vivre sans toi ? Comment trouver la force ?

Philippe continuait de pleurer, en silence. Hélène embrassa sa fille sur le front pour la toute dernière fois. Elle savait qu'il lui fallait partir, mais était-elle capable de laisser son bébé ici, seule, enfermée dans une boîte ? Rien ne semblait vrai. Le conseiller funéraire qui leur avait ouvert la porte leur avait d'abord proposé de prendre leur temps. Combien s'en écoula avant qu'il ne revienne les aider à se diriger lentement vers la sortie ? Les minutes s'égrainèrent plus vite qu'Hélène ne l'aurait cru, ni voulu. L'homme, respectueux, ne lui dit rien ; il connaissait son métier et savait qu'aucun mot ne réconforte une famille en deuil. Il se contenta d'offrir un mouchoir à Philippe sans le regarder dans les yeux, afin de préserver les derniers vestiges de la dignité du père ; le geste suffit à lui faire comprendre qu'il était temps de rejoindre le reste du cortège.

Dehors, Marianne attendait ses parents. Son visage à moitié caché par de grosses lunettes noires, tenant ses filles par la main, elle gardait la tête basse et le dos légèrement voûté. Il lui avait été difficile de sortir de sa tanière, sa chambre à coucher. Difficile d'affronter le monde extérieur. Elle se sentait comme un animal, une bête de foire que l'on expose. Bertrand, deux pas derrière elle, s'arrangeait pour rester toujours dans son champ de vision, tout en laissant l'espace nécessaire à sa peine.

Allant à leur encontre, Hélène et Philippe les saluèrent d'une accolade maladroite. Désormais face à face, la mère et la fille savaient, sans se le dire, qu'elles ne pourraient plus jamais entretenir la même relation. Un lien nouveau les unissait et les effrayait. Un lien qu'elles devraient apprendre à tisser sur les ruines de leur souffrance commune.

— Tu aurais dû venir pour dire au revoir à Mélie, dit Hélène. Elle semblait dormir paisiblement. Qu'elle était belle !

Marianne s'abstint de répondre. *Elle ne dort pas, maman*, pensa-t-elle *; elle est morte.*

Il lui fallait beaucoup de courage pour apprendre à accepter cette nouvelle réalité. Un courage qu'elle pouvait puiser dans la source affective intarissable de Maya et Louise ; dans leur sourire, leur insouciance heureuse, qu'elle enviait violemment et voulait protéger coûte que coûte.

Mal à l'aise pour la première fois de sa vie devant ses parents, elle bougonna, se balançant d'un pied sur l'autre :

— Bon… On y va ?

Hélène jeta un coup d'œil à ses petites-filles. Maya portait une robe en velours rouge sur un chemisier blanc. Pour Louise, une robe kaki à fleurs rose pâle avait reçu les suffrages. La grand-mère haussa un sourcil :

— Tu n'avais pas de noir à leur mettre ?

Marianne se crispa.

— Non, maman. Ce sont des petites filles d'ordinaire très joyeuses, elles aiment les couleurs et les motifs tape-à-l'œil. Il n'y a pas de noir dans leur garde-robe, et je n'ai pas vraiment eu le cœur de faire les boutiques ces derniers jours. Je t'encourage donc à les féliciter pour leurs tenues, elles les ont choisies elles-mêmes. Ce sont leurs robes préférées, elles voulaient les mettre pour faire honneur à Mélie.

Hélène ne défia pas plus longtemps sa fille. Se courbant pour mieux s'approcher de Maya et Louise, elle les complimenta brièvement sur leurs jolis vêtements. Les petites lâchèrent alors les mains de leur mère pour enlacer spontanément leur grand-mère. Celle-ci réprima un sanglot. Marianne attendit qu'elle se relève pour demander de nouveau, et expédier le plus rapidement possible la tâche ingrate qui s'annonçait :

— Cette fois, on y va ?

Bertrand avança d'un pas pour indiquer qu'il soutenait sa femme, et Philippe hocha la tête. L'heure avait sonné.

L'enterrement fut bref, et larmoyant. Au premier rang, Hélène était encadrée par Sylvain et Philippe. À la gauche de celui-ci, Marianne se tenait, digne, aux côtés de Bertrand, sur les genoux duquel Louise se tortillait. Maya, assise entre son père et Catherine, avait reçu pour instruction d'être le plus sage possible, sa grand-tante y veillait consciencieusement.

Plus le prêtre évoquait la perte d'un ange parti trop jeune, plus Marianne faisait la sourde oreille. Elle aurait tout donné pour ne pas être là, à écouter autant de sornettes. Il lui semblait que son esprit la quittait pour s'envoler au-dessus de l'autel, comme un oiseau libre. Seul son regard la rattachait à la violence de la réalité, solidement arrimé au cercueil. *Je vais enterrer ma petite sœur*, pensa-t-elle. Elle était prête à en rire tant cela lui paraissait absurde. *Je vais enterrer ma petite sœur.*

Les mots du maître de cérémonie sonnaient faux. Elle en captait quelques bribes de temps à autre : « paradis », « amour », « repos ». Quel réconfort pouvaient-ils lui apporter ? Ils ne valaient rien pour elle ; ils ne lui offriraient pas la moindre consolation. Elle se concentra alors sur d'autres babils, et écouta les larmes couler sur les joues de sa mère. Elle arrivait presque à sentir leur sel brûler son visage de désespoir, et aucun discours ne pourrait les sécher. Pas même celui d'Émilie, enfin appelée à témoigner.

— Tu te souviens, prononça-t-elle, les mains jointes en une prière, tout le monde nous surnommait les « siamoises », parce qu'on était tout le temps ensemble, partout… « Mélie et Milie ». C'était bien trouvé… Je ne me souviens pas d'une vie sans toi. Ni à l'école, ni dans mes sorties, ni même pendant les vacances. On passait des heures pendues au téléphone, à s'en faire disputer par nos parents. « Qu'est-ce que vous pouvez bien vous raconter, alors que vous venez de passer la journée ensemble ? », nous reprochaient-ils.

Émilie marqua une pause, se remémorant la tendresse et la douceur de leur enfance. Elle esquissa un faible sourire, mais il mourut aussitôt dans un sanglot déchirant. Le silence la terrifiait. Elle souffla, puis repositionna la feuille de son discours, avant de relever la tête.

— Je continuerai à te parler, Mélie, ma siamoise, c'est promis. Je te raconterai quelle femme je deviens, et comment je me reconstruis, si j'y arrive. Tu seras toujours avec moi.

À l'époque, c'était Marianne qui avait affublé les deux petites amies de ce surnom : les « siamoises ». Elle revoyait encore sa sœur et Milie venir lui voler quelques affaires de maquillage dans sa chambre. Après les avoir grondées, elle finissait toujours par accepter de les aider à dessiner le contour de leur bouche, et les fillettes s'enfuyaient ensuite en gloussant.

Émilie poussa un nouveau soupir.

— Comme tu me manques… Comme tu nous manques. Car je pense à vous, Hélène, Philippe et Marianne. Je pense à Maya et Louise, qui adoraient leur tante. Et je voudrais conclure par cette chanson de Jean Ferrat, que je n'aurais jamais imaginé citer un jour pour toi.

Tu aurais pu vivre encore un peu
Pour notre bonheur, pour notre lumière
Avec ton sourire, avec tes yeux clairs
Ton esprit ouvert, ton air généreux.

Marianne pensa avec cynisme : *Ton esprit ouvert, ton air généreux ? Pourtant c'est elle qui a choisi de nous laisser tomber...* Oui, Maya et Louise adoraient leur tante. Mais Amélie n'y avait pas songé non plus... Son ventre se noua en regardant ses filles qui ne comprenaient pas ce qu'elles faisaient là, et qui attendaient de pouvoir sortir pour jouer. Maya gesticulait sur sa chaise et poussait quelques petits cris qui perturbaient la cérémonie. Marianne murmura alors à Bertrand :

— Je ne peux pas lui en vouloir, qu'est-ce qu'on est mal assis sur ces bancs en bois !

Hélène, qui l'avait entendue, lança un regard noir à sa fille. Bertrand fit comprendre à son épouse qu'il valait mieux qu'elle se taise.

Enfin, après l'hommage, la famille fut invitée à se lever pour se recueillir devant le cercueil une dernière fois. Marianne suivit ses parents qui s'en approchèrent avec précaution. Hélène caressa le bois, l'embrassa et pleura. Philippe y colla un instant son front et murmura : « Je t'aime ma fille », dans un sanglot qu'il tenta de réprimer. Marianne regarda la planche d'ébène sans savoir que dire ni que faire. À l'intérieur reposait sa sœur et cela ne pouvait pas lui paraître concret. Comment en aurait-il pu être autrement ? Un instant, elle crut que celle-ci allait finir par ouvrir le cercueil et en jaillir, l'air malicieux, souriante, fière de sa mauvaise plaisanterie. Une furieuse envie de se jeter sur le bout de bois, de saisir la dépouille d'Amélie et de la secouer violemment la prit. « Relève-toi, sors de là ! », voulait-elle lui hurler. Elle se contint péniblement mais les nausées la reprirent, et elle eut besoin de sortir précipitamment pour respirer un air plus frais.

Devant l'église, le cortège commença à se former doucement. Émilie, encore bouleversée par l'hommage qui lui avait demandé tant de maîtrise, se tenait, maladroite, reniflant le plus discrètement possible pour ne pas troubler la douleur de la famille. Philippe, soutenant fermement Hélène par le bras, poussa son épouse pour qu'ils s'approchent ensemble de la jeune femme. Il ne fallait pas rompre le contact, c'était leur seule chance de survie. Il fallait communiquer avec celles et ceux qui pleuraient aujourd'hui leur enfant, pour se rappeler combien Amélie était aimée.

Les voyant s'approcher, Émilie tenta timidement d'engager la conversation par quelques mots bienveillants.

— C'était une magnifique cérémonie, dit-elle.

Un début de sanglot étouffa son dernier mot. Il eut l'effet de sortir Hélène de sa torpeur.

— Merci Émilie. Ton discours était très beau. Tu as toujours été une formidable amie pour Mélie. Elle nous a dit tant de bien de toi.

— Mais je n'ai rien vu, répondit la jeune femme. Je n'ai rien vu… Oh Hélène… Je suis tellement désolée… Elle va tellement me manquer… C'est cet examen… J'aurais dû être plus vigilante… J'aurais dû…

Émilie s'effondra dans les bras de Philippe et de son épouse, qui, sans savoir de quoi elle voulait parler, la serrèrent contre eux avec beaucoup d'amour. Elle était des leurs désormais ; elle serait de ceux qui se souviendraient de leur petite fille perdue, et c'était tout ce qui importait.

À quelques dizaines de mètres de la place de l'église, à l'ombre d'un arbre, adossé contre son tronc, se tenait un homme élégant. Un bel homme, encore jeune, malgré son visage fermé, ravagé par les nuits blanches, les yeux cernés, à moitié clos.

Édouard se balançait inconfortablement d'un pied sur l'autre, les mains jointes devant lui. Lorsqu'Hélène l'aperçut par-dessus l'épaule d'Émilie, en haut de l'escalier, elle perdit tout contrôle et hurla sauvagement, le prenant pour cible, poussant négligemment Sylvain qui tentait de lui barrer la route.

— Assassin ! Assassin ! Comment oses-tu venir ici verser la moindre larme sur le corps de ma fille ? Tu l'as tuée. Tu l'as tuée ! Tu es un assassin !

Édouard se redressa brusquement mais ne bougea pas, à la fois spectateur et acteur de la scène qui se jouait à ses dépens. Bertrand, qui avait couru jusqu'à lui, saisit l'écrivain par les épaules pour le sortir de son effroi avant qu'Hélène ne se rue sur lui.

— Viens, lui dit-il en l'entraînant. Je pense qu'il vaut mieux que tu t'en ailles.

À moins d'un mètre de là, immobile et imperturbable, Marianne dévisageait l'ancien compagnon de sa sœur sans exprimer la moindre émotion. Elle n'avait pas pensé à lui une seule seconde depuis la mort d'Amélie. Elle ne savait même pas qu'il l'avait quittée et qu'il en crevait de remords. Elle n'avait jamais cru à leur amour. Elle le regarda se laisser escorter par son mari, pleurant comme un bébé, et constatait l'ampleur de son bouleversement sans qu'il parvienne à la toucher. Elle, ce n'était plus le chagrin qui l'habitait, c'était un sentiment nouveau qu'elle ne savait pas encore apprivoiser, ni même nommer. La colère.

La colère n'était dirigée ni contre Édouard, ni contre ses parents. Elle n'était pas mesurable, ni même exprimable. Marianne était d'ailleurs incapable de la reconnaître pour ce qu'elle était, mais elle était bien là, tapie au creux de son ventre, se nourrissant du drame, réduisant peu à peu comme une peau de chagrin sa part d'apitoiement.

Édouard parti, Philippe, Hélène et Marianne se retrouvèrent debout, face à face, sans savoir que dire. Les mêmes questions les hantaient tous les trois, mais chacun y répondrait différemment, avec ses propres armes et ses propres émotions. Comment refaire surface ? Combien de temps durerait leur deuil ? Cette douleur insupportable allait-elle un jour cesser de les écraser ?

En route vers le cimetière, Marianne marcha en silence aux côtés de son père. Sa présence la réconfortait. Son père, son pilier. Elle s'était toujours accrochée à lui. Il ne s'énervait jamais, et c'était toujours lui qu'elle appelait à l'aide lorsqu'elle avait un problème. Sa mère paniquait pour un rien. Une carrosserie froissée par un accrochage en voiture, une feuille d'imposition à remplir, une fuite d'eau dans la salle de bains. Philippe connaissait toutes les réponses, il saurait quoi faire désormais.

— Qu'est-ce qu'on va devenir sans elle, papa ? demanda-t-elle à son guide.

Philippe ne répondit pas. Elle crut d'abord qu'il ne l'avait pas écoutée. Alors elle saisit son bras pour glisser le sien par-dessous, afin de mieux attirer son attention.

— Qu'est-ce qu'on va faire sans elle ? répéta-t-elle.

Cette fois, Marianne savait que son père l'avait forcément entendue. Elle leva les yeux vers lui et l'aperçut, pleurant. Les larmes coulaient sans discontinuer sur ses joues ridées. Pour la première fois, elle le vit tel qu'il était réellement, tel qu'elle avait toujours refusé de l'imaginer : faible, abattu, le dos courbé, les tempes grisonnantes. Accepte-t-on jamais de voir son père vieillir ?

20

Deux jours supplémentaires passèrent avant qu'il ne fût convenu d'aller en famille dans l'appartement d'Amélie, un modeste deux-pièces parisien, joliment aménagé. Marianne avait peur d'y retourner, mais elle savait qu'il faudrait tôt ou tard enclencher un processus de deuil, comme le lui avait dit Bertrand. Elle avait rejeté toute aide psychologique jusque-là, car elle récusait l'idée même d'être une patiente ; elle n'était pas malade.

— Mes filles sont ma seule thérapie, s'était-elle contentée de répondre à son mari.

— Tu ne peux pas leur faire porter ça, Marianne. Je suis avec toi, je te soutiendrai tout le temps qu'il te faudra, mais laisse nos filles en dehors de ça. Il est hors de question que tu les mêles à ce qui vient d'arriver. Et arrête d'être constamment dans l'évitement de tout.

Bien sûr, il avait raison, elle le savait. Ses mots étaient maladroits. Elle n'avait pas l'intention d'entraîner Maya et Louise dans son malheur, mais elle avait peur d'accepter la réalité et d'entamer des séances de consultation dont elle deviendrait probablement dépendante. Cela voudrait dire reconnaître son désœuvrement, sa détresse, ou pire, sa responsabilité. Pénétrer dans l'antre d'Amélie exigeait déjà une maîtrise d'elle-même absolue, et elle ne pouvait pas s'en demander davantage. Allait-elle être capable d'endosser le rôle que ses parents attendaient ? Et de quel rôle s'agissait-il ?

Marianne avait refusé que Bertrand l'accompagne, et elle le regretta aussitôt arrivée sur le palier. Lorsqu'elle poussa la porte d'entrée de l'appartement, c'est l'odeur de sa sœur qui la saisit en premier. Tous ses sens étaient en alerte, en quête de la moindre empreinte qui pourrait maintenir l'illusion qu'Amélie vivait encore. Marianne se sentit happée par son univers, comme si les deux sœurs ne faisaient plus qu'une. Elle respirait le même air qu'avait respiré Mélie, elle foulait le même sol, frôlait les mêmes murs. Puis, elle se rappela que c'était ici qu'elle avait été retrouvée morte, par leur propre mère ; celle-là même qui leur avait fait cadeau de la vie.

Elle fut alors submergée par des questions auxquelles elle ne pouvait fournir la moindre réponse. À quoi avait-elle songé en dernier ? Quel était le dernier objet qu'elle avait touché ? Celui qu'elle avait regardé pour la dernière fois avant de fermer ses paupières ? Avait-elle souffert ? Est-ce qu'elle avait pensé à elle ? Toutes ces interrogations qui n'avaient aucun sens, mais qui lui rappelaient qu'Amélie avait bien existé sur cette terre, et qu'elle avait vécu entre ces murs. Elle n'était pas une petite sœur imaginaire, elle avait évolué dans cet appartement, mais s'était envolée, laissant Marianne suffoquer, broyant son cœur dans un étau de malheur. Et, sous-jacente, bien enfouie sous ce flot d'émotions, mais déjà prête à jaillir pour venir hanter la vivante, commençait à se profiler la plus importante, la plus nécessaire, la plus effrayante de toutes les questions qu'elle se posait. Pourquoi ? Que s'était-il passé ici même pour en arriver là, pour qu'Amélie soit persuadée que son désespoir et sa solitude resteraient irréversibles ?

Marianne fit d'abord un premier tour d'horizon sans oser toucher le moindre bibelot, par respect. Elle avait trop peur de violer l'intimité de sa sœur en son absence, et il lui était encore impossible d'accepter l'idée brutale qu'elle ne reviendrait jamais le lui reprocher. Le silence lui paraissait assourdissant. Hélène et Philippe avaient quelques minutes de retard, et Marianne ne savait que faire sans eux ; elle redevenait soudain leur petite fille, leur enfant. Il allait falloir qu'ils la guident. Seule avec ce qu'il restait de sa sœur, elle s'assit sur le lit pour attendre. Elle aperçut quelques cheveux châtains éparpillés sur les draps ; ceux d'Amélie. Elle effleura de ses doigts tremblants l'oreiller, sur lequel avait maintes fois reposé la tête chérie de sa sœur, et constata qu'il était bien moelleux. En face d'elle, la salle de bains était scellée. Elle se fit violence pour détourner son regard de la porte, derrière laquelle devaient encore se trouver les stigmates de l'épouvantable vérité. Elle n'était pas prête.

Un goût de vomi lui brûlait le fond de la gorge, et elle lutta contre son propre corps pour ne pas céder à l'écœurement. Elle tenta de se concentrer sur des textures, des matériaux, les moindres détails qui pourraient la ramener à un matérialisme brut, sans sentiment. Machinalement, elle tira sur la poignée du tiroir de la table de chevet jouxtant le lit. Bien rangés à l'intérieur, dormaient quatre cahiers. Les quatre journaux intimes d'Amélie. Ses dernières années de vie, relatées minutieusement par l'écriture délicate et fragile de sa petite sœur. Marianne s'en rappelait maintenant : elle tenait un journal depuis longtemps déjà. Enfant, Amélie le dissimulait sous son matelas, et sans le lui avouer, Marianne allait le lire en cachette, pour l'espionner. Elle n'y trouvait alors que le récit futile de leurs disputes autour de leurs poupées, ou les fâcheries de leurs parents à cause des dernières bêtises : un chocolat chaud renversé, un pull taché, un coup de crayon sur le canapé en cuir… Autant d'anecdotes absurdes qu'elle chérissait désormais et qui la replongeaient « au temps joli » de leur enfance, comme le définissait leur chanteuse préférée, Barbara.

Barbara… bien sûr ! Elle sourit malgré elle, en déchiffrant sur une page, recopiées par la main d'Amélie, les paroles de *La Petite Cantate*. Sa sœur la fredonnait tout le temps lorsqu'elle avait une quinzaine d'années, et avait espéré apprendre à la jouer au piano, en vain. Aucune des deux filles Darbois n'était douée pour la musique.

Les anges avec leurs trompettes la joueront,
joueront pour toi,
Cette petite cantate que nous jouions autrefois,
Les anges avec leurs trompettes la joueront,
joueront pour toi,
Cette petite cantate qui monte vers toi.

Les yeux noyés de larmes, immergés dans ce texte qui lui semblait prédestiné, Marianne tenta de chanter :

Oh mon amie, oh ma douce, oh ma si petite à moi,
Mon Dieu, qu'elle est difficile, cette cantate sans toi.

Sa voix chevrotante mourut sous les sanglots. Elle n'entendit pas les pas lourds de ses parents sur le parquet, qui la contemplèrent quelques secondes, respectant cette promiscuité sororale bouleversante, avant de se précipiter à ses pieds pour partager son désespoir. Philippe, Hélène et Marianne restèrent enlacés plusieurs minutes, puis Philippe prit la parole pour justifier leur retard :

— Ta mère… Elle n'arrivait pas à monter l'escalier…

— Je sais papa…

Tout en essuyant ses larmes, Marianne désigna ce qu'elle avait trouvé :

— Regardez, les journaux d'Amélie… Elle n'a jamais cessé d'écrire.

Elle feuilleta mécaniquement les pages sans les lire. Seuls certains mots lui sautaient au visage. Ses espoirs, ses rêves. Tous contenus dans ces calepins anodins.

Elle lut :

Je suis moins courageuse que le printemps, qui revient, inlassablement, chasser le mauvais temps.
Moins sensuelle que l'été, qui dénude avec malice les corps tannés et volontaires.
Moins audacieuse que l'automne, qui secoue nos sens étourdis par la lumière.
Moins voluptueuse que l'hiver, qui couvre de toute sa gourmandise nos lentes processions esseulées.

Plus loin :

Merde. Tant que je me regarderai écrire, je ne serai pas une vraie autrice.

Elle reconnaissait bien la main de sa sœur, et pourtant… Pourquoi n'avait-elle pas décelé ce manque d'appréciation d'elle-même ? Ce désamour de sa propre image ? Amélie n'avait pas changé depuis leur enfance. Elle était restée cette petite sœur qui passait ses journées à rêver ;

sa camarade de jeux, son amie. Marianne avait grandi et l'avait laissée s'enfermer dans cet Éden éphémère, sans rien voir.

Elle se leva brusquement. Elle n'avait pas le droit d'être là, elle qui n'avait pas été à la hauteur. Elle avait failli à son rôle. Traversant la chambre, elle s'apprêtait à sortir lorsque son père, qui avait ramassé le journal abandonné au sol, lut à voix haute les ultimes mots de l'ultime page.

Ne pleurez pas les vestiges de mon âme épuisée
Réjouissez-vous plutôt que mon heure ait sonné.
Je pars le cœur chantant,
Je glisse et je dérive
Vers un plus beau printemps.
Que mes souvenirs ravivent
Votre bonheur, mes amours ; dans un sommeil précieux
Je veille sur vous, pour que vous soyez heureux.

Alors que sa mère, chancelante, étouffait un nouveau sanglot dans son mouchoir et s'écroulait sur le lit, Marianne ne se retourna pas, muette et choquée. En une fraction de seconde, ses sentiments s'étaient trouvés de nouveau chamboulés, et la colère naissante au creux de ses entrailles la reprit. Elle pensa : *C'est donc cela, le dernier message laissé par Amélie ? Une poésie grotesque ?* Ce n'était même pas bien écrit, en cela, sa sœur avait raison. Elle n'était pas une vraie autrice, elle se complaisait dans la contemplation de sa désolation.

Qu'avait-elle voulu leur dire ? Qu'elle s'était sacrifiée ? Si Mélie avait encore été là, Marianne lui aurait jeté son carnet à la figure. Sa culpabilité s'évaporait progressivement par chaque pore de son épiderme.

Comment avait-elle osé ? Cette émotion qui bouillait en elle aux funérailles explosait désormais dans chacun de ses organes vitaux. Une rage foudroyante s'emparait d'elle et la consumait tout entière. Ce n'était pas elle qui avait abandonné Amélie, non. C'était Amélie qui l'avait abandonnée. Elle ne s'était pas souciée de son chagrin, ni de celui de leurs parents. Elle s'était moquée d'eux, les avait méprisés. Marianne lui en voulait furieusement. Elle quitta l'appartement sans regarder en arrière, et se pressa pour sortir de l'immeuble.

L'air frais soulagea son corps trop frêle pour ce torrent d'émotions. Une pluie battante l'accompagna, et elle regagna sa voiture en titubant, envoyant quelques mots d'explication à ses parents, sur le groupe WhatsApp qu'elle partageait avec sa mère et Amélie. « J'ai dû rentrer plus tôt », écrivit-elle simplement, comme si elle s'adressait communément à l'une et à l'autre. Elle ne savait pas faire autrement et ignorait comment s'adapter à un monde sans sa sœur. Elle n'avait qu'une certitude : il lui fallait retrouver son foyer au plus vite. Maya, Louise, et Bertrand.

Lorsqu'elle franchit le seuil de la maison, la réalité la rattrapa aussitôt. En son absence, son refuge s'était mué en champ de bataille. Bertrand tentait de tenir les rôles de père et de mère, mais les petites se montraient de vraies tigresses. Leur férocité face à tout ordre paternel le rendait fou, et Marianne trouva une cuisine où la colère, là aussi, régnait sans partage. Elle somma Maya et Louise de monter dans leurs chambres, les menaçant d'une avalanche de punitions plus sévères les unes que les autres.

Une fois seul avec sa femme, alors qu'il ramassait un jouet au sol, Bertrand tenta doucement d'engager une discussion.

— Comment ça s'est passé ?

— Comment veux-tu que ça se soit passé ? aboya Marianne. Les parents sont arrivés à la bourre parce que ma mère n'était même pas capable de pénétrer dans l'immeuble. Ma sœur nous a laissé un beau merdier pour héritage, et des centaines de pages de gémissements en guise d'explication. Elle se la jouait artiste incomprise, alors qu'elle-même n'avait pas capté que la qualité première d'un artiste est la générosité. Elle en était manifestement dépourvue, puisqu'elle n'a pas pensé à ceux qu'elle prétendait aimer.

— Marianne, répondit Bertrand avec précaution. Je sais que tu n'y es pas encore prête, mais tu ne pourras pas avancer tant que tu n'auras pas fait la paix avec toi-même, ni avec ta sœur.

— Faire la paix avec une morte ? Explique-moi comment. Ce sont des phrases inutiles, Bertrand. Il n'y a rien à dire ou à faire. Il y a juste à vivre avec, et à accepter l'idée qu'elle et moi, nous n'avions finalement pas grand-chose en commun, si ce n'est nos géniteurs.

— Vous aviez beaucoup plus que tu ne le penses en commun, rumina son mari, juste assez fort pour être audible.

Marianne le défia du regard.

— Ben voyons. Toi qui ne la portais pas spécialement dans ton cœur, j'aimerais bien savoir quels points communs tu nous trouvais ! Ça m'intéresse !

— Là ? Dans l'instant ?

Bertrand se redressa.

— La colère, la peine, l'amertume. Et elles font peur à nos filles.

Puis il pesa ses mots, pour essayer d'être le plus habile possible.

— Écoute… Je ne sais pas quoi faire avec tes sentiments, je ne peux pas les porter pour toi. Je sais juste que tu n'es pas plus fière de ta vie qu'Amélie ne l'était de la sienne. Alors, dis-moi, puisque tu te veux si différente d'elle, quand vas-tu enfin aimer qui tu es, et dans le prolongement de toi-même, qui nous sommes, en tant que famille, tous les quatre ?

Marianne soupira et monta dans leur chambre parentale pour s'isoler, sans répondre. Il avait donc fallu une tragédie pour que Bertrand exprime enfin le fond de sa pensée. Malheureusement, alors qu'il lui offrait la possibilité de dialoguer, elle se sentait, elle-même, vide de mots, vide de sens. À travers la porte, elle entendit les tentatives de Maya et Louise d'apitoyer leur père pour qu'il lève leur punition.

Amélie s'était donné la mort, sûre que la vie n'était qu'une lente agonie. Elle avait porté en elle les lamentations de l'humanité tout entière. Marianne se devait de lui prouver qu'elle avait eu tort. Elle sortit de sa tanière pour libérer ses deux prisonnières, avant de s'asseoir à son bureau pour griffonner quelques mots, en écho à ceux de sa sœur.

Tu étais plus raffinée que le printemps, que les chants d'oiseaux alourdissent avant la floraison.
Plus modeste que l'été, dont l'arrogance n'a d'égale que la sécheresse.

Plus chétive que l'automne, si laid dans sa fugacité morbide.
Plus somptueuse que l'hiver, l'avare au manteau sale qui assassine l'abondance naturelle.

Elle déchira la feuille et la jeta aussitôt. *Elle va me rendre folle*, pensa-t-elle avant de s'effondrer sur son lit.

21

Les jours se transformèrent en semaines ; les semaines, en mois. Noël approchait. La vie continuait sans Amélie. Marianne ne s'occupait d'aucune contingence matérielle. C'était Bertrand, avec l'aide de Sylvain, qui épaulait Philippe et Hélène dans la gestion cruelle des affaires de leur défunte fille. Fermer les comptes, vider l'appartement, organiser les désabonnements ou régler les dernières factures… En revanche, il laissait volontiers sa femme reprendre son rôle de mère aimante auprès de leurs filles, qui lui offraient le plus précieux des dons : savoir vivre dans l'instant présent. Anne-Marie était partie aussi discrètement qu'elle était venue, et Marianne utilisait sa famille comme un baume cicatrisant, tout en se jurant de déceler le moindre signe annonciateur d'un comportement dépressif ou suicidaire chez les siens. Elle craignait une malédiction, un « accident », comme l'avait sinistrement désigné Sébastien.

Le manque de sa sœur, elle ne l'évoquait que rarement. Parfois, elle recevait de gentils messages d'Émilie, la meilleure amie d'Amélie, mais ils se faisaient de plus en plus rares. Elle ne pouvait pas lui en vouloir.

Quand la peine devenait trop forte, quand une vague plus lourde que les autres venait se fracasser violemment sur les falaises de son âme, elle s'efforçait de penser qu'Amélie était simplement partie en voyage, et qu'elle n'était pas joignable car elle était dans l'avion, ou en décalage horaire, ailleurs dans le monde. Se mentir était tellement plus facile. Elle se confia à Bertrand.

— Je suis ridicule, non ?

— Chacun porte sa douleur comme il le peut, chérie. Tu fais de ton mieux, et c'est déjà énorme.

Marianne s'acharnait à vouloir comprendre l'incompréhensible, et cela la hantait.

— Comment a-t-elle pu croire qu'elle n'était pas formidable ? Si elle ne l'avait pas été, elle ne manquerait pas autant. Comment a-t-elle pu se planter à ce point ? Pourquoi n'a-t-elle pas pensé à nous ? Il y a forcément autre chose…

— Tu ne pourras jamais répondre à ces questions… Il faut parfois arriver à accepter l'inacceptable ; accepter l'ignorance.

— Je sais, tu as raison. Mais je reste convaincue que quelque chose nous échappe…

Marianne réfléchit encore un moment avant de secouer la tête de dépit.

— Désolée… J'ai l'impression de tourner en rond, et tu as une patience d'ange.

— Je te répéterai les mêmes paroles aussi longtemps que nécessaire, ne t'inquiète pas pour ça.

Une fois par semaine, Bertrand, Marianne et leurs filles se rendaient chez Hélène et Philippe. Ce dernier, qui ne s'était jamais montré très loquace, s'enfermait désormais dans un rejet absolu de la réalité, comme si aucun drame ne l'avait frappé. Marianne s'en accommodait volontiers, mais Hélène, à l'inverse, éprouvait sans cesse le besoin d'évoquer la mémoire de sa petite fille disparue. Ainsi, dès qu'ils arrivaient, elle ressortait inlassablement l'album de photographies offert pour son cinquantième anniversaire, puis tentait de capter l'attention de Maya et Louise, qui n'aspiraient qu'à filer dans la salle de jeux.

— Attendez… Avez-vous vu cette photo, mes chéries ? Il faut que je vous raconte son histoire, commençait-elle.

Marianne, éteinte, regardait par la fenêtre en soufflant sur sa tasse de thé pour la refroidir, tandis que Bertrand usait d'une diversion pour laisser leurs filles s'évader.

— Hélène, je crois que Maya a envie d'aller au petit coin. Je l'accompagne avec Louise, elles regarderont cela plus tard.

Maya dormait toujours aussi mal, victime d'incessants cauchemars, en dépit du suivi bienveillant de son pédiatre. Marianne s'en inquiétait tout en éprouvant un certain soulagement à se rendre utile la nuit, elle qui ne parvenait plus à trouver le sommeil sans être hantée par l'absente et ses appels à l'aide.

À trois semaines de Noël, dans le salon familial des Darbois, la petite fille de quatre ans demanda :

— Vous n'avez pas fait votre sapin, mamie ? Où sont les décorations ? Le Père Noël ne trouvera pas votre maison s'il ne la voit pas d'en haut !

— Il ne viendra pas chez nous cette année, Maya, répondit Hélène.

— Pourquoi ?

— Parce qu'il est occupé à accueillir Amélie, ma biche.

— Dans le ciel ? interrogea la petite fille. Mais alors, il n'y aura pas de cadeaux ?

Bertrand leva un sourcil devant l'inquiétude de sa fille.

— Bien sûr, dit-il, il y aura des cadeaux ! Plein de cadeaux, si tu as été bien sage, comme tous les ans. Allez… Viens Maya, on va aller jouer à cache-cache avec Louise.

Adressant un regard suffisamment éloquent à Marianne, il saisit la petite dans ses bras et l'entraîna hors du salon. Son épouse reçut le message qu'il ne pouvait lui-même délivrer sans manquer de respect à ses beaux-parents.

Il était temps.

Il était temps de mettre fin à cette mascarade de famille unie, alors que chacun sombrait dans sa propre désolation.

— Maman, dit Marianne. Si tu pouvais éviter d'expliquer aux petites que tante Mélie est au ciel, ou je ne sais où, ça nous arrangerait. D'ailleurs, si tu pouvais éviter de leur en parler constamment, ça serait encore mieux. Je voudrais que mes filles passent un beau Noël.

— Qu'elles passent un beau Noël ? reprit Hélène. Comment pouvez-vous célébrer quoi que ce soit ? Nous sommes en deuil.

— Nous le sommes, oui, mais Maya et Louise ont le droit de grandir dans l'insouciance. Elles ne sont responsables de rien, et Bertrand et moi avons choisi de les protéger de ce qui se passe. Elles pourront poser toutes les questions qu'elles souhaitent quand elles seront plus grandes ; il n'y aura pas de sujet tabou, mais en attendant, elles n'ont pas à payer pour…

Marianne s'interrompit. Hélène regarda froidement sa fille avant de compléter elle-même sa dernière phrase.

— Payer pour quoi ? La mort de leur tante ? Mais il y a bien quelqu'un qui doit la payer, non ? On ne peut pas continuer à vivre comme si rien ne s'était passé, comme si ce n'était pas de notre faute. J'ai voulu vous protéger, moi aussi, Marianne, mais tu vois, j'ai échoué. Ça ne sert à rien.

— On a déjà eu mille fois cette conversation, maman. Ça n'a rien à voir avec ça. Mes filles méritent une enfance heureuse.

— Et nous alors ? lui lança Hélène d'un ton plus agressif. Qu'est-ce qu'on mérite ? On mérite de taire notre peine ? De mettre un mouchoir dessus ?

Philippe tenta doucement d'intervenir.

— Hélène… Marianne essaie juste de t'expliquer que les filles sont peut-être un peu petites pour comprendre…

— Un peu petites ?

Marianne explosa.

— Mais papa, réveille-toi ! Elles ont quatre et deux ans ! Tu plaisantes, j'espère ? Qu'est-ce que vous voulez ? Qu'est-ce que vous attendez ? Que je vous dise que moi aussi, je me sens responsable ? Oui, c'est le cas. Est-ce que ça vous soulage ? Vous voulez faire un concours pour savoir qui se déteste le plus ? Oui, moi aussi, maman, je m'en voudrai tout le reste de ma vie. Je n'ai pas su faire attention à ma petite sœur. J'ai écourté la dernière conversation que j'ai eue avec elle parce que j'estimais avoir des choses plus importantes à faire qu'entendre ses jérémiades. Tu te rends compte ? Je vais devoir porter ça, pour toujours. Je ne vis plus ; je survis pendant ces journées qui ne cessent de défiler, toutes semblables, toutes plus laides les unes que les autres. Et quand vient la nuit, j'en profite pour pleurer. Ensuite ? Eh bien le matin revient, et ça recommence, une nouvelle fois. Une nouvelle foutue journée à prétexter que tout va bien. C'est à cela que ressemble mon enfer, à moi. Vous croyez que j'ai le choix ? Vous croyez que je n'aurais pas envie de me réfugier sous la couette jusqu'à la fin de ma vie, ou de m'effondrer là, à même le sol, en plein milieu de votre salon ? J'ai deux enfants à faire grandir, à transformer en femmes fortes, pour qu'un jour, elles existent sans moi. Alors non, je n'ai pas le choix, maman.

— On a toujours le choix, répondit Hélène.

— Comme Amélie avait le choix de continuer à vivre ! Tu ne crois pas ? Quel message est-ce que tu veux me faire passer ? Tu m'en veux d'être là, à tes côtés, chez toi, alors qu'elle est morte ? Tu me reproches de vivre, alors que je devrais mourir ?

— Tu ne peux pas dire ça, Marianne. Tu ne comprends pas ma douleur. Ne sois pas injuste.

— Mais tout ce qui se passe *est* injuste, maman ! hurla la jeune femme en se prenant la tête entre les mains. Cette douleur est injuste. Je la comprends et je la partage, crois-moi. Mais tu as une autre fille. Regarde-moi. Regarde-moi, maman. Je respire, et j'existe.

La main droite de Marianne cognait désormais sur sa poitrine, pour désigner son cœur qui battait la chamade.

— Je suis vivante, maman. Et je suis mère, moi aussi. On doit continuer à rester debout pour Maya et pour Louise. On doit leur apprendre à sourire, à jouer, à être heureuses. À devenir des femmes plus libres que nous ne l'avons jamais été. On doit se battre pour les vivants. On ne peut plus rien pour les morts.

Bertrand fit son retour dans le salon, tenant chacune de ses filles par la main.

— Mamie, demanda Maya en sautillant, est-ce que les rennes du Père Noël, ils boivent du lolo comme nous ? Papa disait qu'on leur mettrait du lait dans un verre, mais ils ne vont jamais arriver à le boire avec leur gros museau… Il vaut mieux un bol, non ?

— Je ne sais pas, ma chérie, répondit Hélène sans quitter Marianne des yeux.

— On mettra de l'eau et du lait dans deux bols séparés, Maya, tu as raison, commenta la jeune mère, qui s'agenouilla près de son enfant. Ne t'inquiète pas pour eux, ils arriveront à boire, et je suis sûre qu'ils seront très touchés que tu aies pensé à leur préparer une petite collation pour leur longue tournée. On pourra aussi leur faire de beaux dessins, qu'en dis-tu ?

La petite fille hocha la tête. Puis sa mère poursuivit en suppliant son mari du regard :

— Allez… On rassemble les affaires pour rentrer à la maison. Papi et mamie sont fatigués.

Hélène et Philippe n'objectèrent pas. Cela faisait plusieurs mois déjà qu'ils n'insistaient plus pour les garder davantage près d'eux. Ils embrassèrent Maya et Louise comme d'habitude, et une fois celles-ci attachées à l'arrière de la voiture, Marianne s'approcha de ses parents pour leur dire au revoir. Elle demanda :

— Est-ce nécessaire de revenir la semaine prochaine ? Si vous n'êtes pas capables de faire bonne figure devant les filles, il serait peut-être préférable de laisser passer les fêtes avant de nous revoir.

Philippe détourna le regard, et Hélène répondit sans l'interroger.

— Effectivement, mieux vaut se voir plus tard, après Noël. Il est impensable de célébrer quoi que ce soit à l'heure actuelle, pour ton père comme pour moi. Ce serait faire affront à notre malheur.

— C'est faire affront à la vie que de ne pas préserver l'innocence, dit Marianne par dépit.

Elle s'installa sur le siège passager, baissa la vitre et regarda sa mère une dernière fois, pendant que Bertrand démarrait le moteur.

— Les photos, maman. Les photos que tu sors systématiquement quand on vient vous voir... Celles de cet album que tu ne finiras jamais... Elles me sont insupportables.

Le visage d'Hélène ne laissa transparaître aucune réaction. Elle savait, bien sûr, ce que sa fille aînée essayait de lui dire, mais que pouvait-elle y répondre ? Son chagrin emportait tout. Qu'y avait-il à ajouter qu'un mot triste, inutile et insuffisant ? Un mot qui n'aurait pas même la vertu de les consoler l'une l'autre ?

Ce mot, quel qu'il fût, Marianne l'attendait pourtant furieusement, désespérément. Ce mot, même maladroit, dérisoire ou insensé, aurait permis aux liens du sang de ne pas se fissurer entre la mère et la fille. Il l'aurait rassurée ; lui aurait prouvé qu'une volonté commune existait encore de s'aimer. Moins, mal ou peu... Mais de s'aimer quand même.

Tels furent les derniers échanges manqués entre Marianne et ses parents avant que leur seule fille encore en vie ne regagne sa demeure de Seine-et-Marne. Elle tenait pour certain qu'elle ne les reverrait pas avant l'année suivante, ou peut-être même celle d'après. Il fallait rester debout, et apprendre à cohabiter avec les morts. Elle ne pouvait pas s'offrir le luxe de baisser les bras ou de pleurer sa sœur chaque jour. Pour cela, il lui fallait se contenter de ses nuits, en cachette, loin de Maya et de Louise.

— Je me sens impuissante, dit-elle à son mari sur le chemin du retour. Est-ce qu'ils ont raison ?

— Personne n'a tort ou raison, répondit Bertrand. Tes parents entretiennent leur peine mutuellement, car ils n'ont pas tes priorités. Ils ne vivent pas au quotidien avec deux enfants en bas âge.

À l'arrière, dans la voiture, Maya, attentive à ses parents, demanda :

— Est-ce que papi et mamie sont tristes ?

Bertrand et Marianne se jetèrent un regard anxieux. Le père de famille choisit ses mots.

— Oui, ils sont tristes parce qu'Amélie leur manque, mon amour, mais c'est normal. Toi, par exemple, tu n'es pas toujours avec papa et maman. Parfois, tu es avec mamie Anne-Marie. Eh bien quand tu n'es pas avec nous, on te manque, c'est pareil. Mais ça ne veut pas dire que tu ne peux pas continuer à jouer ou à rire, car même quand on est absents, on est toujours dans ton cœur, avec toi, tu le sais bien…

— Et tante Mélie, est-ce qu'elle est dans le cœur de papi et mamie ?

Bertrand s'empressa de confirmer avec enthousiasme :

— Bien sûr, mon amour.

Maya, satisfaite de la réponse de son père, serra son doudou contre elle ; et la petite fille sujette aux terreurs nocturnes s'endormit aussitôt.

22

Après le départ de Bertrand, Marianne et leurs enfants, la maison des Darbois leur sembla plus vide encore que d'ordinaire. S'il y avait longtemps qu'ils ne cuisinaient plus le soir, Philippe et Hélène avaient pris l'habitude de se retrouver autour de la table de la salle à manger afin de partager un moment ensemble. Philippe se préparait souvent un sandwich à base de pain de mie et de charcuterie, tandis que son épouse se contentait d'une soupe et d'un yaourt.

Ce soir-là, après plusieurs décennies de mariage, ils n'avaient plus rien à partager. Ni leur repas, ni leur conversation. Seule la télévision allumée dans le salon parasitait d'un volume sonore vulgaire l'ambiance dramatique de la soirée. Observant sa femme s'enfoncer peu à peu dans la solitude, Philippe tenta timidement d'engager une discussion stérile. Elle lui échappait ; il était désemparé.

— Tu as vu comme Louise grandit vite ? lui demanda-t-il. Elle fait presque la même taille que Maya. On pourrait les prendre pour des jumelles.

— Comme Nanou et Mélie au même âge, répondit Hélène péniblement.

— Justement… Tu ne crois pas avoir été un peu dure avec Nanou ? Elle essaie d'avancer…

Hélène coupa aussitôt son mari.

— Dure ? C'est elle qui est dure, à vouloir nous imposer des après-midi de jeux et des fêtes abominables. Comment peut-elle penser un instant que nous sommes prêts à sourire et à faire semblant ? Je ne me remettrai jamais de la mort d'Amélie, tu m'entends ? Jamais.

— Moi non plus, Hélène, ne crois pas le contraire… Aucun parent ne peut se remettre de la disparition de son enfant, ce n'est pas dans la logique des choses. Nos petits sont un fantasme d'immortalité, et Mélie était… si…

Sa dernière phrase vint mourir dans un soupir. Philippe rassembla son courage pour reprendre, après une longue pause :

— Comment vois-tu l'avenir ? Nous vivons dans la culpabilité et…

— Nous vivons dans la souffrance, l'interrompit de nouveau Hélène. Nous n'y pouvons plus rien. Marianne doit le comprendre. Fêter Noël est au-dessus de mes forces, pendant que ma fille pourrit sous la terre.

Philippe ferma les yeux. L'image lui était insupportable. Décorer la maison et se prêter à des célébrations était inenvisageable, Hélène avait raison. Il pensait en boucle à sa fille, à la dernière fois qu'il l'avait vue, aux cinquante ans de sa femme. Elle paraissait si rayonnante. Comment n'avait-il pas compris ? Par son métier, il avait toujours protégé les autres. C'était son devoir. Il n'avait pas su le faire au sein même de sa famille. Il ne pourrait jamais s'en relever.

De l'autre côté de la table, en opposition à son mari, ce n'était pas l'image d'Amélie souriante à ses cinquante ans qui s'imposait à Hélène lorsqu'elle fermait les yeux pour retrouver sa fille vivante.

Contrairement à Philippe, elle préférait lui redonner corps beaucoup plus jeune, à l'âge de douze ans, lorsqu'elle s'était mis en tête de faire de l'équitation, comme toutes ses camarades de classe. Elle s'y rendait chaque mercredi, terrorisée. Plusieurs jours à l'avance, elle s'inquiétait du nom du poney qu'elle monterait à la prochaine reprise, et pleurait lorsqu'elle devait passer une heure sur le dos d'Ulysse ou de Carnaval, réputés pour être les plus capricieux du centre équestre. Souvent, elle tombait, puis remontait, plus tremblante encore. Mais jamais elle n'aurait jeté l'éponge d'elle-même ! L'échec ne faisait pas partie de son vocabulaire alors, et c'était finalement Hélène qui avait mis un terme à ces séances de torture, prétextant que sa fille devait se concentrer sur l'école, et éviter une jambe ou un bras cassés avant la fin du trimestre. L'avait-elle trop couvée ? Avait-elle commis une faute en prenant la décision à sa place ? Assurément, cet épisode ne pouvait pas être seul le catalyseur du caractère défaitiste d'Amélie.

Lancinantes, déchirantes, les mêmes questions revenaient la nuit pour la tourmenter. Pourquoi ? Quand ? Comment ? Hélène n'en voulait pas à Philippe de ne pas avoir prêté attention à son mauvais pressentiment lorsqu'ils en avaient parlé, quelques jours avant sa mort. C'était à elle qu'elle en voulait, pour ne pas avoir suffisamment insisté. Ce matin-là, lorsqu'elle s'était rendue chez sa fille pour lui apporter ses livres, elle voulait en profiter pour discuter avec elle, lui dire qu'elle n'avait pas besoin d'un Édouard Peyrac dans sa vie pour être complète, que c'était une jeune femme brillante et passionnée, qu'elle pourrait soulever des montagnes. Elle l'aurait serrée dans ses bras et l'aurait convaincue que son avenir serait des plus radieux.

Hélas, cet échange resterait à jamais fictif, et Hélène en ferait d'éternels cauchemars, sans jamais pouvoir inverser le cours des choses. À la place d'un moment complice avec sa fille, elle l'avait trouvée baignant dans son sang et son désespoir. Cent fois, elle revivrait cette scène ; elle viendrait la hanter à chaque seconde de son existence. Partout où elle irait, elle la suivrait. À la boulangerie, au supermarché, en lisant un article de presse, en discutant avec un voisin même… Elle y penserait toujours ; elle resterait logée dans un coin de sa tête, exactement là où une balle de revolver pourrait se loger pour l'assassiner. Sauf que dans son cas, ce serait une balle de désespoir, qui l'achèverait inéluctablement. Elle en était certaine : elle finirait par mourir de chagrin, comme d'autres meurent d'épuisement ou de longue maladie.

Amélie devait s'être sentie si incomprise et si seule pour en arriver là. Marianne avait dit que c'était un acte égoïste, qu'elle n'avait pensé à aucun d'entre eux : les survivants, les rescapés. Hélène voyait là un acte de souffrance ultime. Elle se reprochait de ne pas avoir donné toutes les armes à Amélie. Elle l'avait écoutée, protégée, mais elle ne l'avait pas préparée à devenir une adulte suffisamment courageuse. Elle ne lui avait pas donné confiance en elle. C'était son erreur, et sa fille l'avait payée. En cela seulement, lui restait un ultime point avec Philippe, son mari ; car, tout comme lui, elle savait que jamais elle ne se pardonnerait.

23

Le jour de Noël, Marianne prépara deux paquets qu'elle sépara soigneusement des autres jouets, à l'attention de Maya et Louise. Lorsqu'elles les ouvrirent, la première y trouva une chaîne en or au bout de laquelle pendait un cheval cabré. La seconde découvrit un bracelet sur lequel semblaient virevolter, au gré des mouvements du poignet, des petits papillons dorés.

— Ces bijoux, mes amours, expliqua-t-elle à ses filles, ne viennent pas du Père Noël. Ce sont des cadeaux très spéciaux. Vous voyez comme ils sont différents ? Comme ils brillent ? Ce ne sont pas des jeux. Maman va les ranger dans vos chambres, et vous pourrez les porter quand vous serez plus grandes. C'est Mélie qui vous les offre, pour que vous gardiez un souvenir d'elle.

— Elle habite avec Papa Noël, maintenant ? demanda Maya.

Marianne sourit, et lança un regard à Bertrand. Elle savait qu'il veillait à la tranquillité de leurs filles, mais il la laissa répondre.

— Non, mon trésor, elle n'habite pas avec Papa Noël. Mais elle tenait à ce que vous les ayez, même si elle ne pouvait pas être là pour vous les offrir. Elle sera toujours présente dans vos cœurs.

— Même si on ne se souvient plus bien d'elle ?
Marianne acquiesça, malgré le coup de poignard.
— Même si vous ne vous souvenez plus bien d'elle.

Quelques jours après les fêtes, elle reçut un e-mail de Sylvain. La plaie béante n'en finissait plus de s'ouvrir. Son oncle lui reprochait ne pas prêter suffisamment attention à la douleur de ses parents.

Ta mère va très mal, expliquait-il. *Elle pleure beaucoup et parle peu, sauf de ta sœur. Elle passe des heures sur son ordinateur à trier les photos pour en choisir une d'Amélie qu'elle voudrait faire encadrer et poser sur sa tombe. Ce serait bien que tu l'aides, que tu t'y intéresses. Ça la soulagerait.*

Marianne répondit dans la foulée à Sylvain, sur un ton plus agressif.

Ma mère va mal, bien sûr. Comme si je ne m'en doutais pas ! Comme si je n'avais pas mal, moi. Comme si je n'avais pas besoin d'être soulagée, également. Un e-mail, Sylvain ? Entre deux rendez-vous professionnels, c'est tout ce que tu trouves, comme moyen de communication avec ta nièce ? Pour me faire la morale ? Laisse-moi gérer mes rapports avec mes parents. Tu peux dormir tranquille, le message est passé. Mais le temps que tu as pris pour l'écrire est un temps perdu pour toi, j'en ai peur. Je me fous de la photo choisie pour illustrer la petite fille que papa et maman ont enterrée dans ce cimetière horrible. Qu'Amélie sourie dans ce cadre, et je croirai qu'elle s'est moquée de nous, de notre malheur. Qu'elle y arbore un regard sombre, et je n'y verrai que son désespoir. Tu comprendras donc que je préfère garder pour moi les images de ma sœur. Celles qui me rappellent que, parfois, elle ne faisait pas semblant d'être heureuse avec nous. Parfois seulement.

Sylvain ne répondit pas.

Le lendemain, Marianne décida de téléphoner au cabinet conseillé par son médecin, et obtint un rendez-vous rapide en expliquant l'urgence de sa situation. Trois jours plus tard, elle poussait pour la première fois la porte du bureau du docteur Sardon. Elle s'installa dans le fauteuil qu'il lui désignait, et changea plusieurs de fois de position avant de se décontracter. Un long silence accompagna ses mouvements ; elle se sentait confuse, ne savait pas quoi dire. Puis elle respira profondément, comme pour prendre son élan, et répéta ce qu'elle avait appris par cœur avant de venir, pour être certaine de bien expliquer son cas, pour être certaine d'être bien comprise.

— Je viens vous voir parce que ma sœur s'est suicidée. Je crois que je n'arriverai pas à surmonter cette épreuve toute seule. J'ai fait le tour du champ lexical de la douleur, mais ça ne suffit pas. Ça ne suffit plus. Je ne cherche pas à l'atténuer, je cherche à vivre avec.

Alors que le docteur Sardon posait son crayon après avoir noté quelques mots, Marianne reprit d'un seul souffle :

— Je n'arrive pas à évacuer ma colère. Je ne comprends pas pourquoi elle a fait ça, et ça me détruit. C'est comme si ma sœur avait trouvé une forme de délectation à se laisser mourir… Je lui en veux tellement. J'ai honte de ce sentiment, mais c'est la vérité. Aujourd'hui, je ressens plus de rage que de peine. C'est notre sang qu'elle a fait couler dans sa baignoire ce soir-là, et elle n'avait pas le droit de me faire ça. Je me retrouve aussi victime de son hémorragie, alors que j'ai deux enfants à élever. Mes parents sont effondrés et croient que je les abandonne, que j'abandonne Mélie. C'est faux. C'est complètement faux. Je veux que vous compreniez à quel point je l'aimais et à quel point il m'est impossible de faire mon deuil, ce deuil dont tout le monde me rebat les oreilles. Avez-vous lu *La Promesse de l'aube*, de Romain Gary ? C'est magnifique, n'est-ce pas ? L'amour d'une mère pour son enfant. L'amour de l'enfant pour sa mère. Eh bien, c'est parce que je suis mère, moi aussi, qu'il faut que je m'en sorte. Je n'ai pas le droit de m'écrouler, c'est très clair dans ma tête. Mais… Pourquoi diable personne n'évoque jamais l'amour fraternel ou sororal ? Qui peut savoir ce que je ressens, hein ? Même mes propres parents sont largués, vous vous en doutez. Je pensais qu'on porterait ce fardeau tous ensemble, mais ce n'est pas le cas. Ce n'est pas moi qui les abandonne en fait, ce sont eux, comme Amélie… Et j'ai peur de perdre pied, moi aussi, dans une baignoire imaginaire.

TROISIÈME PARTIE

Deux ans plus tard

24

Il fallait qu'il se passe un événement aussi intense que celui-là pour que je me décide à reprendre la plume. « Reprendre », c'est bien le verbe que je viens d'employer. Les mots vont plus vite que ma pensée, et voilà une première rature. Certainement le début d'une longue série ! Je n'ai jamais écrit. Je ne reprends donc rien. À moins que je ne sois que la continuité d'Amélie, le prolongement de son encre… L'encre de sa vie, ce serait si poétique de le préciser ! Mais… je ne le crois pas. Elle est à mes côtés tous les jours, bien sûr. Je lui parle parfois, lorsque je suis seule. Je ne voudrais pas qu'on me prenne pour une folle ! Je l'interroge, je ris avec elle. Dans un souffle d'air, dans un chant d'oiseau, ou même, de façon plus terre à terre, dans un klaxon de taxi, elle me répond. J'aime le penser, en tout cas.

Oui, Amélie m'a offert le goût de l'écriture en héritage. Je reprends donc (mince, encore ce verbe !) son journal et le continue pour elle. Malheureusement, contrairement à ma sœur, je me suis toujours sentie maladroite avec un crayon en main… Il va falloir beaucoup d'indulgence.

Je n'ai pas su être assez présente de ton vivant, ma petite sœur, ma chérie. Je le serai davantage aujourd'hui pour ceux que j'aime, j'en fais la promesse. Tu étais ma partenaire, mon égale. Depuis que tu es partie, j'ai appris par cœur chacune des phrases que tu as déposées sur ce papier, j'ai embrassé chacun des mots. Je te retrouvais en eux. Je retrouvais notre innocence, notre complicité… Même si elles ne t'ont pas portée suffisamment pour que tu te livres à moi, pour que tu aies confiance.

Je crois que je t'ai découverte aussi, parfois. Je n'ai jamais soupçonné un seul instant cette part sombre qui sommeillait en toi ; j'ignorais à quel point tu te sous-estimais et à quel point tu jouais pour nous la comédie du bonheur. Je me suis demandé qui était cette personne aussi fragile dans ces phrases entrelacées. C'était étrange de te retrouver et de te découvrir tout en même temps.

Aujourd'hui, je te réponds, ma douce, pour être en paix avec toi, mais aussi avec moi-même. Je sors du chaos grâce au travail du docteur Sardon. Oui, c'est un travail ! Tu savais que ce mot vient du latin *tripalium*, qui signifie « instrument de torture » ? Il n'est pas trop fort ; j'ai tant souffert.

J'ai appris à vivre sans toi, à rire sans toi, à grandir sans toi. Qui sait ? Dans tes cahiers, tu faisais part de tes envies de publication… Peut-être un jour réaliserai-je ton rêve secret ? M'en voudrais-tu ? Oui, comme je te connais ! Tu aurais trop honte d'être lue par d'autres. Quelle erreur… Tu méritais bien mieux que ce que le monde t'a offert, ma chérie. Moi qui ne crois en aucun dieu, moi qui me fous du ciel comme de l'enfer, j'espère quand même que quelque part, tu t'amuses à me voir en difficulté, à peiner pour trouver les mots justes qui pourraient rendre hommage à ton immense talent, et à qui tu étais.

En parlant de talent, est-ce que j'ose aborder le cas Édouard Peyrac ? Il le faudrait bien pourtant. Tu pensais être insignifiante à ses yeux… Ma biche, sache qu'il s'est mis à genoux devant les parents quelques mois après ta disparition. Au sens figuré, bien sûr. Il n'aurait jamais eu le courage de se présenter à leur domicile, ce qui est dommage : ça aurait offert une petite animation à tout le monde ! Même si… Le fait que tu ne lui aies laissé aucun mot, aucun message, avant ton geste, me conforte dans l'idée qu'il n'est, lui non plus, responsable de rien, puisque tu n'as pas jugé utile de lui porter le moindre intérêt quelques minutes avant ton départ. Ça me surprend encore. Il n'était qu'un simple « facteur »… (terme employé à dessein avec beaucoup de sarcasme pour décrire cet homme de lettres !)

Enfin… Édouard a donc envoyé une missive aux parents, évidemment bien tournée, pour leur dire combien il vivrait marqué au fer rouge à jamais. Il leur a aussi demandé l'autorisation d'écrire sur toi. Papa et maman se sont abstenus de lui répondre, sans que je sache vraiment si c'était par manque de force ou par mépris. J'ignore même s'ils ont bien fait, mais je peux au moins te dire que jusqu'à présent, il a eu l'intelligence de ne rien publier à ton sujet. Il n'a rien publié du tout depuis son second polar, d'ailleurs, sorti cinq mois après ta disparition. Je crois qu'il en a vendu beaucoup moins que de son premier. Je ne l'ai pas lu et ne pourrai donc pas te faire le plaisir de le critiquer, mais j'ai tout de même feuilleté la quatrième de couverture dans une librairie voisine. J'en avais la boule au ventre et les mains tremblantes… Heureusement, il n'y mentionnait rien de spécial ; ça m'a soulagée. L'intrigue se passe en Argentine dans un club de foot. J'aime donc me dire qu'il s'est réfugié de l'autre côté de l'Atlantique pour écrire ses petits navets !

Je suis enceinte, Amélie.

Tu te rends compte ?

Te souviens-tu de la façon dont tu as appris ma première grossesse, pour Maya ? Je venais d'épouser Bertrand. Tu savais que nous essayions d'avoir un enfant. Un matin, le test était positif. Bertrand est parti travailler, la tête dans les nuages. Moi, je suis passée à l'improviste, entre deux patients de ma tournée, chez les parents, l'air béat. Maman préparait un thé, papa était dans son bureau, comme d'habitude. C'est toi qui m'as ouvert la porte, et à la minute où tu m'as vue, tu l'as su. Tu as lu l'expression sur mon visage et tu as crié :

— Tu es enceinte !

Un cri de joie, un cri du cœur. Un cri d'amour, bien sûr. Je crois que nous avons autant pleuré que ri, ce jour-là.

Pour Louise, c'était différent. On avait du mal à dégager du temps pour se voir, entre tes débuts professionnels et Maya qui monopolisait toute mon attention. Je ne voulais pas t'annoncer ma deuxième grossesse par téléphone, alors tu l'as découverte en même temps que mon ventre un peu arrondi, un soir, à un dîner organisé pour l'anniversaire de papa. J'étais à quoi ? Quatre ou cinq mois peut-être ? Il m'a suffi de retirer mon manteau pour que tu exultes devant ma silhouette déformée. L'émotion était aussi forte que la première fois, et tu étais tellement heureuse que ce soit une autre fille. « Elles auront les mêmes rapports que toi et moi, frangine ! Ce sera fabuleux ! » Tu te souviens ? C'est ce que l'on s'était dit.

Puis Maya a enchaîné les terreurs nocturnes, les cauchemars. Louise alternait les otites avec ses poussées dentaires, et Bertrand et moi nous sommes jurés de ne plus avoir de bébé. Nous étions si fatigués, tout le temps... Le rythme était infernal.

J'avais aussi promis que ta mort n'impacterait pas la vie de mes enfants ; que je les laisserais grandir dans la même insouciance et la même légèreté dont nous avons bénéficié toutes les deux (d'où ma rupture dévastatrice avec les parents, d'ailleurs). Et nous voilà... Bientôt à cinq ! Aujourd'hui, Maya a six ans, Louise, quatre, et elles sont prêtes à accueillir un petit frère dont l'arrivée n'est pas complètement étrangère à ton histoire. Un garçon, peux-tu y croire ? Je devrais presque te remercier, même si je ne te ferai pas ce plaisir ! Je préfère mettre la naissance de Théo (Théodore, pour le moment, c'est le prénom en tête de liste !) sur le compte de l'exquis quotidien avec les filles, qui nous pousse à élargir le champ de notre bonheur. Elles dorment comme deux petits anges désormais, et sont les gardiennes de ma paix intérieure.

Il a fallu du temps à Maya pour que disparaissent ses angoisses nocturnes. J'aime à penser que tu as joué un rôle, là encore, dans cette évolution positive. Il a fallu laisser éclater la plus grande des terreurs, la plus douloureuse des pertes, pour enfin trouver le repos. Comme si elle redoutait que le pire n'arrive, et qu'une fois face à lui, elle avait compris qu'on ne pouvait rien y faire. À part, bien sûr, continuer à s'aimer fort. Et espérer que cela suffise.

Tu dois penser que tout est pour le mieux désormais, mais attends ! Ce n'est pas terminé ! Évidemment, Bertrand et moi avons désiré ce troisième enfant pour des raisons différentes. Ma seule conviction : c'est le plus beau cadeau d'amour qu'il m'ait fait. Toi qui le taquinais souvent sur son égoïsme forcené, te voilà bouche bée, n'est-ce pas ? Il te donne tort sur ce coup-là, car tu t'en doutes, il n'avait pas très envie de se relancer dans les nuits blanches et les couches marron… Il avait toujours espéré avoir un fils, mais refusait de faire un bébé dans ce seul dessein. Il avait raison, bien sûr. Alors il l'a juste conçu pour moi, uniquement pour moi, parce qu'il sentait mon désir asphyxiant de donner la vie, ma rage de vaincre la mort. Il en a été récompensé ! C'est moi qui désirais le plus cet enfant, mais c'est lui qui a pleuré lorsqu'il a appris que c'était un garçon.

Même si ma dernière grossesse datait de plusieurs années, je peux t'assurer que j'ai compris très vite que j'étais enceinte, avant d'effectuer le moindre test. Les mêmes bouffées de chaleur nocturnes m'ont réveillée, et j'ai su. Tu n'imagines pas ma joie ! Celle de Bertrand était beaucoup plus mesurée… Mais le bonheur est contagieux, au moins autant que la douleur, et aujourd'hui, c'est lui qui fanfaronne de pouvoir bientôt jouer au foot avec son fils. Moi, j'ai regretté de ne pas pouvoir te l'annoncer, mais je n'ai pas osé le lui dire. Il aurait craint que je ne sois pas totalement « remise » de mes blessures, comme si ta mort était une guerre que j'avais perdue. Il n'aurait pas eu tout à fait tort, car la conception de cet enfant est née des ruines de ma « vie d'avant » la bataille… Une vie à laquelle tu participais activement. Non pas que tu sois exclue de celle que je mène désormais, mais tu ne peux plus y tenir l'un des rôles principaux, tu en conviendras.

J'avais peur.

C'est cela, la raison principale de mon récent désir de maternité. J'avais peur de reproduire le schéma familial, alors que j'en avais toujours été fière. Terrifiée à l'idée que l'une de mes filles puisse perdre sa sœur. Qu'elle s'enfonce dans un chagrin au-delà des mots. Qu'elle endure ce que j'ai enduré ces dernières années. Il fallait enrayer cette malédiction. C'était nécessaire à leur bien-être, et à ma guérison, je crois. Il me faut apprendre à vivre ma vie autrement qu'à travers elles (ou à travers toi). Je ne peux pas éternellement les surprotéger de tout et de tous ! Je ne sais pas si c'est une mauvaise raison. Peut-être. Mais c'est la vérité, et je te la dois.

Je crois que nous avons aussi pâti de la mélancolie un peu trop exacerbée de maman, même si elle n'a jamais voulu la faire peser sur nos épaules, et même si on ne peut pas lui reprocher la fragilité de notre caractère. À l'âge adulte, il faut savoir assumer les conséquences de nos actes comme de nos propres pensées ; je ne lui en veux donc pas. Elle a fait ce qu'elle a pu, avec ses armes. En revanche, nous avons été stupides, toi et moi, de tant courir après l'insouciance… À quoi réfléchissais-je alors ? Ta quête m'a sauté à la figure dans tous tes écrits ; c'est embarrassant. Si j'avais été plus maligne, je l'aurais comprise plus tôt, et je nous aurais prouvé à toutes les deux qu'il existait un sentiment bien plus merveilleux, bien plus fort encore, que celui d'insouciance que l'on déplorait tellement. Une sorte d'état d'ame qui transcende tout, et qu'il faut gagner chèrement…

La liberté, ma sœur. Celle de faire ses propres choix. Celle de devenir qui l'on veut. Ou encore celle de concevoir un enfant.

Quel gâchis de constater que tu ne connaîtras jamais cette émotion.

Enfin… Pour en revenir à ma petite situation… Le plus dur reste à venir, et non, je ne pense pas aux premiers mois infernaux avec un nouveau-né ! Avec Bertrand, on fait une bonne équipe, et on sait à quoi s'attendre. Il paraît aussi qu'un troisième enfant s'élève tout seul. Ça… je demande à voir !

Le plus dur, en fait, c'est l'inconnu. Le plus dur, ce sera donc… d'annoncer la nouvelle aux parents, évidemment ! C'est là que j'aurai besoin de toi… de tes conseils avisés… Je ne les ai pas revus depuis un an et demi, tu te rends compte ? On échange quelques messages, on se parle parfois au téléphone, très brièvement, mais on ne communique plus, on ne se touche plus comme avant. Reconnais que tu as fait un beau chantier de cette famille unie ! À ton avis, comment vont-ils réagir ? Quand j'ai évoqué une rencontre au sommet avec Bertrand, il s'est égosillé immédiatement :

— Hors de question ! Tu te souviens de ce que t'a dit ton psy ? Il y a des parents nocifs, comme des amis nocifs ou des collègues nocifs. Il a fallu que tu coupes le cordon familial pour t'en rendre compte, et commencer à aller mieux. Alors ne replonge pas. L'équilibre est trop fragile… Ils vont te tirer vers le bas, sans même le vouloir. Ta mère vivait déjà dans la nostalgie avant. Aujourd'hui, c'est pire que tout.

Je comprends son point de vue et son inquiétude, c'est vrai que les derniers échanges n'étaient pas des plus optimistes. Mais je lui ai dit qu'ils avaient le droit d'être informés. Il s'agit tout de même de leur petit-fils, c'était trop cruel. Il a rétorqué qu'ils en avaient le droit, certes, mais que l'annonce ne serait pas faite en grande pompe à la maison. « Pourquoi ? Pour qu'ils gâchent notre plaisir ?

Qu'ils poussent un soupir de douleur et te lancent une vacherie, parce que tu oses continuer à vivre ? »

Il exagère peut-être un peu, mais ça m'inquiète. Tu le connais, s'il a raison, il va me le répéter jusqu'à ce que mort s'ensuive !

Pardon. Deuxième rature. Parler de mort à une morte, ce n'est peut-être pas approprié… Et pourtant, je t'imagine bien sourire, vilaine petite sœur. Je te tiendrai au courant.

25

Tu te souviens, Mélie, de mes deux premières grossesses ? Aucune nausée, aucun vomissement. J'avais des insomnies, mais j'étais si épanouie… « C'est parce que tu attends une fille », me répétais-tu. Tu étais convaincue que les garçons étaient des « boulets » dès leur conception ! Qu'est-ce que ça me faisait rire ! Tu m'avais balancé tout un monologue sur la difficulté à élever un petit homme, à faire de lui un prince charmant…

Eh bien, sache que je suis ravie de te contredire aujourd'hui ! Jusqu'à présent, en tout cas, je ressens le même bien-être que lorsque j'attendais Maya et Louise. J'adore être enceinte, et je suis la preuve vivante que, fille ou garçon, c'est du pareil au même. Un seul symptôme diverge : le compte de sommeil. Je deviens une vraie marmotte ! Pour les petites, j'étais tellement excitée que je n'arrivais pas à me reposer. Là, je dors 14 heures sur 24, et je ne serais pas contre un peu de rab ! Bertrand pense que je rattrape toutes les nuits à chercher le sommeil après ton départ. C'est presque une métalepse, pour toi qui aimais tant les figures de style ! Ce n'est pas le sommeil que je cherchais, mais ta jolie bouille, bien sûr, dans mes errances de noctambule…

Enfin, Bertrand a raison : il me manquait énormément d'heures de repos ! Sur celles d'éveil, je cours les boutiques pour préparer l'arrivée du futur petit homme. En toute logique, il aura droit, comme Louise, à beaucoup de récup de ses sœurs (le lit à barreaux, le cosy, le tapis d'éveil…), mais j'essaie aussi de lui trouver une déco de vrai mec pour sa chambre. Louise m'accompagne ; elle est si enthousiaste… Évidemment ! Elle va avoir une poupée grandeur nature pour ses jeux ! Maya, elle, a un emploi du temps un peu plus « chargé », mais elle est aux anges également (comme toi, mais au sens le plus figuré du terme !). Elle a commencé le piano, ça lui plaît beaucoup. Incroyable, non ? Quand je nous revois, à son âge… Qu'est-ce que l'on pouvait détester le solfège ! Je ne pensais pas avoir le cœur de lui imposer cette torture de l'esprit, mais c'est elle qui l'a réclamée. Il y aura peut-être une fille de la lignée des Darbois à être douée pour la musique, finalement ! Ce serait drôle… Bertrand voudrait l'inscrire au tennis également, mais je penche plutôt pour la danse. Rien d'original, c'est certain, mais je fais confiance à Louise pour être celle qui va nous surprendre le plus. Elle est gauchère, le sais-tu ? Non, bien sûr… Ce n'était pas encore décelé lorsque tu nous as quittés. À l'école, son instituteur n'a aucun doute. Elle dessine de la main gauche, tape dans un ballon avec son pied gauche, saisit spontanément tout ce qui l'intéresses avec la main gauche… C'est stupide, mais ça me rend assez fière. Je suis heureuse de les voir grandir si différemment toutes les deux, et pourtant si complices. J'ai déjà hâte que leur frère s'inscrive dans leur petit monde ! Papou nous disait toujours : « L'amour ne se divise pas ; il se multiplie… »

C'est tellement vrai. Il foisonne dans tout mon être pour mes filles, et j'en porte encore tout autant au creux de mon ventre pour ce dernier bébé. Je le sens au fond de mes tripes, et il ne le vole à personne. Ni à elles, ni à toi.

Je sais… Tu attends certainement les potins, bien plus que mon descriptif soporifique de maman comblée. Comment s'est passée l'annonce aux parents ? Accroche-toi… Tu vas être surprise ! J'ai envoyé un texto à maman. Même pas un WhatsApp, pas assez protocolaire ! Un vrai SMS. Je lui ai simplement écrit :

Bonjour, j'espère que vous allez bien. J'ai quelque chose d'important à vous dire. Pouvez-vous passer à la maison demain ? Vers 11 heures ? Merci.

Oui, je sais, c'était froid et énigmatique. Un peu plus et je signais « Marianne » ! Je t'avoue que je ne savais pas comment m'y prendre. Je voulais profiter de l'absence de Bertrand, en pleine semaine, puisqu'il n'avait pas envie de les voir, mais je tenais quand même à ce que ce soient eux qui fassent le déplacement. Qu'ils me prouvent qu'ils étaient encore capables de s'intéresser à l'unique fille qui leur reste.

Tu ne vas pas le croire : seule maman est venue, et elle part à l'instant. C'est pourtant elle qui avait le plus pété les plombs il y a deux ans. Papa avait un rendez-vous chez l'ostéo pour son dos, paraît-il, puis allait jouer au tennis. Je ne m'en suis pas formalisée. Quand on dit quelque chose à l'un, l'autre finit toujours par l'apprendre dans la foulée, de toute façon ; ils devaient donc penser qu'un seul représentant suffisait. Et puis, je les ai prévenus très tard, il faut aussi le reconnaître.

Enfin… Tu imagines la scène des retrouvailles avec mamoune ? Nous étions toutes les deux très gênées. Qui aurait pu croire que je sois un jour mal à l'aise avec elle ? Elle, qui m'a mise au monde… Elle est devenue une étrangère au fil des années, et j'ai honte de le dire, mais cela m'arrangeait. Je crois que je lui rappelais trop son bébé perdu, et moi, je préférais l'éviter parce qu'elle me jetait, inconsciemment, ma responsabilité à la figure. Il m'a fallu du temps pour accepter l'idée que je n'étais pas coupable. Que tu n'étais pas morte par ma faute. Que ma seule erreur était de ne pas avoir vu à quel point tu souffrais, à quel point tu étais malade. Et je pense que les parents ont fait le même chemin de leur côté. Mais passons. On ne peut pas récrire l'histoire ; je travaille encore ce sujet.

Maman et moi nous sommes saluées de manière plutôt glaciale. Tu te souviens des albums d'Astérix qu'on lisait en boucle à la maison les soirs de week-end ? Dans *Le Cadeau de César*, je crois, il y a une rencontre entre Bonnemine, la femme du chef, et Angine, la femme de celui qui a reçu le village gaulois en offrande. Elles se disent bonjour et les bulles de dialogue sont comme gelées, en forme de stalactites. Eh bien là, c'était à peu près pareil avec maman. Elle est entrée dans le hall, a scanné des yeux l'agencement, pour voir s'il avait bougé, mais n'a fait aucun commentaire. Je l'ai emmenée dans la cuisine. Tu le sais bien, on ne discutait jamais dans le salon, ni chez les parents, ni chez moi. Toujours dans la cuisine. Je lui ai proposé du thé, et elle m'a répondu : « Comme tu veux. » Elle et moi avions bien conscience que le service et les politesses étaient sans importance. Elle n'avait pas fait le chemin pour échanger des banalités autour d'une tasse chaude et de biscuits. Alors j'ai lâché la bombe.

— Je suis enceinte, maman, ai-je dit, appuyée maladroitement contre le plan de travail à côté de l'évier.

Elle m'a regardée, droite, assise sur l'une des chaises de notre petite table à dîner.

Je l'ai trouvée vieillie, tu sais, mais encore très belle. En quelques secondes, son visage impassible s'est illuminé. Les larmes sont montées. Ses lèvres ont tremblé. Elle s'est levée brusquement pour se précipiter dans mes bras.

— Oh ma fille, ma chérie, a-t-elle sangloté contre moi.

Je dois reconnaître que je m'attendais à toutes les réactions possibles, mais pas à celle-là ! Ça m'a sonnée. Elle était si bouleversée… Et si bouleversante. L'annonce lui a provoqué un électrochoc d'une violence inouïe. Était-ce le bon moment ? Les bons mots ? Le bon événement ? Peut-être n'attendait-elle qu'une excuse pour arrêter enfin de se faire souffrir ?

Nous sommes restées un long moment à nous serrer dans les bras, l'une contre l'autre, ou plutôt l'une *pour* l'autre, devrais-je écrire, toutes les deux déboussolées et émues d'être enfin prêtes à construire une relation nouvelle à laquelle tu ne participerais pas, sans en être totalement exclue, tu t'en doutes.

Après s'être calmée non sans mal, maman m'a dit :

— Tu sais, avant la naissance d'Amélie, nous avons vécu ensemble et nous étions heureux pendant les trois premières années de ton existence. Ton père, toi et moi. On réapprendra à vivre sans elle. On réapprendra.

Cela m'a achevée ; il lui fallait tellement de courage pour dire cela… Alors j'ai pleuré de plus belle. Je ne me souviens plus de ma vie avant toi, évidemment ; j'étais trop jeune.

Enfin, comme elle me voyait anéantie, maman a ajouté :

— Excuse-moi. Je sais que tu ne veux pas parler d'elle.

J'étais toujours effondrée, bien sûr, mais ça a séché mes larmes.

— Je veux parler d'elle, maman. On devra toujours parler d'elle. Mais différemment… Il n'y a pas un jour qui passe sans que je pense à elle. J'ai juste appris à vivre avec son manque.

Maman m'a souri, et je lui ai demandé :

— Est-ce que j'étais heureuse d'avoir une petite sœur quand elle est née ?

— Tu étais aux anges, m'a-t-elle répondu promptement.

Son visage irradiait de bonheur à l'évocation du souvenir de ta naissance.

— En extase devant elle ! Papa t'a conduite à la clinique quelques heures à peine après la venue au monde de Mélie, et tu n'avais de cesse de vouloir la toucher, la caresser. Tu étais la meilleure des grandes sœurs ; tu l'aimais tellement fort…

— Parfois, les aînés font exprès de régresser pour capter l'attention des parents, lui dis-je. Peut-être vous ai-je beaucoup sollicités lorsqu'elle est arrivée ?

Mamoune paraissait étonnée de ma remarque. Elle a secoué la tête énergiquement.

— Pas toi, Nanou. Tu ne m'as jamais demandé plus d'efforts après la naissance de Mélie. Tu étais déjà tellement mûre pour ton âge ! Tu ne nous as jamais posé de problème, et tu l'as accueillie avec tout ton amour dans la famille.

C'est bête, mais ça m'a soulagée. Bien sûr, je n'émettais pas vraiment l'hypothèse que ma responsabilité dans ta tragédie fût engagée dès tes premiers jours d'existence, mais… je dois reconnaître que cela m'a traversé l'esprit. Surtout depuis ma grossesse. Je veux vraiment que les filles acceptent leur petit frère avec la meilleure volonté possible.

Enfin… Je n'ai pas eu le temps de cogiter trop longtemps, car maman a repris aussitôt avec enthousiasme :

— Alors ? Dis-moi, c'est pour quand, l'heureux événement ?

— Cet été. Ce n'est pas le meilleur moment, j'imagine que vous avez des projets de vacances…

— Cet été, c'est parfait, s'est-elle exclamée. L'arrivée d'un enfant est toujours une source de grande liesse, il n'y a jamais de mauvais moment pour cela. Ton père va être fou de joie. Et puis tu devrais t'en douter, on ne part plus depuis longtemps.

Je n'ai pas commenté davantage, car oui, je le savais bien. Ils ne s'éloignent plus du cimetière dans lequel tu reposes. Je le leur avais reproché, implicitement, l'an passé. Comme s'ils t'avaient choisie, toi, plus que moi. Enfin… C'est ce que je pensais jusqu'à ce que je parvienne à comprendre que leur peine était différente de la mienne ; ni plus, ni moins lourde. Juste différente. Je me suis donc contentée d'ajouter mystérieusement :

— Attends la suite, mamoune… Je ne t'ai pas tout dit.

— Ah bon ? Que peut-il y avoir de plus ?

J'ai marqué un temps, pour faire mon petit effet.

— C'est un garçon.

26

Hélène Darbois rentrait chez elle en voiture, le sourire aux lèvres. À quand remontait son dernier sourire aussi sincère ? Elle ne s'en souvenait plus. Un sourire d'émotion, un sourire de plaisir ; un sourire involontaire, mais un sourire qui valait cher. Pour la première fois depuis plus de deux ans, Hélène Darbois se sentait presque heureuse. Il manquerait toujours quelqu'un à sa vie pour être complète, mais elle était enfin capable d'accepter sa souffrance, de l'apprivoiser, pour avancer avec cette compagne de route omniprésente. C'est ce que l'association des parents qui avaient perdu un enfant lui avait appris. Il lui avait fallu plus d'un an avant d'appeler à l'aide, et de contacter d'autres personnes qui avaient subi le même drame, car Philippe et elle s'entraînaient l'un l'autre vers le fond, inéluctablement. Sylvain et Catherine avaient tiré la sonnette d'alarme à de trop nombreuses reprises.

— Vous ne vous en sortirez pas seuls, lui avait dit son frère. Ce n'est pas une faiblesse, ce n'est pas une maladie. Puisque tu penses que personne ne peut comprendre ta douleur, puisque dès qu'on aborde le sujet, tu m'expliques que je ne serai jamais en mesure d'approcher les méandres de votre enfer, puisque tu en veux à la terre entière de ne pas ressentir ce que toi, tu ressens, pourquoi ne pas en parler avec ceux qui sont passés par là également ? Essaie, au moins… Ça ne te coûtera rien, tu es déjà à l'apogée de la souffrance. Tu ne pourras jamais « aller mieux », mais tu pourrais vivre différemment.

Hélène n'avait pas répondu dans l'instant, mais l'idée avait fait son chemin. Peu de temps après, lors d'un jour plus difficile qu'un autre, alors qu'elle entendait Lucas, le fils des voisins, jouer dans leur jardin, elle avait pris son courage à deux mains pour pousser la porte de l'association. Elle y avait trouvé de la peine, des larmes, mais aussi de l'espoir en un avenir plus serein. Elle y avait trouvé une oreille compatissante, concernée et surtout compréhensive. Elle avait alors proposé à Philippe de l'accompagner, juste comme ça, pour voir, et ils étaient revenus ; une fois, puis deux, puis trois. Ils avaient noué contact avec d'autres parents en détresse, qui avaient su mettre des mots sur l'horreur. Des mots qui leur ressemblaient, mais qui ne les anéantissaient pas. Des mots qui leur avaient fait du bien. *L'être humain est vil*, avait pensé Hélène. Il commence à aller mieux dès lors qu'il réalise que d'autres que lui ont souffert tout autant, que d'autres ont traversé des orages semblables aux siens, mais qu'ils ont réussi à survivre. Il faut être persuadé que c'est possible pour accepter l'idée même d'essayer.

Hélène avait passé deux heures avec Marianne dans sa cuisine. Deux heures à tenter de rattraper le temps perdu. Ensemble, elles avaient pris plaisir à évoquer Maya et Louise qui grandissaient bien. Elles avaient ri à leurs remarques enfantines, souri à leurs dessins aimantés sur le réfrigérateur, pesté contre leurs caprices et leurs colères. La mère et la fille s'étaient senties unies devant l'irréversibilité du temps qui leur filait entre les doigts et les terrifiait. Ce temps qui les séparait d'Amélie, un peu plus, chaque jour. Elles en avaient beaucoup parlé, aussi.

— Est-ce que tu entends encore sa voix, maman ? lui avait demandé Marianne.

Hélène lui avait avoué qu'elle n'avait pas voulu couper immédiatement après sa mort le paiement mensuel de son téléphone portable, juste pour pouvoir appeler sa messagerie encore et encore. Lorsqu'elle entendait sa fille dire d'un ton enjoué et vivant : « Laissez-moi un message et je vous rappellerai », elle voulait toujours y croire ; elle tentait de se persuader qu'elle allait effectivement tenir parole. Marianne avait écouté sa mère avec tendresse et compassion. Cette dernière lui avait aussi confié qu'elle avait gardé bon nombre de ses affaires, de ses vieilles bottines usées à son écharpe en grosse laine. Tout lui ressemblait sans que rien ne soit plus vraiment elle.

— Si tu veux passer à la maison pour récupérer quelques livres, vêtements ou autre… Tu sais que tu es toujours la bienvenue.

— Merci maman.

Hélène avait ajouté :

— Amélie aurait pleuré de joie à l'annonce de ta grossesse. Je l'imagine très bien : elle se serait tournée vers ton père et moi, et nous aurait dit : « Vous voyez, Nanou et Bertrand, eux, l'ont osé. » Combien de fois nous a-t-elle reproché de ne pas vous avoir fait un petit frère !

Marianne avait souri.

— Toi aussi, tu rêves souvent de ce qu'elle aurait dit ou fait ? avait-elle demandé.

— Oui, ma fille, tous les jours. J'ai l'impression de continuer à vivre pour elle, c'est bête. Mais c'est toi qui as raison, Nanou. Il faut avancer. Demain, le soleil se lèvera, et tes enfants méritent le plus beau des avenirs. La peine n'est pas notre ennemie, il ne faut pas en avoir peur. Elle nous aide à porter notre deuil, à nous rappeler combien nous aimions Amélie, et combien elle nous manque. J'ai vécu ces dernières années dans le déni de la vie, mais on ne peut pas lutter contre. Sinon, cela voudrait dire que ta sœur a eu raison de faire ce qu'elle a fait ; mais c'est faux. Elle a eu tort. Amélie a eu tort.

Perdue dans ses pensées, rassurée de savoir Marianne épanouie dans sa nouvelle grossesse, avec l'arrivée imminente de ce bébé cadeau du ciel, Hélène sursauta lorsque son portable sonna. En bluetooth dans la voiture, elle décrocha le plus rapidement possible. C'était un réflexe qu'elle avait depuis la mort de sa fille. Elle avait le téléphone en horreur, et ne supportait plus sa sonnerie. Le numéro d'appel ne s'était pas affiché.

— Madame Darbois ? Bonjour. C'est le service des urgences de l'hôpital Ambroise-Paré. Je suis désolé de vous appeler, c'est au sujet de votre mari. Il a eu un accident cardiovasculaire.

— Je vous demande pardon ?

Hélène ne comprenait pas le sens des mots qui venaient d'être prononcés. Coincée dans la file de bouchons qui la ramenait lentement vers leur pavillon, elle se sentit envahie par une vague de chaleur. La voix au téléphone poursuivit :

— Il a été pris en charge très rapidement, vous savez. Les secours sont intervenus sur un terrain de tennis, c'est là que votre mari est tombé. Pourriez-vous venir à l'hôpital ?

— Bien sûr… J'arrive tout de suite…

Hélène avait retrouvé ses esprits, même si elle restait sonnée par la nouvelle. Philippe, victime d'un AVC. La voix avait raccroché sans qu'elle ait eu la possibilité de lui demander le degré de gravité. La foudre venait de s'abattre pour la seconde fois sur sa vie. Allait-elle de nouveau voler en éclats ? Seule dans sa voiture, elle pensa aussitôt à Marianne, mais choisit de ne pas l'appeler. Sa fille était enceinte, les émotions violentes lui seraient néfastes, et elle préférait ne rien dire tant qu'elle n'avait pas d'information précise à lui communiquer sur l'état de santé de son père. Les minutes qui s'égrainaient dans la circulation de banlieue parisienne lui semblèrent parmi les plus longues de toute son existence.

27

C'est Sébastien, le voisin de Philippe et Hélène Darbois, qui prévint Marianne, malgré lui. Alerté par Hélène, qui l'avait appelé pour lui demander de préparer quelques affaires, il avait envoyé un texto de compassion à sa fille aînée.

Marianne, c'est affreux. Je suis désolé de ce qui arrive à Philippe. Si je peux faire quoi que ce soit pour vous, n'hésite pas. Je suis toujours à vos côtés.

Bien sûr, Marianne avait aussitôt tenté d'appeler sa mère, en vain. Le répondeur s'enclenchait automatiquement. Folle d'inquiétude, elle contacta donc Sébastien directement, qui lui apprit le drame.

— Que se passe-t-il avec papa ?

Sébastien Pinson balbutia :

— Oh mon Dieu, Marianne, je pensais que tu savais… Que ta mère t'aurait prévenue…

— De quoi tu parles ?

— Ton père a fait un AVC. Il est à l'hôpital Ambroise-Paré. Je n'en sais pas plus… C'est Hélène qui m'a appelée. Je… pardon… je suis tellement confus…

Marianne raccrocha sans un mot. Elle saisit ses clés de voiture et sortit précipitamment de la maison. Les filles étaient à l'école, elle avait un peu de temps devant elle pour pouvoir se rendre sur place. Elle sentait une boule d'angoisse monter en elle ; la même que celle qui l'avait dévorée deux ans plus tôt, lorsque Sébastien l'avait appelée pour la mort d'Amélie. L'oiseau de mauvaise augure, malgré lui, à deux reprises déjà. Devait-elle y déceler un signe morbide ? Elle secoua la tête, seule dans sa voiture. *Non,* pensa-t-elle, *c'était Mélie qui croyait à toutes ces conneries, avec son idiote de voyante.* Elle appuya sur la touche de son téléphone qui composa automatiquement le numéro de Bertrand, et tomba sur son répondeur.

— Évidemment, dit-elle à voix haute, c'est toujours quand j'ai un besoin urgent de le joindre qu'il n'est pas disponible. Merde !

Elle laissa néanmoins un message :

— Bertrand, c'est moi. Je fonce à l'hôpital à côté de chez mes parents. Papa a fait un AVC. Je ne sais pas dans quel état il est, je ne sais pas s'il… va bien, reprit-elle, en même temps qu'elle reprenait son souffle. Rappelle-moi si tu as mon message dans les minutes qui viennent, sinon envoie-moi un texto pour me confirmer que tu l'as reçu et que tu peux gérer les filles.

Elle raccrocha, puis elle ajouta à voix haute, pour elle-même :

— Si papa s'en sort, Mélie, je te promets que je finirai peut-être par croire à quelque chose.

28

Lorsqu'elle arriva à l'hôpital, Marianne courut à perdre haleine à la recherche d'informations sur Philippe Darbois. On la renseigna sur sa localisation plus que sur son état de santé. Il se trouvait encore en soins intensifs, et Marianne fut soulagée d'y rejoindre sa mère. Hélène se tenait droite et élégante, comme toujours, dans un vaste couloir. Elle ne parut pas surprise par l'arrivée de sa fille, qu'elle avait quittée à peine une heure plus tôt, même si elle ne l'avait pas prévenue. Elle l'accueillit les bras ouverts et l'étreignit comme elle ne l'avait plus fait depuis plusieurs années, s'apprêtant à parer à toutes les interrogations et remontrances de son aînée.

— Maman, j'ai fait aussi vite que j'ai pu… Comment as-tu pu oublier de me prévenir ?

Puis, sans attendre la réponse, elle ajouta aussitôt :

— Ce n'est pas un oubli, bien sûr… Imbécile que je suis ! Comment va papa ?

Hélène éluda volontairement la première question.

— Ton père a été pris en charge rapidement, ce qui est une chance formidable. Pour le moment, les informations ne filtrent pas beaucoup, et les médecins sont très précautionneux, mais… ils sont optimistes en ce qui concerne le pronostic vital, alors il faut tenir le coup.

— Et les séquelles ?

— Ça…

Hélène balança brièvement sa main, indiquant à Marianne qu'elle n'en avait aucune idée. Puis elle la glissa tendrement dans les cheveux de sa fille pour remettre derrière son oreille une mèche échappée de sa queue-de-cheval.

— Comment peux-tu être aussi calme ? Comment peux-tu ne pas avoir peur ? Maman, qu'est-ce qu'on va faire ?

Hélène regarda sa fille paisiblement. Ce n'était plus une enfant, il était temps qu'elle l'accepte.

— J'ai peur, ma fille, je ne peux pas te le cacher, mais je n'ai pas d'autre choix que de tenir bon. Je ne peux pas céder à la panique. C'est toi qui m'as rappelé ce que signifie être mère. Tu m'as suffisamment reproché de ne plus tenir ce rôle à tes côtés après la mort d'Amélie. J'ai vécu le pire, et je suis encore là, debout, vivante. Alors aujourd'hui, je ne veux pas perdre mon autre enfant. C'est à moi de te protéger, comme quand tu étais petite, et pas l'inverse. Je ne peux pas t'assurer que ton père ira bien, mais tu peux compter sur moi, quoi qu'il se passe ensuite. Je serai là.

Marianne esquissa un léger sourire à la simple mention de sa tendre enfance, car il lui revenait subitement un épisode oublié :

— C'est vrai que le chien est parti en vacances depuis une vingtaine d'années maintenant. Qu'est-ce que vous avez pu nous raconter comme bêtises… Il serait peut-être temps que tu m'annonces officiellement son décès ; je suis prête à l'entendre, tu sais !

Le visage d'Hélène s'éclaira.

— Ah ah ! rit-elle. Non, tu sais bien que Mustang est parti se marier !

— Je me demande le nombre d'horreurs que tu nous as cachées pour nous protéger jusqu'à aujourd'hui…

« Nous », avait dit Marianne sans même y réfléchir. Parce qu'Amélie, bien sûr, était toujours là, avec elles. Cette présence tacite ne mourrait jamais.

Hélène n'eut pas le temps de répondre à sa fille, elle fut interrompue par un membre de l'hôpital qui vint les rassurer, le résultat de l'IRM en main. Philippe allait bien, Philippe allait mieux. Il était tiré d'affaire. Pour les séquelles physiques, il était trop tôt pour se prononcer, mais il n'était pas paralysé. Bien sûr, il lui était encore impossible de marcher ou même de se tenir debout, mais il pouvait communiquer. Il avait réussi à interroger les médecins sur la date du jour, et quand ceux-ci l'avaient questionné en retour sur ce dont il se souvenait, il avait répondu :

— Je sais que je suis marié, et que j'ai deux grandes filles.

Quelques instants plus tard, Hélène et Marianne entraient main dans la main dans la chambre qui lui était attribuée. Toutes les deux serrées l'une contre l'autre, unies dans l'angoisse, les mêmes yeux rougis par les larmes et la même voix enrouée par l'émotion. Philippe ne sourit pas tout de suite à la vue des deux femmes de sa vie dans l'embrasure de la porte. Il était encore sonné par l'épreuve qu'il venait d'affronter et distinguait les silhouettes sans être capable de les apprécier. Il dévisagea d'abord Marianne, avant de se tourner vers son épouse, les yeux écarquillés. Elle brisa alors le silence :

— Oui, Philippe, confirma-t-elle à son inquisition silencieuse. Tu ne délires pas. C'est bien Marianne, chéri.

— Marianne, parvint-il à murmurer.

— Papa, ne te fatigue pas. On aura tout le temps de parler. Je suis là. Maman aussi. Tout va bien.

Philippe jeta un nouveau regard interrogateur à Hélène.

— C'est Sébastien qui l'a prévenue, répondit-elle une nouvelle fois en décryptant le visage de son mari. Je l'ai appelé et il lui a envoyé un message. Tu sais bien que je ne l'aurais jamais fait sans te consulter en amont. Comment est-ce que tu te sens ?

Philippe tentait de rassembler ses esprits, et se concentra pour parler. Son débit était lent, mais audible.

— Ça va… je crois… J'ai des fourmis dans la jambe et le bras gauches, mais… il paraît que si j'ai des sensations, même désagréables… c'est déjà une bonne nouvelle.

— Oui, ils ne m'ont pas dit combien de temps tu allais rester ici, mais tu vas avoir beaucoup d'examens à passer pour en savoir plus. Mon Dieu, j'ai eu tellement peur !

— Je suis solide.

— Repose-toi, Nanou a raison. Le chemin est encore long, on ne sait pas ce qui nous attend. J'imagine que tu vas avoir de la rééducation… Je n'y connais rien… Je t'imaginais amnésique, défiguré, paralysé du visage ou d'ailleurs, et rien… Tu me parais si beau.

Philippe parvint à sourire à son épouse. Marianne interrompit ce moment de tendresse et s'adressa à ses parents en riant de soulagement.

— Quels petits cachottiers… Vous n'aviez pas l'intention de me prévenir ? C'est quand même incroyable…

Y aurait-il d'autres choses que vous m'auriez tues volontairement ?

Puis elle ajouta plus sérieusement :

— Papa, tu n'as pas de grave maladie au moins ?

Le silence effraya soudain Marianne. Son regard oscilla entre ses deux parents, gênés et hésitants. Il y avait manifestement des informations qu'elle ignorait, des secrets familiaux encore inavoués.

— Parlez-moi ! s'écria-t-elle, affolée. C'est si grave que ça ?

— Non, Nanou, tout va bien. Je vais mieux, répondit Hélène.

Marianne quitta son père des yeux, et se tourna vers sa mère, sous le choc.

— Comment ça, tu vas mieux ? C'est papa qui est allongé là, et c'est toi qui vas mieux ? Parce que tu n'allais pas bien, avant ?

Hélène inspira profondément, comme pour prendre son élan, et se remémorer une période nébuleuse de sa vie. Elle commença par distiller quelques bribes d'informations, anticipant la lourde justification qu'elle devrait fournir une fois la bombe lâchée.

— Ça remonte à plus d'une dizaine d'années maintenant… Mélie et toi, vous étiez encore si jeunes… Il n'était pas question de vous faire paniquer pour rien. Et nous avons pris la bonne décision, puisqu'il n'y a jamais eu de complication.

Marianne se crispa sans prononcer le moindre mot, et Hélène comprit qu'il n'était plus question de dissimuler quoi que ce soit.

— Je l'avais presque oublié, tu sais. J'ai eu un cancer

du sein. Il a été décelé brutalement, sur le tard. Il a fallu agir vite. Tu te souviens forcément de mon opération…

— La pose de tes implants mammaires ?! hurla très fort sa fille. Ceux que tu as réclamés sous couvert de ta crise de la quarantaine ?

— Oui. J'ai subi une ablation, et j'ai fait poser des prothèses.

Marianne attendit quelques secondes, guettant le moindre signe d'une farce sordide. Elle bredouilla alors :

— Mais… Ton désir de changement… d'être plus féminine pour papa… de retrouver ta jeunesse après tes deux allaitements… C'étaient des conneries ?

Hélène sourit inconfortablement, gênée d'être mise à nu devant sa propre fille.

— Je vous en aurais parlé si, après l'opération, j'avais sombré en récidive, ou s'il y avait eu un vrai risque de… enfin, tu sais… un vrai risque que je ne survive pas. Mais tout s'est bien passé, je suis restée sous contrôle médical, et il n'y a jamais eu de suite.

Marianne ne comprenait pas. Elle tentait de replonger dans ses souvenirs, dans les moindres détails qui lui avaient échappé à l'époque.

— Mais enfin maman, parvint-elle à formuler. Tu me balances ça comme ça ? Sur le lit d'hôpital de papa ? Comment est-ce que vous avez pu nous cacher ça ? C'est délirant…

— Marianne, je ne suis pas certaine que ce soit le moment, justement…

En même temps, les deux femmes se rapprochèrent instinctivement de Philippe, qui se taisait, l'âme aussi coupable que celle de sa femme. Marianne réagit de nouveau, après un examen rapide de son père.

— Papa a l'air de très bien encaisser, manifestement… Mais… je suis sidérée ! Quand je pense qu'avec Mélie, on a crié au scandale, on t'en a voulu de te montrer aussi légère et superficielle… Elle était même persuadée que papa avait une maîtresse, et que tu te faisais subir ça pour lui plaire à nouveau !

— Une maîtresse ? Mais non…, rit nerveusement Hélène devant l'absurdité de cette dernière remarque. Il était hors de question que l'on vous fasse angoisser pour rien.

Elle avait lu les journaux d'Amélie ; elle savait, bien sûr, que sa fille était partie avec cette idée, et elle en était encore bouleversée. Quelle image sa toute petite avait-elle emportée de sa propre mère ?

— Vous étiez jeunes, Nanou… Et quoi ? Qu'est-ce que tu voulais que je vous dise ? Mes chéries, maman a un cancer, elle va peut-être mourir, mais elle va peut-être survivre aussi, on attend un peu avant de savoir ! Au fait, vous avez fait vos exercices de maths ? Bien sûr que je vous aurais préparées au pire, si les médecins avaient été formels…

Marianne sembla réfléchir un instant, avant de répondre.

— Mais tu te rends compte que ça peut être héréditaire ? Enfin, maman ! Ce sont des informations que l'on a besoin de connaître dans une famille !

— Oh je savais que tu étais bien surveillée, que tu étais sérieuse…

La justification ne convainquit pas la jeune femme. Elle secoua la tête.

— C'est complètement dingue.

Puis, se tournant vers son père, elle ajouta :

— Et papa, tu savais ? Tu n'as rien dit non plus ?

Dans son lit, Philippe ferma les yeux, puis les ouvrit

en souriant, autant pour rassurer sa fille que pour montrer son affliction.

— Tu sais bien que ta mère a toujours raison, Nanou. Elle avait décidé de vous protéger, et je la soutenais complètement. N'en aurais-tu pas fait autant pour tes filles ?

Philippe marquait un point. C'était bien ce que Marianne s'était efforcée de faire jusqu'à présent ; elle se sentit soudain plus proche de sa mère qu'elle ne l'avait jamais été. Une envie folle de se jeter dans ses bras la saisit, mais elle se contenta de répondre :

— C'est bien. Je vois que ton AVC n'a pas trop affecté ta mémoire. Je ne sais pas quoi vous dire... Vous avez vécu dans l'angoisse tous les deux, et on n'a rien vu. C'est fou. Mélie et moi, on en a beaucoup discuté à l'époque... Qu'est-ce qu'on t'en a voulu, maman, pour cette opération ! On ne comprenait pas... Maintenant, avec le recul, je me demande comment on n'a pas pu y réfléchir mieux que ça. On aurait dû s'en douter. Quelle idiote j'étais...

— Ça veut dire qu'on a fait correctement notre travail de parents, ma chérie, reprit Hélène. Vous étiez deux jeunes filles dans une période difficile de vos vies. Mélie était encore adolescente, et toi, tu te construisais à l'aube de ta majorité. Il fallait préserver ça, votre innocence, votre insouciance... Nous aurions peut-être pu t'en parler, c'est vrai, car tu étais plus mature que ta sœur, mais il était inenvisageable de te faire porter ce poids. Surtout en t'interdisant de le partager avec elle, alors que vous étiez si proches ! C'était notre fardeau, celui de grandes personnes. Et puis, tu sais, ça nous aidait aussi, ton père et moi. Ça nous aidait à tenir bon. On puisait notre force en vous regardant grandir. Vous m'avez sauvée, comme je n'ai pas su le faire pour… Amélie. J'étais prête à me sacrifier pour vous.

Marianne était sous le choc. Il lui semblait qu'il y avait tant à dire, et si peu de temps. Si peu d'espace, dans cette chambre confinée d'hôpital. Si peu de mots dans la langue française pour exprimer tout ce que les cœurs ressentaient. Le sien battait la chamade dans sa poitrine.

— Maman, comment peux-tu dire ça ? Mélie nous a tout caché, à tous. Personne ne savait… On ne peut pas aider quelqu'un qui refuse notre aide. On ne pouvait pas…

Hélène se mit à pleurer et s'en excusa.

— Oh… Ce n'est pas le moment, Marianne, je te l'ai dit. L'heure est au repos pour ton père. Je t'en prie…

— Tu as raison. Ce n'est pas comme si c'était arrivé hier, ça peut attendre encore un peu. On aura tout le temps d'en reparler plus tard. On a toute la vie devant nous, hein, papa ?

Philippe Darbois gratifia sa fille d'un nouveau sourire bienveillant, avant de fermer les yeux. Il était très fatigué. Certaines images lui revenaient furtivement en mémoire. Il se souvenait à présent s'être écroulé sur le court de tennis. Il se souvenait de son partenaire, Éric, qui criait son nom, l'appelait. Philippe avait gardé les yeux grands ouverts, il avait vu l'agitation autour de lui, la panique de son entourage, mais s'était montré incapable du moindre mouvement. Prisonnier à l'intérieur de lui-même, terrifié, il avait voulu hurler, appeler sa femme, mais ni ses cordes vocales, ni son corps ne répondaient. Amélie avait-elle vécu le même effroi avant de mourir ? Il ne pouvait l'envisager. Il avait assisté, impuissant, au spectacle de sa propre chute, jusqu'à l'arrivée des secouristes. Ceux-ci avaient indiqué à Éric :

— Monsieur, ce sont les signes d'une attaque cérébrale. Il va falloir s'attendre au pire.

Au pire ? avait aussitôt pensé Philippe, gisant au sol, incapable de communiquer.

— Au pire ? avait répété Éric, catastrophé.

— Au pire, oui monsieur.

Mais le pire ne lui était-il déjà pas arrivé ?

Qu'y avait-il de pire que la mort de son enfant ? Oui, il se souvenait de tout désormais, et c'était bien là son malheur.

29

Il était 18 heures lorsque Marianne sortit de l'hôpital, laissant sa mère auprès de son père. Elle avait lu le début du texto de Bertrand, « Ok pour les filles » avant de couper son téléphone portable dans l'enceinte du bâtiment. Elle savait qu'elle pouvait lui faire confiance. Quelle ne fut donc pas sa surprise lorsqu'elle le trouva debout devant l'entrée principale de l'hôpital. Il l'attendait patiemment, et se dirigea vers elle dès qu'il l'aperçut.

— Qu'est-ce que tu fais là ? demanda-t-elle, décontenancée. Où sont les filles ?

— Je suis là pour toi, et elles sont avec Loïc et Morgane. Ne t'inquiète pas, elles sont ravies de passer du temps avec leur cousin et leur cousine.

Bertrand enlaça sa femme, qui poussa un soupir de soulagement par-dessus son épaule.

— Comment va ton père ? Je n'ai pas voulu entrer pour ne pas vous déranger. Il tient le coup ?

— Oui, c'est un miracle. Il a toute sa tête, bouge bien… Quelques fourmillements sur le côté gauche, mais dans l'ensemble, ça va. Il est très bien pris en charge. Il commence à se souvenir de ce qu'il s'est passé, et ça devrait revenir au fur et à mesure. Il se rappelle être allé au tennis, se rappelle avoir joué, puis c'est le trou noir.

— Les nouvelles sont rassurantes, c'est déjà une bonne chose.

— Maman a eu plus peur que lui, je crois. C'est elle qu'il va falloir surveiller à présent ! Il va lui falloir du temps pour encaisser le choc.

— C'est normal. On serait traumatisé pour moins que ça. Mais tu sais combien elle est forte.

Marianne marqua un temps d'hésitation.

— Je lui ai dit pour le bébé, tu sais. Elle était tellement heureuse…

Bertrand accueillit l'information paisiblement, malgré une mise en garde :

— Peut-être que ça lui donnera un nouveau but dans l'existence, mais tu sais que je ne tolérerai pas que notre fils soit élevé dans le deuil et dans le malheur.

— Oui chéri, on en a déjà parlé… Je suis à cent pour cent d'accord. On ne va pas pouvoir tout effacer d'un coup. Mais là… je voudrais juste rentrer à la maison.

Bertrand sourit.

— Je suis venu jusqu'ici en taxi pour pouvoir te ramener avec ta voiture. J'ai pensé que tu serais trop fatiguée pour conduire.

— Merci mon amour. Merci pour tout.

Marianne se blottit une nouvelle fois dans les bras de son mari, et ferma les yeux quelques secondes. Il tenait bon, malgré tous les drames qui avaient frappé sa famille. Il s'était montré patient, attentif, aimant. Bien sûr, il l'énervait parfois autant qu'il la séduisait, dans ce quotidien qu'elle lui avait souvent reproché. Ces détails qui, il y a quelques années encore, lui semblaient autant d'épreuves et de disputes insurmontables. Elle s'était beaucoup épanchée auprès d'Amélie sur leur cohabitation, évoquant de manière décousue les paquets de chips entièrement ingurgités qu'il éventrait sans faire l'effort de les jeter dans la poubelle ; le courrier qu'il recevait, déchiré puis laissé en suspens des jours durant dans la cuisine ; les vêtements sales posés à côté du panier à linge mais jamais dedans. Elle avait répété maintes fois d'un ton catégorique :

— Si on divorce, je ne referai jamais ma vie avec un homme ! J'en ai marre d'être esclave de quelqu'un…

Un temps, elle s'était demandé si c'était cela qui avait tué Amélie. Ses jérémiades multiples, ses geignements incessants. Que lui avait-elle montré de l'avenir, elle qui évoluait dans ce monde avec trois ans d'avance sur sa petite sœur ? Quelle image lui avait-elle renvoyée de ce à quoi ressemblerait son existence à court ou moyen terme ?

Sur le chemin du retour, appuyée contre la vitre pendant que Bertrand conduisait, elle se remémora une fois de plus quelques bribes de ses échanges avec Amélie.

— Est-ce que tu es heureuse avec Bertrand ? lui avait-elle demandé, plusieurs mois avant sa mort.

— Oui, je crois… Mais c'est compliqué, avec les années, de savoir si l'on reste avec l'autre par amour ou par habitude. On rêve de choses quand on est gosses, et ça ne correspond pas toujours à l'idée que l'on s'en faisait, une fois que l'on grandit et que l'on devient adulte. Peut-être que j'en demande trop… Peut-être que le problème vient de moi, et pas de Bertrand. Pas de notre couple, ni de notre quotidien.

— C'est dur d'être à la hauteur de nos rêves d'enfant, tu sais, avait simplement répondu la cadette. On est toujours tellement plus exigeants avec nous-mêmes qu'avec les autres…

Marianne ferma les yeux pour mieux revisiter ses souvenirs et retrouver Amélie ; ses intonations, les traits de son visage, la moindre de ses expressions.

Ce n'est pas toi qui n'étais pas à la hauteur, pensa-t-elle. *C'est la vie qui n'était pas assez bien pour toi. Mais il faut arrêter de pleurer sur notre sort, et prendre notre destin en main. Le meilleur est toujours à venir.*

Spontanément, elle porta sa main droite sur son petit ventre arrondi, espérant bientôt pouvoir déceler les premiers mouvements du bébé. Puis, relevant la tête, elle regarda son mari, concentré sur la route. Elle glissa alors son autre main sur la nuque de celui-ci, et il s'y frotta instantanément.

— Je t'aime, chéri, lui dit-elle.

— Je t'aime aussi, mon amour.

30

Hélène insista pour rester une partie de la nuit auprès de Philippe, malgré les propos rassurants des médecins. Lorsqu'elle rentra enfin chez eux, vers 1 heure, elle se sentit incapable de se coucher et de s'endormir, même si elle était épuisée. Elle décida alors de ranger la maison, qui était déjà impeccable. Le ménage était devenu une obsession pour ce couple délaissé et vieillissant. En pliant le linge qu'elle venait de repasser, elle commença à apprivoiser les émotions qui la submergeaient. Son mari venait d'être victime d'un AVC.

— Il va bien, dit-elle à voix haute pour se réconforter et briser le silence de la maison vide. Tout va bien.

Hélène, mieux que quiconque, savait à quel point l'existence d'un être ne tenait qu'à un fil. Elle savait que le cauchemar pouvait recommencer à tout instant ; et qu'une fois de plus, elle serait dépassée, en retard sur la vie. Elle ne l'avait jamais dit à personne, pas même à Philippe ; elle ne lui avait jamais expliqué comment elle avait tenté de sortir Amélie de la baignoire, comment elle avait voulu la ranimer. Elle s'était acharnée sur le corps de sa fille, alors qu'il était déjà trop tard. Elle l'avait tenue dans ses bras, l'avait serrée fort contre elle, embrassée à en perdre haleine pour lui redonner souffle et vie. En vain. Et voilà qu'aujourd'hui encore, elle était arrivée en décalage ; n'avait pas assisté à l'écroulement de son mari sur le court de tennis. En pénétrant dans l'enceinte de l'hôpital, elle s'était donc préparée au pire, persuadée qu'elle avait échoué à sauver une autre personne qu'elle aimait.

Le linge propre et chaud la rassurait. Il sentait bon l'odeur de leur foyer. Il devait lui donner la force de réagir, la force de se relever de ces épreuves. Marianne avait raison. Ça suffit, pensa-t-elle. Elle ne se supportait plus depuis longtemps. Elle était incapable de se regarder dans un miroir. Cet état léthargique lui faisait horreur. Elle songea à une conversation qu'elle avait eue avec Catherine, quelques mois auparavant. Sa belle-sœur lui avait raconté l'histoire effrayante d'un couple d'amis, cambriolés en pleine nuit à leur domicile alors qu'ils y dormaient. Le mari, réveillé par le bruit, s'était levé pour affronter les malfaiteurs, qui avaient heureusement pris la fuite en le voyant.

— C'est très courageux de sa part, avait dit Hélène. Mais ils auraient pu être armés… Ça aurait pu se terminer en drame s'ils avaient voulu en découdre, ou le séquestrer.

— Oui, tu as raison. Mais il a réagi de façon instinctive, et il n'en a gardé aucune séquelle. En revanche, sa femme est allée consulter un grand spécialiste des chocs post-traumatiques, car elle était terrorisée. Et ce qu'il lui a expliqué était intéressant…

Sur le moment, Hélène ne s'était pas enquise de plus d'informations. Elle ne faisait plus semblant de s'intéresser aux messages à peine cachés de ceux qui cherchaient encore à l'aider. Toutefois, sa belle-sœur avait pris son silence pour un encouragement à poursuivre :

— L'être humain, choqué, retourne à l'état primal, paraît-il, et il n'a que trois réactions spontanées face à une agression, quelle que soit son espèce. La première d'entre elles étant : faire le mort. Attendre. Espérer que ça passe, sans se faire remarquer.

— Oui, c'est valable pour les animaux sans défense, j'imagine. Mais quelles sont les deux autres réactions primaires ? avait finalement daigné demander Hélène.

— La deuxième, logique, est la fuite. Mais dans le cas de mes amis, ce n'était pas une option envisageable, puisqu'ils étaient coincés au premier étage de leur maison. J'en viens donc à la troisième réaction instinctive, qui a été celle de l'homme : l'attaque. Ou plutôt, la contre-attaque…

— Oui, mais ce n'est pas toujours facile, surtout face à des malfrats…

— C'est vrai, d'autant qu'on ne peut pas anticiper ce que nous dicterait notre instinct en cas de choc comme celui-ci. Mais le spécialiste a expliqué autre chose…

Hélène avait regardé sa belle-sœur sans rien dire. Une nouvelle fois, Catherine avait donc pris l'initiative de continuer sans y être invitée :

— Le mari n'a pas été traumatisé par l'affaire, aussi sordide fût-elle, parce qu'il a pu s'exprimer de manière animale, dans l'instant présent. Il a réagi et attaqué. En revanche, son épouse, elle, s'est trouvée profondément marquée. Prostrée, dans leur chambre, elle n'a pas eu d'autre choix que d'attendre la police. Elle n'a fait que subir l'agression, et c'était pire.

— Mais que pouvait-elle faire d'autre ?

— Rien, je suis bien d'accord avec toi… Il lui était impossible d'éteindre la lumière et de faire semblant de dormir, alors que son mari hurlait et affrontait les cambrioleurs. Elle n'avait nulle part où fuir non plus, et encore moins les armes pour se battre. Et c'est là où je veux en venir, justement… Tu savais que c'est dans cet état de privation de tout instinct naturel que l'on risque le choc post-traumatique ? Quand on est impuissant face au danger… Par la suite, elle s'est donc inscrite à une sorte de rééducation comportementale pour apprendre à maîtriser de nouveau ses émotions. Parce que le fond du problème était là : après ce qui s'était passé, elle s'est mise à perdre le contrôle total d'elle-même à la moindre contrariété.

— Et elle va mieux maintenant ?

— Oh, elle est enceinte de leur premier enfant.

Catherine avait souri gentiment. C'était l'une de ces femmes délicates et subtiles, qui parlaient peu, mais qui savaient toucher le cœur des gens. Plusieurs fois, Hélène avait repensé à cette discussion sans en comprendre le sens. Elle n'était victime d'aucune agression, il n'y avait aucun rapport avec elle. Mais devant son linge propre, en regardant son placard grand ouvert, elle comprit qu'il était temps pour elle de reprendre sa vie en main. Elle avait eu tout le loisir d'écouter son instinct, ces deux dernières années. Il ne lui avait pas dicté d'attaquer. Elle n'avait pas fui non plus. Elle faisait semblant d'être morte. Comme si cela pouvait la rapprocher de sa défunte fille ! Ça ne pouvait plus durer. Philippe était à l'hôpital, il s'accrochait, et allait avoir besoin d'elle. Elle était grand-mère aussi, et sa fille attendait un autre bébé. La vie était plus forte que la mort. L'amour était plus fort que la mort. Les parents en deuil qu'elle avait côtoyés le lui avaient dit également.

— Si je fais mon maximum pour être à la hauteur de mes promesses, même si j'échoue parfois, ce sera déjà beaucoup, murmura-t-elle pour elle-même. Je dois m'en convaincre. Je dois me pardonner.

Elle ferma les yeux une seconde, et les rouvrit, plus déterminée que jamais, sur un monde nouveau. Elle espérait ne plus manquer à son devoir, mais elle devrait aussi accepter de lâcher prise. Elle ne pourrait pas sauver l'univers tout entier.

31

Ma sœur chérie,

Papou est tiré d'affaire. Ouf. Je n'ai pas pu t'écrire avant, parce que j'avais trop peur. Je ne pouvais pas t'annoncer de mauvaises nouvelles, tu as déjà eu ton compte. J'ai emmené les filles le voir à l'hôpital, après m'être assurée que tout irait bien pour lui. Hormis des fourmillements qui persistent sur toute la partie gauche de son corps, il n'a pas de séquelles. Pas de paralysie. Un vrai miracle… Bien sûr, il ne peut pas encore marcher comme avant, mais je l'ai vu faire quelques pas avec un déambulateur. C'est prometteur. La rééducation va être longue et douloureuse, nous ont prévenus ses médecins, mais tu connais papa. C'est une force de la nature !

Je pense à partir, Mélie. À changer de vie. J'aimerais tant en discuter avec toi… Je suis sûre que tu m'y encouragerais. Je n'envisage pas de quitter Bertrand, rassure-toi ; on discute de déménager ensemble. Je voudrais que notre petit garçon grandisse loin de la folie parisienne.

J'adore Paris, ne te méprends pas, et je ne cherche pas à fuir. Je voudrais avancer, et offrir ce qu'il y a de mieux à nos enfants. Ici, qu'est-ce qui les attend ? L'aliénation du rythme de la capitale, le bruit, le stress, la pollution. Tu sais combien j'aime Paris. Tu sais comme j'aime m'y perdre. Aller danser la salsa à la Pachanga, près de Montparnasse. Écouter un guitariste jouer *No Woman No Cry* place du Trocadéro. Découvrir la dernière expo à la mode au Grand Palais. Mais je fais partie de ceux qui préfèrent aimer la ville lumière de loin, qui préfèrent créer le manque pour mieux lui revenir. Je voudrais que mes enfants ne perdent pas leur vie dans des heures interminables de transports en commun, et je n'aurai pas les moyens de leur offrir un bel appartement près de leurs écoles. Je suis convaincue qu'il existe autre chose ailleurs.

Est-ce que cette envie est liée à toi ? En partie, oui. Paris est vide de toi. Tu y pourris sous terre alors que nous voulions partir à sa conquête toutes les deux.

Paris t'a prise, t'a enlevée à moi. J'ai peut-être besoin de la quitter, de lui être infidèle, pour mieux lui pardonner. La vie que je n'ai pas passée avec toi me manque. C'est étrange, non ? Comment quelque chose que l'on n'a pas connu peut-il nous manquer ? Je n'ai pas la réponse, mais c'est ce que je ressens.

Déménager. Bouger. Changer d'air. L'idée me trotte dans la tête depuis un petit moment, même si je ne sais pas encore où aller. L'Amérique du Nord me tente bien. D'abord, parce que j'aime assez l'idée que les enfants puissent parler anglais comme nous-mêmes le voulions, et puis parce que c'est la destination de rêve de la famille Darbois, tu le sais bien. Je n'ai pas encore soumis l'idée aux parents, je préfère que papa reprenne des forces.

Ils m'ont surprise, tu n'imagines pas à quel point. Ils ont porté tous les deux le cancer de mamoune sans jamais nous en parler, c'est dingue. Tu te rappelles qu'on soupçonnait une histoire d'adultère, lorsqu'elle nous avait annoncé qu'elle allait se faire refaire les seins ? On était loin du compte… J'ai l'impression de m'être construite sur un mensonge : je croyais que maman était prête à tout pour récupérer papa, et qu'il fallait supporter la douleur (et le bistouri !) pour protéger l'amour. C'était tellement stupide. Inconsciemment, je devais craindre les réactions de Bertrand, et je n'osais pas lui parler de mes envies ou mes projets car je pensais que le rôle de la femme était de plaire et d'accepter, coûte que coûte, pour préserver sa famille. Et dire que c'est toi qui te trouvais idiote !

Aujourd'hui, je n'ai plus peur, rassure-toi. Et je ne me plains plus, puisque j'ose enfin dire ce que je pense et m'affirmer. Bertrand ne m'en aime pas moins, bien au contraire. Il m'encourage, même s'il est parfois dépassé par ce brusque changement d'attitude ! C'est un homme admirable, j'ai beaucoup de chance de l'avoir. Il a encaissé tellement pour me protéger, et protéger les filles.

Catherine n'en dirait pas autant de Sylvain, malheureusement. J'ai toujours entretenu des liens étroits avec elle, tu le sais. Elle s'est montrée si bienveillante… Et elle a gardé un œil sur maman pour moi ces dernières années. Bien plus que notre propre oncle ! Elle a aussi sacrifié sa vie pour Morgane et Loïc, qui sont tous les deux adorables. Ils sont à son image. Maya et Louise les réclament sans cesse pour le baby-sitting ! Parfois, j'ai envie de dire à Catherine de s'émanciper ; de sortir du rôle qu'on attend qu'elle joue, d'être un peu plus égoïste. Sylvain ne se gêne pas, lui ! Je ne sais pas si elle le fera, si elle osera. Je ne sais pas s'il faut du courage pour y parvenir, ou s'il faut tout simplement arriver au bout de son chagrin pour s'imposer un tel chantier. Mais… Si tu me permets ce cliché abject, on n'a qu'une vie, n'est-ce pas ? C'est enfoncer une porte ouverte que de le souligner, mais qui d'autre que toi peut le comprendre ?

Abject, oui. Parce que je rêve tellement que tu en aies d'autres, ma sœur. J'aimerais penser que tu es quelque part, réincarnée et heureuse. J'imagine que c'est toi dans l'envol d'un oiseau ; toi dans la brise matinale ; toi, encore et toujours, dans le ciel étoilé.

Guide-moi, ma chérie. Aide-moi à trouver le chemin.

QUATRIÈME PARTIE

Un an plus tard

32

Mélie, ma douce, si on m'avait dit un jour que je serais là où je suis, je n'y aurais jamais cru ! Toi non plus, d'ailleurs.

Je vais tout t'expliquer, mais d'abord, je voudrais te rassurer : enfin, la paix est revenue dans la famille Darbois. Tu l'as sentie ? C'est normal. Lorsque papa est sorti de l'hôpital, plusieurs semaines après son AVC, il marchait avec une canne. Tu te serais bien moquée de lui les premiers temps ! Pourtant, c'était très émouvant de le voir debout. C'est quand on perd les nôtres, ou que l'on a peur de les perdre, qu'on réalise à quel point on tient à eux, non ? Enfin, nous sommes venus le chercher tous ensemble : maman, Bertrand, les filles et moi. Non, Sylvain et Catherine n'étaient pas présents. C'est une autre histoire que je te raconterai prochainement : ils sont en instance de divorce. Je m'y attendais un peu, mais ça n'empêche pas la peine. Sylvain aurait dû prendre davantage soin de sa famille. Il croyait le faire en la mettant à l'abri du besoin par ses heures acharnées au travail, sans se rendre compte que ce n'était pas ce soin-là qui était le plus indispensable. Aimer ne suffit pas toujours, je le sais mieux que quiconque. Alors l'argent, encore moins !

Papou était heureux de nous voir réunis, car il souhaitait que nous allions tous ensemble te voir. Lui qui n'a jamais rien demandé, lui qui n'a jamais tenu le rôle du chef de famille autoritaire, il n'a pas eu besoin d'élever la voix pour être entendu, crois-moi ! Je n'étais pas venue sur ta tombe depuis ton enterrement, et les filles non plus, évidemment. Un cimetière n'est pas l'endroit où l'on se promène volontiers en famille le samedi après-midi, et je n'ai jamais eu besoin d'un lieu de sépulture pour te pleurer ou te dire combien tu me manques. Papa y tenait, cependant, car il trouvait nécessaire de clore le deuil « collectivement », même si ça ne nous empêche pas de t'évoquer très souvent, la larme à l'œil.

C'était une fin de journée du mois de mai, il faisait bon. Bertrand a expliqué aux filles pourquoi nous étions là, avec papi et mamie.

— Pour chérir la mémoire de votre tante, leur a-t-il dit. Elle comptait beaucoup pour maman, comme vous comptez l'une pour l'autre.

Elles ont compris, je crois, car toutes les deux ont tenu à t'offrir des fleurs et à les déposer sur ta pierre tombale. Elles ont choisi elles-mêmes un bouquet de la petite boutique à l'angle de notre rue. Je n'aurais pas opté pour celui-là, mais elles semblaient convaincues et m'ont tenu tête. Comme si elles te connaissaient mieux que moi, comme si elles savaient instinctivement celles qui te feraient le plus plaisir. Tu te doutes bien qu'elles ont déjà un sacré caractère !

Maman s'est agenouillée un moment, pendant que papa restait debout derrière elle, appuyé sur sa canne. Bertrand ne s'est pas approché, il voulait respecter l'intimité de notre peine. Maya et Louise ont posé leurs fleurs délicatement, et ont joué à courir dans l'allée. J'ai rejoint mamoune, pour toucher ta pierre tombale, pour être au plus près de toi, et d'elle. J'avais l'impression que ton cœur battait sous mes doigts qui effleuraient la stèle, je ne saurais pas comment te décrire autrement ce que j'ai ressenti à ce moment-là. Nous avons retiré quelques mauvaises herbes, et j'ai observé ton portrait, dans un cadre ovale que les parents ont fait installer près de tes dates de naissance et de mort. J'ignorais qu'ils avaient fini par en choisir un.

— Elle est belle, ai-je dit à maman.

— Oui, très belle. Vous vous êtes toujours ressemblé, même si vous ne l'avez jamais vu.

C'est difficile de savoir à qui on ressemble dans une famille, tu ne trouves pas ?

Ton nom, gravé dans la pierre, c'était encore douloureux à voir. Tu gis là, éternellement, et je reconnais que j'ai eu du mal à partir. C'est maman qui m'a saisie par le bras pour me signifier qu'il était temps de se relever. Qui l'eût cru ? Comme si elle passait à autre chose, alors que moi, je pensais : *Nous allons tous rentrer, vaquer à nos occupations, reprendre le cours de notre vie, et toi, tu vas rester là.* N'est-ce pas un abandon ?

J'ai fait part de ma réflexion aux parents. Papou m'a souri, comme il le fait toujours, et maman m'a caressé les cheveux, avant de répondre.

— Non, Nanou. Nous ne l'abandonnons pas. Amélie est désormais en milliers d'éclats dans nos cœurs endoloris. Mais nous cicatrisons ensemble. Nous partageons notre peine pour qu'elle soit moins lourde à porter pour chacun. C'est ça, être une famille.

Mamoune a souvent raison, tu le sais, même si on détestait se le dire !

En sortant du cimetière, nous sommes allés prendre un thé tous ensemble. Louise n'a pas arrêté de faire le clown, nous avons tellement ri… Tes nièces sont formidables, et je ne dis pas ça parce que ce sont mes filles, hein ? Tu serais fière d'elle, et de moi. Je ne me débrouille pas si mal, malgré toutes les tuiles qui ont pu me tomber sur la tête ! Parfois, elles se disputent. Tu ne peux pas imaginer comme ça me déchire !

Je me souviens de cet après-midi où nous nous étions fâchées toutes les deux, pour une stupide histoire de tête à coiffer, je crois. Maman nous avait emmenées faire des courses, et nous n'arrêtions pas de crier à l'arrière de la voiture. Excédée, elle avait fini par couper le moteur sur une petite route de campagne. Elle était sortie de la voiture, avait ouvert l'une des portières, et nous avait dit :

— Vous descendez maintenant. Ça suffit. Je ne supporte plus vos hurlements !

Quel âge avions-nous ? Six ans ? Huit ans ? Nous avions évidemment refusé de bouger, pétrifiées toutes les deux par sa réaction. Elle s'était remise au volant et nous n'avions plus prononcé le moindre mot.

C'est bête… Je ne sais pas pourquoi j'y repense aujourd'hui. À l'époque, nous étions persuadées que maman voulait vraiment nous abandonner. Et… je dois t'avouer que ça me traverse l'esprit à chaque fois que les filles se chamaillent ! Quelles petites bourriques… Je retrouve un peu de ton caractère de cochon dans chacune d'elles. Je ne sais plus quel était le thème précis de notre discorde, mais je suis certaine que j'avais raison ! Et comme tu n'es plus là pour te défendre… Les absents ont toujours tort, tu devrais t'en douter !

Je sais tout, Mélie. J'ai mis du temps à comprendre, mais je sais pourquoi tu as fait ça. Ça ne me hante plus, et j'espère que papa et maman ne l'apprendront jamais, ça les tuerait. Il a fallu que toutes les informations s'imbriquent les unes dans les autres. J'ai lu et relu tes journaux et je n'y trouvais rien. Ça me rendait folle. Forcément, tu ne le savais pas encore, tu n'as rien prémédité. Mais moi, je ne pouvais pas croire que tu te sois foutue en l'air pour une simple histoire d'amour. C'était impensable.

J'ai commencé à me douter de quelque chose quand maman m'a avoué son cancer, l'an passé, alors que nous étions au chevet de papa. J'ai d'abord cru que je me faisais des films, persuadée que tu m'en aurais parlé, si quelque chose n'allait pas. Mais tu te souviens de ce que Sylvain nous disait, quand on n'était pas sûres d'un résultat de maths :

— Quand il y a un doute, c'est qu'il n'y a pas de doute !

Ça nous faisait rire. Il essayait de nous faire comprendre qu'un raisonnement devait être logique.

— S'il ne l'est pas, c'est qu'il est erroné, assurait-il.

Et moi, j'avais un doute. Alors j'ai appelé Émilie, ta « siamoise ». Elle va bien, tu peux être tranquille. Elle pense beaucoup à toi, bien sûr, mais elle a fini par faire sa vie avec un type sympa, et est heureuse. Je le sais parce que nous avons pris un café ensemble. C'était vraiment agréable d'évoquer nos souvenirs communs, avec tendresse, sans chichi, sur la terrasse ensoleillée d'un petit bistro. Parler de toi avec quelqu'un qui t'a tellement aimé, ça m'a emplie de joie… C'est bête, mais tu n'imagines pas à quel point ! Et j'en ai donc profité pour l'interroger sur vos dernières conversations, et sur ce dont elle se souvenait…

Elle n'a pas osé tout de suite me le dire, elle avait honte. La pauvre… Elle n'était pourtant responsable de rien, et ça n'aurait rien changé. Elle a fini par m'avouer que tu avais pris rendez-vous dans un hôpital, parce que tu avais senti une boule dans ton sein droit. Elle ne savait pas de quel hôpital il s'agissait, puisque tu avais refusé qu'elle t'accompagne. Tout de suite après ta mort, Émilie avait bien essayé de le mentionner aux parents, en sortant de tes funérailles ; mais elle avait été coupée, je ne sais plus pour quelle raison. Ensuite, noyée dans son chagrin, c'était devenu secondaire pour elle. D'autant que tu lui avais assuré, après tes analyses, que tout allait bien et que c'était une erreur. Mais ça n'en était pas une, n'est-ce pas ?

Tu sais comment je l'ai compris ? Grâce à Édouard. Tu vas me prendre pour une psychopathe, et je suis loin d'être Hercule Poirot, mais je n'ai pas pu m'empêcher de continuer à suivre sa trace ! Tu détestais Google et toutes les informations fausses qui circulent sur le Net… Ton argumentation se défend, mais c'est quand même pratique. D'Argentine (où il s'est vraiment installé ! Ah ah ! J'en étais sûre !), il a sorti un troisième roman, il y a quelques mois. L'histoire d'une mort suspecte. Bien sûr, c'est un polar. L'intrigue tourne autour d'une jeune femme retrouvée inanimée à son domicile. La police mène l'enquête, car on croit à un meurtre. En fait, on apprend à la fin qu'elle a mis en scène son décès pour faire porter le chapeau à un ex-petit copain qui l'avait larguée. Comme elle se savait condamnée par un cancer, elle voulait abréger ses souffrances tout en se vengeant de lui. Vraiment tordu. Bref… Ça m'a rappelé ce que tu avais écrit, dans les dernières pages de ton journal, sur la nécessité de la mort dans son œuvre. Il y avait tant de similitudes, je n'en dormais plus. Grâce à sa maison d'édition, j'ai pu envoyer un e-mail au grand génie Édouard Peyrac. Juste quelques lignes, en jouant un coup de poker, pour lui demander quel était ton diagnostic, si c'était aussi grave que tu le pensais, et comment il l'avait su. Il m'a répondu tout de suite. Il avait toujours cru à un canular de ta part, mais a tout de même confirmé ce que j'assurais savoir.

Marianne,
Je tombe des nues. Lorsque j'ai écrit à tes parents après la mort de Mélie, j'étais certain que c'était faux ; qu'elle vous aurait tous tenus au courant, le cas échéant. Comment pouvait-il en être autrement ? Pardon, je m'égare. L'heure n'est plus aux questions, mais aux réponses. J'espère que celles que je vais te fournir vous aideront à trouver un répit dans votre impossible deuil.
Je ne suis pas fier de moi, Marianne, et c'est la raison pour laquelle je n'ai pas insisté auprès de tes parents lorsqu'ils n'ont pas répondu à ma missive. Je me suis montré particulièrement méprisant avec ta sœur au moment de notre rupture. Le succès me montait à la tête, je me voyais devenir l'écrivain le plus célèbre de France, le nouveau Harlan Coben de l'Hexagone. Que je sois bien clair avec toi : je ne regrette pas notre séparation, notre couple n'aurait jamais tenu la distance, et on ne reste pas avec quelqu'un par pitié. Je regrette en revanche la façon dont ça s'est fait, et ma lâcheté. Ça ne te consolera de rien, mais sache que je la porterai en moi toute ma vie.
Amélie a cherché à me joindre pour avoir plus d'explications. Elle m'a appelé, m'a envoyé des messages de plus en plus incohérents au fur et à mesure que sa peine grandissait. Je faisais la sourde oreille. Je me souviens qu'elle m'a envoyé un dernier WhatsApp.

Quel dommage de ne plus l'avoir aujourd'hui... J'ai changé de portable de l'autre côté de l'Atlantique, tu t'en doutes. Il n'avait aucun sens, je ne comprenais rien. Elle m'expliquait qu'elle pensait être condamnée, qu'elle avait peur, et qu'elle avait besoin de moi. Elle évoquait des examens médicaux mauvais, un cancer du sein qu'elle devrait faire opérer rapidement. « Est-ce que tu m'aimeras encore avec des implants mammaires ? m'a-t-elle même questionné. Je pourrais être une nouvelle femme pour toi. » Dans ce message, j'ai surtout retenu qu'elle cherchait à garder un contact, coûte que coûte, plus qu'elle ne s'inquiétait réellement pour sa santé.

Je n'ai pas répondu, Marianne, et j'en ai honte. Je ne l'ai pas crue. Je pensais qu'elle usait d'un ultime subterfuge pathétique pour m'attirer à elle. J'ai craint qu'elle ne soit comme ces idiotes que l'on croise en soirée, celles qui vous assurent qu'elles prennent la pilule, puis tombent enceinte et vous attachent un fil à la patte. J'aurais dû être plus fin que ça, elle valait beaucoup mieux.

Enfin. C'était son dernier message, je n'ai jamais rien reçu d'autre, je te le jure. Je n'ai pas cherché à en savoir davantage. Je n'en menais vraiment pas large, et ça m'arrangeait de penser que c'était un mensonge. Je m'en suis persuadé au fil des années. Si je l'avais vraiment crue, je te promets que je n'aurais pas écrit mon dernier roman. C'était bien trop grave. Au contraire, j'ai pris plaisir à le faire, en pensant à elle, bien sûr, comme un hommage morbide. Elle me disait rêver d'être ma muse, et en quelque sorte, je réalisais son fantasme post-mortem. Ça me donnait bonne conscience, et c'était nul. Me pardonneras-tu un jour ?

Tu vois, Mélie, j'avais raison. Édouard Peyrac est un vrai con. Je n'ai rien répondu. Qu'il aille se faire foutre avec sa demande de rédemption ! Je l'ai simplement utilisé pour obtenir des informations comme il utilise les autres pour s'inspirer dans ses bouquins. Je ne sais pas comment il peut vivre avec ça, parce que moi, il m'a fallu un certain temps pour le digérer.

Bien sûr, ça a été un choc. Je prenais tes écrits pour argent comptant, je ne pensais pas que tu puisses dissimuler quoi que ce soit derrière tes mots. En tout cas, pas que tu puisses dissimuler d'autres maux encore plus dramatiques, pour jouer maladroitement sur les homonymes… Comment as-tu pu nous cacher ça ? Tu as tellement insisté sur l'importance de dire la vérité dans ton journal… Pas une seconde je n'ai pensé que tu puisses manquer à ta promesse. Que tu puisses te trahir. Et pourtant… C'est aussi ce que tu as fait en te donnant la mort. J'aurais donc dû m'en douter.

Enfin… J'en ai parlé à Bertrand. J'ai tenté de contacter des hôpitaux, mais je ne trouvais pas de trace de ton dossier. Je ne sais même pas qui était ton médecin. C'est fou. Il faut croire que tu as reçu un appel de dernière minute, lors de ta dernière journée. *Via* la Sécurité sociale, j'ai commencé à remonter le temps pour retrouver tes rendez-vous médicaux, mais c'est Bertrand qui m'a arrêtée. Tu ne voulais pas que ça se sache, alors pourquoi insister ? Qu'est-ce que ça changeait ? Et qu'allais-je découvrir de plus ? Que tu n'étais peut-être pas condamnée ? Qu'il suffisait d'une ablation et d'une reconstruction, comme maman ? Je ne sais pas si je veux vraiment le savoir. Tu avais décidé de ne plus t'accrocher à une vie sans Édouard Peyrac, de toute façon. C'est son soutien et son amour que tu attendais, pas le mien.

Je t'en veux un peu pour cela, comme pour le fait que tu nous aies caché tes soucis de santé autant que ta détresse, mais j'apprends à pardonner. J'ai déjà réussi à le faire pour moi-même ; j'y arriverai pour toi.

En revanche, ce qui est certain, c'est que j'emporterai ton secret dans la tombe. Les parents n'y survivraient pas. Maman, qui a toujours voulu nous protéger, mourrait de savoir qu'elle a fait une erreur en taisant sa maladie, puisqu'elle a contribué à nourrir tes angoisses et ta solitude. Elle se sentirait encore plus responsable qu'elle ne l'est, et je ne veux pas la faire souffrir davantage. Ça ne servirait absolument à rien. Existe-t-il, franchement, un motif valable à un suicide ? Ou un mobile, pour reprendre le terme de ton écrivain minable ? Tu te croyais condamnée, à tort ou à raison ; tu étais malheureuse ; tu avais peur ; tu ne voulais plus avoir mal, physiquement et émotionnellement. Faut-il chercher encore plus loin ?

Ce qui me rend triste ? Te savoir effrayée, dans les derniers instants de ta vie. C'est le plus lourd à porter.

Quant au reste… Ou plutôt : quant à ceux qui restent…

Maya et Louise n'auront pas de souvenirs de leur tante, et tu n'auras jamais serré Théodore dans tes bras. Je savais que Louise ne se rappellerait rien, bien sûr, elle était trop petite. Mais Maya… J'avais tellement peur de l'inonder de chagrin après ta disparition que je n'ai pas osé, pendant longtemps, lui montrer des photos ou des vidéos de toi. À présent, c'est le seul témoignage de ton existence, et tes nièces se montrent très curieuses. Elles aiment entendre ta voix, elles analysent tes gestes, elles admirent tes boucles d'oreilles. De vraies filles ! Elles me posent des questions : « Est-ce qu'Amélie aimait la couleur rose, maman ? », « Est-ce que tu crois qu'elle avait peur des chats ? » Je ne me lasse pas de leur répondre, même si je dois reconnaître que la douleur se rappelle à ma mémoire dès que j'entends le son de ta voix sur les vidéos que l'on visionne ensemble. Forcément, elles sont plus dures à revoir que les photos. Elles t'animent, elles te dévoilent vivante, joyeuse, et non figée sur un papier glacé qui ne rend jamais assez justice à ton charisme. Tu te souviens de celle que j'avais tournée de toi, en sortant du concert de Vincent Delerm ? Tu chantais dans la rue : *Il fait si beau, mon amour, si beau ce matin...* Les filles me la réclament en boucle. Une chance que la technologie ait progressé. Au temps des VHS de papa, la bande serait devenue inutilisable !

Tu vois, j'avance chaque jour grâce à Maya et Louise. Et j'arrive désormais à te regarder sans me noyer dans mes larmes ! Ce n'est pas si mal, non ?

Le monde change, ma Mélie, mais pas toi. Toi, tu resteras éternellement la même dans nos cœurs. Aussi belle, aussi fraîche... Tu ne prendras jamais de rides. Mais... Tu ne connaîtras jamais la fin de la série *Outlander* ! Tu ne sauras jamais non plus si Jean-Jacques Goldman, ton idole, se décide enfin à refaire un album. Tu peux rire de ces futilités, mais elles font du bien au quotidien, et c'est dommage pour toi. Tu manques beaucoup.

Enfin... Je sais à quel point tu rêvais d'apprendre l'anglais... Eh bien, sache que ton vœu est exaucé par procuration ! Je me suis inscrite en candidate libre et j'ai été acceptée pour reprendre des études de lettres à l'université d'York, à Toronto. Voilà ce que je voulais t'annoncer ! Nous avons fini par traverser l'Atlantique, et pas seulement pour de simples vacances... Il y a une annexe dans le nord de la ville, qui s'appelle Glendon College ; c'est très joli, et c'est là que j'étudie.

Parallèlement, j'ai décroché un boulot : je tiens la chronique d'une Française dans le journal francophone *L'Express de Toronto.* J'ai frappé à leur porte, fait un essai d'écriture, et ça a fonctionné ! C'est peut-être le début d'une reconversion dans le journalisme, qui sait ? Qui l'eût cru ? Moi, la petite infirmière, femme au foyer… Je me suis découvert une véritable passion, et elle se marie bien avec l'emploi du temps de notre jolie famille.

Je ne supportais plus la vie parisienne depuis longtemps, il fallait que ça change. Bertrand était d'accord. Nous avons préparé notre départ comme il le fallait. J'ai accouché en France de Théo ; il a huit mois maintenant. Comme pour les filles, ça a été rapide, et sans douleur. Même si cette fois, je te le promets, c'est le dernier bébé ! J'avais oublié combien la fatigue était dure à gérer les premiers mois. Mais… J'ai dit à Bertrand que je ne me plaindrais plus, alors je m'y tiens, et n'épiloguerai pas. Je peux juste reconnaître que tu avais raison : les petits garçons sont plus compliqués à élever que les petites filles ! Théodore a déjà un fort tempérament, et il ne tient pas en place. Je fais le pari qu'il marchera avant même son premier anniversaire… Ça me change des deux mistinguettes qui réclamaient « les bras, les bras » en permanence !

Ma grossesse m'a laissé le temps de tout préparer, de tout prévoir. Pour le moment, nous avons loué notre maison de Seine-et-Marne, mais si nous nous plaisons vraiment à Toronto, nous finirons peut-être par la vendre pour nous installer définitivement de ce côté de l'Atlantique. Maya et Louise sont dans une école internationale où elles apprennent l'anglais. Tu te rends compte ? Elles parleront très vite bien mieux que nous !

Tu adorerais Toronto. Quelle ville fantastique... Avec les enfants, nous flânons sur Queen Street le samedi après-midi. C'est coloré et animé. Les Canadiens sont respectueux, polis ; les parcs sont immenses... Il y en a un, pas très loin de chez nous, sur Bathurst Street. Il est tellement grand que l'hiver, les gens viennent y pratiquer le ski de fond ! C'est drôle... La vie est si différente de celle que nous avons connue. Oui, tu t'y plairais, j'en suis sûre. Pas plus tard qu'hier, nous sommes allés voir les chutes du Niagara. Elles ne sont pas très loin, et c'est splendide.

Je t'imagine penser : « Quoi ? Vous êtes allés aux chutes du Niagara avec un bébé de huit mois, quelle galère ! » Certainement pas ! Devine qui a gardé Théodore ? Les parents, bien sûr ! Ils sont de passage. Tu te souviens du rêve de maman ? Les États-Unis ? J'y viens... Ils ont atterri il y a quelques jours ici, pour nous rendre visite avant de partir à l'aventure dans leur road-trip tant espéré. J'en ai profité pour leur demander un peu de baby-sitting, et mamoune était folle de joie. Enfin un petit mec dans la famille ! Elle réalise tous ses rêves, ou presque.

Cet après-midi, il faisait beau, et nous avons pris notre petit thé traditionnel dans le jardin de l'immeuble (nous sommes en appartement, mais c'est juste le temps de trouver un endroit plus douillet). C'était un moment très privilégié pour nous tous. J'étais assise à côté de maman, et nous buvions par petites gorgées, en savourant l'été indien. Tu verrais comme il est beau ici ! Tous nos sens étaient en éveil. Les filles envoyaient valser dans les airs les feuilles mortes couleur vermeille, ocre, rouge... Un régal pour les yeux ! Le bruissement et les éclats de rire dansaient dans le vent. Nous regardions nos princesses jouer toutes les deux, et il n'y avait pas besoin de parler, bien sûr, pour savoir que nous pensions l'une et l'autre à toi. Nos rires d'enfants résonnent encore dans nos cœurs meurtris, tu le sais, et nous avons évoqué par notre silence celle que toutes les deux nous avons tant chérie puis perdue. Enfin, cette fois, ce cliché titanesque s'est heurté à une réalité des plus délicieuse : au lever de sa sieste, Bertrand a posé Théodore par terre dans le jardin. Il s'est inscrit dans ce joli tableau familial en se précipitant à quatre pattes sur ses sœurs. Pour jouer, elles se sont écriées : « Au loup ! Au loup ! » Théo, ravi d'être le centre de leurs attentions, allait de l'une à l'autre en gloussant. Dès qu'il pourra marcher, celui-là, crois-moi, c'est vers elles qu'il se dirigera, et pas vers sa mère. L'ingratitude des enfants !

Depuis notre arrivée ici, Maya dort comme un ange. Tu te souviens de ses problèmes ? Eh bien tu n'en reviendrais pas : elle est devenue une vraie marmotte, et il faut désormais la tirer du lit. À croire qu'elle rattrape tout son sommeil perdu. C'est un soulagement, car je dois reconnaître que je craignais un peu le changement. Mais ne dit-on pas que les enfants sont heureux quand leurs parents le sont aussi ? Je pense qu'il y a une part de vérité. Ils réagissent comme des éponges à nos émotions souvent trop lourdes à porter.

L'autre jour, elle m'a demandé si je croyais en Dieu. Ah, cette éternelle question ! Je te rassure : j'ai aussi eu droit à « Comment on fait les bébés ? » ! Je ne me suis pas montrée très courageuse, je dois le reconnaître, j'ai botté en touche. Non, désolée frangine, je ne crois toujours pas en un dieu dans le ciel. Mais j'aime me convaincre que tu y es, quelque part. Je l'espère de toute mon âme, petite sœur.

Tu vis en moi, tu respires avec moi. Tu m'as guidée jusqu'ici, tu m'encourages et me soutiens, alors il ne peut en être autrement. Je ne crois pas en Dieu, mais je crois en toi, Mélie. Je ne me sens pas investie de la mission de vivre pour toi, je te rassure. Je mène ma propre existence. En revanche, tu m'obliges à me surpasser, à aller plus loin que la raison.

Je ne dirais pas non plus que tu m'as sauvée, ma douce, et n'y vois là aucun reproche. J'aurais pu rester en France et continuer à gémir sur mon sort. À ta mort, j'aurais même pu m'effondrer complètement.

Ce sont mes enfants qui m'ont sauvée, ma chérie. Leur amour. Leur rire. Leur rire m'a réconciliée avec tout. Il n'y a rien de plus fort que ça. Mes enfants. Eux, avant tout. Eux, avant le reste du monde.

C'est pour cela que j'avais rompu les liens avec les parents. Pour ne pas entraîner mes filles dans notre fiasco familial. Et c'est aussi grâce à elles que j'ai renoué le contact aujourd'hui. Mamoune et moi ne sommes pas si différentes finalement. Elle a toujours cherché à nous protéger. Elle s'est écroulée quand tu es partie, elle n'était plus qu'un amas de chairs boitant sur une jambe. Comment lui en vouloir ? J'en ai tiré leçon, et je te jure que je ne ferai pas les mêmes erreurs. Je lui en ai voulu d'avoir démissionné de son rôle auprès de moi, de n'avoir pas voulu vivre pour celle de ses filles qui lui restait, mais nous apprenons à nous retrouver, et ça va mieux. Oui, ça va mieux. Et puis… Tu verrais comme elle mitraille les enfants avec son appareil photo ! Elle n'a pas fini de remplir l'album qu'on lui a offert pour ses cinquante ans. Elle ne l'avait pas vraiment continué, pour être honnête. Elle s'y met seulement maintenant.

Papou est en forme. Il a survécu à un AVC, tu te rends compte ? C'est un vrai guerrier, notre père. Il n'a pas de séquelle. Évidemment, les mois de rééducation ont été intenses, et je te passe pas mal de scènes cocasses, et d'autres plus contraignantes. Maman a eu tellement peur pour lui ! Il lui a fallu plus de temps, à elle, pour s'en remettre qu'à lui, pour retrouver son autonomie. Sa formation de pompier l'a bien aidé ; il a encore un beau physique, le père Darbois !

En fin d'après-midi, tout à l'heure, Maya s'est installée au piano. Je t'avais dit qu'elle s'était mise au solfège l'an passé… Elle a appris les notes de *La Petite Cantate* de Barbara. Même à son âge, elle sait ce qu'elle veut ! La musique oui, mais mademoiselle choisit ses partitions avec minutie. Elle refuse de répéter des morceaux classiques en boucle.

— Ça m'ennuie, me dit-elle de sa petite voix haut perchée.

Je crois surtout qu'elle voulait me faire plaisir, car je leur ai toujours fait écouter Barbara. Alors, pour lui rendre la pareille, j'ai fredonné sur ses fausses notes…

Je te revois, souriante,
Assise, à ce piano-là.
Disant : quand je joue, toi, chante.
Chante, chante-la pour moi.

Je lui souhaite de chanter toute sa vie, et qu'elle soit la plus longue possible. Je lui souhaite autant de bonheur avec son frère et sa sœur que j'en ai eu à tes côtés chaque instant. Comme je l'ai écrit à Théo à la maternité, je lui souhaite de vieillir avec eux, de rire avec eux, de pleurer parfois aussi ensemble ; qu'ils se consolent les uns les autres. Qu'ils se confient leurs plus grands secrets et leurs plus petites contrariétés. Qu'ils dissimulent leurs bêtises ensemble, qu'ils nous fassent rager, qu'ils nous épuisent, mais qu'ils partagent toujours ce lien fraternel si fort et si pur, jusqu'au bout, jusqu'à la dernière seconde. Il paraît qu'en grandissant, la distance se crée, les frères et sœurs s'éloignent et font leur vie chacun de leur côté. Ainsi va le monde, me dit-on. Moi, je n'en crois rien. Je resterai éternellement proche de toi. Et je serai plus forte d'une expérience : la brièveté de ton existence m'a fait prendre conscience du caractère si précieux de la nôtre. Il faut profiter de tout, le plus durablement.

Voilà, ma belle, où en est ton équipe. Le clan Darbois.

Tu nous manques tellement.

Tous les jours.

On apprend encore à vivre sans toi, même plusieurs années après, et ce n'est pas facile, crois-moi ! Il y a longtemps, tu as écrit que la première phrase était déterminante. Mais la dernière aussi, tu sais. C'est tellement dommage que tu aies bâclé la tienne. Il y aura d'autres aventures, d'autres rires, d'autres larmes. Il y aura d'autres coups de gueule, d'autres drames, d'autres bonheurs. Tu seras avec nous dans chacun d'eux, ma toute petite. Un peu pour reprendre Romain Gary, que l'on aimait tant, c'est ma promesse, ce soir.

Note de l'auteur

Cette narration est purement fictive, mais les adversités sont bel et bien inspirées d'une histoire vraie. Le deuil, le cancer, l'accident cardiovasculaire, tout a été vécu.

Simplement, à ma connaissance, un seul être les a vraiment subies toutes ensemble, alors qu'il m'a fallu créer trois personnages pour en venir à bout.

À N. et son immense courage. À sa famille.

Achevé d'imprimer en mars 2021
sur les presses de la Nouvelle Imprimerie Laballery
58500 Clamecy
Numéro d'impression : 102340

Imprimé en France

La Nouvelle Imprimerie Laballery est titulaire de la marque Imprim'Vert®